Julian
Barnes

Julian Barnes

10½章世界史

[英国]朱利安·巴恩斯 著

林本椿 宋东升 译

A History of the World in 10½ Chapters

译林出版社

献给帕特·卡瓦纳

目录

1　偷渡客

他们把巨大的河马象[1]连同犀牛、河马和大象都关在舱内。用它们来压舱倒是个合情合理的主意，不过你可以想象那股恶臭。也没人去打扫畜舍。男人们轮班喂食已忙得不可开交，而他们的女人又太娇贵，其实在那些动物不断跃动的火舌发出的臭气中，她们身上的味道跟我们一样难闻。所以要打扫畜舍，就只有我们自己来了。每隔几个月他们用绞盘吊起后甲板的厚舱盖，放进清垢鸟。不过，先要把臭气放出去，没有几个愿意去开盖的。七八只不太讲究的小鸟先在舱盖四周小心翼翼地扑腾一会，然后一个猛子扎进去。我记不得这些鸟叫什么，事实上，其中一种已经是绝种的了，不过你知道我说的是哪一种。你有没有见过河马张大嘴，伶俐的小鸟像口腔清洁师一般忙不迭地在它牙缝间剔垢？试着把那景象放大，画面也更加龌龊，你就可以想见

1 河马象：《圣经》中描述的一种巨兽，样子像河马。

了。我并不是个容易恶心呕吐的人，但一看到那甲板下的境况也会毛骨悚然：一长溜两眼眯斜的怪兽在阴沟洞里让人修剪指甲。

方舟上纪律严明，这是第一点要强调的。这可不像你小时候在儿童室里玩彩色积木时见到的景象——一对对动物喜气洋洋，住着干净舒适的棚圈，隔着栅栏向外张望。别以为我们是在地中海游轮上玩那种令人倦怠的轮盘赌，晚餐时一个个都要衣冠楚楚。方舟上只有企鹅才穿燕尾服。要记住这是一次漫长而危险的航海，哪怕事先定好了一些规则也仍有危险。还要记住整个动物王国都在船上：你该不会把猎豹放在羚羊近旁，一跳就能够着吧？一定程度的保安措施是少不了的，采用双销锁，检查畜厩并实行宵禁，但可悲的是还有惩罚和禁闭室。头头脑脑中有人特别着迷于搜集情报，同路的就有愿意充当告密者的。说起来令人伤心，有时向当权者通风报信的事还相当普遍。我们那只方舟可不是什么自然保护区，有时倒更像囚船。

说到这，我意识到还有各种不同的说法。你们这一族有自己百讲不厌的说法，连怀疑论者都被迷住了，而动物们也有许多浪漫的神话故事。但它们毕竟不会惹是生非吧？它们被当作英雄，它们无一例外可将自己的宗族谱系一直追溯到方舟，有这等荣耀，何苦还要惹是生非。它们被选中，经历磨难而存活下来，因此它们掩饰难堪的往事，为省事省心而淡忘也不足为奇。可我就不在此限。从来没人选中我。事实上，我和其他几种动物都属特意不选的。我是个偷渡客，也存活下来，又逃离（离舟一点不比登舟容易），而且活得很好。我同其余的动物社会有点两样，它们还会重聚怀旧，有些从不心存芥蒂的动物甚至还办个老水手俱乐部。我回首那次航海绝不感到有什么义务，也不会因感恩戴德而歪曲真相。我的说法你尽管相信。

你大概知道“方舟”不只是一条船吧？这是我们用来称呼整个船队的名字（你不能指望把整个动物王国塞进长不过三百肘尺[1]的东西）。雨下了四十个日日夜夜，是吗？喔，当然不是这么回事——要是这样，那就不过是一个平平常常的英格兰夏天了。不是四十个日日夜夜，按我的算法是下了一年半。大水淹没世界一百五十天，是吗？应该把这个数字加到大约四年。如此等等。你们这一族算日期总是不行。我看问题出在你们对七的倍数特有的癖好。

方舟起初有八条船：挪亚的大帆船拖一条储藏船，四条稍微小一些的船由挪亚的几个儿子各任船长，之后是医护船，保持一定安全距离（挪亚一家对疾病有本能的恐惧）。第八条船一时间让人迷惑不解：这是一条灵巧的单桅小帆船，整条船后部檀香木上镶金嵌银，行船时溜须拍马似的紧随含的方舟。如果你在下风，有时会闻到阵阵怪异的香水味，像是在挑逗你，有时夜间暴风雨变小了，你会听到悠扬的音乐和尖笑声。这些声音令我们感到费解，因为我们以为挪亚所有儿媳都安置在各自的船上。不过这条香气四溢、笑声阵阵的船并不结实，它在一场突如其来的风暴中下沉了。此后几星期，含一直闷闷不乐。

接下来丢失的是储藏船。那是一个寥无星辰的夜晚，风已平息，观察哨睡眼蒙眬。次日早上，挪亚旗舰后面拖着的就只剩一段被咬断的粗绳子，咬断绳子的家伙既有利牙，又能紧附湿绳而不舍。我可以告诉你，这事可引来一番相互指责，也许就因为这事，第一次有一个物

1　肘尺：古代长度单位，自肘至中指端，约为十八英寸至二十二英寸。

种从船上消失了。此后不久，医护船也丢失了。私下议论认为这两件事有联系，含的老婆脾气不太好，就把气出在动物们身上。看来她一生制作的绣花毯都已随储藏船沉入汪洋。但没有一项指责得到证实。

但是，最糟糕的灾难要数法拉第的丢失。你熟悉含、闪和另一个名字以J打头的，但你不一定知道法拉第吧？他是挪亚几个儿子中最年轻力壮的，当然这样一来他在家里就不是最讨人喜欢的了。他还有幽默感，至少是笑口常开，这在你们这一族通常就能说明问题了。不错，法拉第整日兴致勃勃。有时可见他在后甲板大摇大摆地踱步，肩上一边一只鹦鹉；有时他会温柔地拍拍四足动物的屁股，动物们就会发出会心的吼叫以示回应。据说他那只方舟比别的船管得要宽松得多。可是，你看：一天早上，我们醒来发现，法拉第的船从海平面上消失了，连同五分之一的动物王国一起消失了。我想你应该喜欢那智慧鸟，喜欢它那银灰色的头和孔雀的尾；可是巢居智慧树的鸟抵御海浪的能耐一点不比花斑鼠强。法拉第的兄长们咬定是他的航海技术不行，说他把时间全花在和兽类厮混上了。他们甚至暗示可能是上帝惩罚他，因为他在还只是个八十五岁的孩子时不知犯了什么过错。不管法拉第失踪的真相如何，这对你们这一族是个重大损失。他的基因本来可以帮你们的大忙。

对我们来说，这整个航海之旅是于我们得到邀请在某时到某地报到时开始的。那是我们第一次得知有这么个计划。我们对其政治背景一无所知。上帝对自己的造物发怒在我们听来是件新鲜事，我们糊里糊涂卷入其中。**我们**没有任何过错（你该不会真的相信那蛇的故事吧？那只是亚当的黑色宣传），可后果对我们一样严重：每样物种都被灭绝，只留一对续种，而且发配到公海，受一个活了七百多年的贪酒老无赖管制。

话就这么传开了。但跟以往一样，他们还是那德性，不对我们讲真话。你以为地球上每种动物都有代表正好住在挪亚宫殿(哟，那位挪亚可不算穷)附近？拉倒吧。他们只好做广告，而后从应征者中选择最佳配对。因为不想造成普遍恐慌，他们宣布组织一次结伴竞赛(类似选美比赛)，像伴有专家小组加上一对慈祥老夫妇即席回答问题的那种活动，要求参赛者在某个月份到挪亚的门前报到。你可想象那一大堆的问题。首先，不是所有的人都生性好胜，所以赴赛者弄不好都是些最热衷于争名夺利的。那些没有机灵到悟出其中奥妙的动物觉得，它们本来就不想赚一个双人免费航海豪华游，多谢啦。挪亚和他手下一帮人也不顾及有些动物每年到时要冬眠，更不理会各种动物行动速度有快有慢这个更显而易见的道理。譬如有一只特别慢悠悠的树懒——是个很不错的家伙，我可以发誓——还没磨蹭到树底下就被上帝复仇的怒涛卷走了。这你该怎么讲——自然淘汰？我说是专业能力所限。

老实说，事情组织得乱七八糟。挪亚建造方舟拖了工(工匠们得知没有足够舱位供他们搭乘，事情就没那么好办了)，这么一来对选拔动物的事就管不了那么多了。过来一对只要看着还说得过去，就选定了——就是这么个选法，最多再瞄一眼家谱。还有，他们说是每种动物带两个，但真做起来……有些压根就**不准同行**。我们就是这种情况，所以只好偷渡。不知多少动物论理论法都完全应该单独算一个物种，但没人理睬。它们得到的回答是，你们免了吧，我们已经有两个了。得了，尾巴上多几个圈，或是脊背上多几簇毛，这都算什么？你们这一种我们已经有了，抱歉。

还有些很漂亮的动物，因为没有配偶同行，也只好被留下了；也有的一大家子不肯与子女拆散，宁可死在一起；还有那医检，常常是对人身的野蛮侵扰；挪亚的栅栏围圈外一片落选动物的哀号声，彻夜可闻。等到最终搞清楚为什么要用这种装模作样的比赛来折腾我们，你能想象那种局面吗？你可以想象，少不了嫉妒和不良行为。有些高贵动物索性扬长而去，进了丛林，拒绝按照上帝和挪亚有辱尊严的条件保全性命，情愿在洪水中灭绝。对鱼类有各种尖刻和嫉羡的议论；两栖类开始扬扬自得；鸟类加紧锻炼长时间续飞能力。不时能看到有些猴类为自己制作简陋筏子。有一个星期，入选动物大院内莫名其妙地暴发了食物中毒，有些不太强壮的物种只好再来一次选拔。

有时，挪亚和他的儿子们是相当歇斯底里的。这和你们的说法不一致，可不是吗？你们一直听人说，挪亚贤明正直、敬畏上帝，而我则把他描绘成一个嗜酒成性、歇斯底里的无赖。这两种看法并不矛盾。这么说吧：挪亚是很糟糕，但你还没见到别人呢。上帝决定来一次洗劫，我们一点不大惊小怪；闹不懂的只是造物主造出这么一个物种本来就很没有光彩，倒还要留下它。

有时，挪亚几乎要疯了。方舟工期延误，工匠们得挨鞭打，许多受惊的动物聚集在他的宫殿旁边，谁也不知道雨什么时候开始下。上帝连个日子都不告诉他。每天早上我们都观察云彩：是跟往常一样西面刮风就下雨，还是上帝要从一个罕见的方向刮来这次非同寻常的大暴雨？天气逐渐阴暗，暴乱的可能性也随之增长。有些落选者企图强占方舟以自救，另一些则想干脆毁了它。喜欢动脑筋、会盘算的动物开始提出相反的选拔原则，要按体形或实用性标准，而不是只看数量；可是挪亚傲慢地拒绝谈判。他心胸狭窄，自以为是，听不进别人的话。

船队接近完工，昼夜都要有人守卫。企图偷渡的人不在少数。一天，有人发现一个工匠试图在储藏船下部凿一个藏身洞。还有些叫人伤心的场面：闪的方舟栏杆上吊着一只年幼驼鹿；鸟儿俯冲撞击防护网；如此等等。偷渡者一经发现立即处死，但这些示众场面绝不足以威慑偷渡者。我很自豪地告诉各位，我们这一族登船既不靠贿赂也没用暴力。不过，我们不像小驼鹿那么容易被发现。我们怎么做的？我们的一个家长有先见之明。动物们通过登船跳板时，挪亚和他的儿子们对它们胡乱搜身，粗手笨脚地探摸他们蓬乱可疑的毛发，实施最原始最不合卫生的前列腺检查。就在他们忙着搜身时，我们早已躲过了他们的目光，安安稳稳地上了船。一个造船的木匠不知不觉中已经把我们带到安全地带。

连续两天，大风同时从四面八方吹来，接着就开始下雨。大雨从乖戾的天空倾盆而下，荡涤着这邪恶的世界。硕大的雨点像鸽蛋似的在甲板上炸开。入选的动物代表们从入选者大院移至指定的方舟：整个场面宛如强制性集体婚礼。接着，他们旋紧了舱盖，我们全都开始学着适应黑暗、禁闭和臭味。刚开始我们对这些倒还不怎么在意，因为我们为能够活命而兴奋不已。雨下个不停，有时变成冰雹，砸在木船上噼啪作响。有时我们可以听到外面的雷声，时常还能听到被遗弃的动物们号啕痛哭。没多久，哭声逐渐停息：我们知道大水开始上涨了。

我们一直巴望的那一天终于来到了。开始，我们以为是最后剩下的象、犀牛、河马之类的厚皮动物在垂死挣扎，硬往方舟上挤，或至少是把它掀翻。可是，实际上不是那么回事，而是大水开始将船从支架上托起，船倾向一边。要我说，这可是整个航海之旅中最激动人心的时刻；此时此刻，动物之间的手足亲情和对人类的感恩戴德如同挪亚餐桌上的美酒一样流淌。至于后来……也许动物们从一开始就过于轻信挪亚和他的上帝。

甚至在发大水之前就已经出现了令人担忧的迹象。我知道你们这一族总是瞧不起我们的世界，认为我们野蛮欺诈，自相残杀（其实这一来，我们倒更接近你们，而不是区别更大，你们应该能接受这种观点）。但是，我们动物彼此之间从一开始就有一种平等意识。的确，我们互相吞噬，如此等等；弱小动物心里很清楚，路上遇到比自己大而又饿肚子的动物会是什么结果。我们只是把这看作万物之道。此动物可以置彼动物于死地并不说明此尊彼贱，只是更具危险性罢了。这也许是你们难以搞懂的概念，但我们之间还是互尊互敬。吞掉另一动物并不能作为瞧不起它的依据；受害者——或其家庭——也不会因为被吞噬而格外钦佩吞食它们的动物。

挪亚，或者说是挪亚的上帝，改变了这一切。你们堕落，我们也一样。不过，我们是迫于无奈。我们最初发觉到这一点是在选拔动物进入选者大院的过程中。每样选两个这种做法倒没错（你会发现这里面还有点基本道理），但事情并不到此为止。我们在大院里开始觉察到有些物种不是筛选到只剩一对，而是七个（又是对七的癖好）。开始，我们以为多余五个是旅途中做后备用的，预防原先一对病倒。可是，事情慢慢开始清楚了。挪亚——或者说是挪亚的上帝——宣布动物分为两个等级：洁净的和不洁净的。洁净动物允许七个上方舟，不洁净的上两个。

你可以想象，上帝这种区别对待的政策引起很大义愤。说真的，刚开始，连洁净动物自己都觉得这么做整个不自在；它们知道自己没做什么事配受如此特别的恩惠。不过，它们很快领悟到所谓“洁净”不完全是福。“洁净”意味着它们可以食用。七只动物迎上船，有五只注定要进厨房下锅，这是授予它们的一种怪异的荣誉。不过，这至少意味着，它们在遭受例行的屠宰那天之前占有了最惬意的舱位。

我有时觉得这番情景很有趣，身为被抛弃者也只一笑了之。可是有些动物很把自己当回事，生出各种各样扯不清楚的嫉妒来。猪天性没有抱负，不会争社会地位，觉得无所谓；但其他一些动物则把不洁净这种说法看作人身攻击。应该说，这种做法——至少按照挪亚的理解——是没有什么道理的。爪趾类反刍动物有什么特别的？大家会问。为什么给骆驼和兔子二等地位？带鳞的鱼和不带鳞的鱼为什么要区别对待？天鹅、鹈鹕、苍鹭、戴胜鸟不算最优秀的物种吗？可它们没有被授予洁净奖章。干吗要和老鼠、蜥蜴（你或许会觉得它们已经问题成堆）过不去，进一步打击它们的自信心呢？我们就是看不出其中的逻辑性，哪怕是一点点，挪亚也硬是没有解释清楚。他就知道盲目服从。你一定听别人说了很多很多次了，挪亚是个非常敬畏上帝的人；再想想上帝那德性，这大概是最稳当的办法了。可是你只要听听贝壳类动物的抽泣，龙虾低沉而茫然的抱怨，你只要看看鹳所受的令人痛心的羞辱，你就会懂得我们的一切都不会再是从前那样了。

接着又生出另一个小麻烦。也算我们不走运，我们这一族有七个偷渡上船。我们不光是偷渡客（招来厌恨），不光是不洁净（已开始招来鄙夷），还居然套用那些既洁净又合法的动物的神圣数目，把它们戏弄一番！我们立马决定谎报我们的上船数目，我们也从不在同一地点集体露面。我们摸清了船上哪几处对我们友好，哪几处需要避开。

你们可以看出，这支船队从一开始就是个不祥之物。我们当中有的为被遗弃者悲痛；有的为其地位愤愤不平；有的名义上享有洁净称号，却不无道理地担心烤炉之祸。此外，还有挪亚和他的一家。

我不知道该怎样对你讲，但挪亚不是个好人。我明白这种说法很难堪，因为你们统统是他的后代，然而，情况就是这样。他是个怪物，是个自命不凡的老昏君，一半的时间讨好上帝，另一半时间拿我们出气。他有一根歌斐木[1]杖用来……得了，有些动物至今还斑痕累累。恐惧的威力真是不可思议。我听说，你们这一族中有的受强烈刺激，几个小时内头发全白。方舟上的恐惧效应就更奇特了。譬如，有一对蜥蜴，一听到挪亚的歌斐木屐从升降口下来，真的就全身变色。我亲眼见到的：它们的皮肤颜色一变，融入背景色中。挪亚经过它们的栖息所，会停下脚步，纳闷一会儿工夫这里为什么空空如也，然后再往前踱步。待他的脚步声远逝，吓坏了的蜥蜴才慢慢变回正常颜色。方舟之后的年代里，看来这已经是一种灵验的技法，但开始时这只是对“舰队司令”的一种慢性反应。

---

1 歌斐木：《圣经》中造挪亚方舟用的木材。

驯鹿的情况就更复杂了。驯鹿总是很紧张，但这不全是因为怕挪亚，而是有更深层的原因。你知不知道我们有些动物有预见力？接触我们的习性几千年以后，就连你们都觉察到这一点了。你们会说：“看啊，奶牛蹲在地里，要下雨了。”当然，这比你们想的要微妙得多，而其用意也绝不是给人类做廉价的风向标。不管怎样……驯鹿的心病不只是对挪亚的恐惧，它比一般暴风雨带来的紧张更怪，而且……持续的时间更长。它们在厩中大汗淋漓；一阵阵闷热难耐时，它们神经质地嘶鸣；它们踢歌斐木的隔墙，而这时又看不出有什么危险，后来也没有发现什么危险，而且这时挪亚的表现在他还算是相当克制的。但是，驯鹿有所预感。这种预感超出我们当时所知道的一切。它们似乎在说：你以为这是最糟糕的了？没那回事。可是，不管它是什么，连驯鹿自己也说不清楚。那是某种遥远的东西，重大……长远的。

不难看出，我们其他动物更关心眼前的事。譬如，动物生了病，处理起来一概毫不留情。这可不是一条医护船，当权者老对我们这么说：不能生病，不能装病。这显得不太公道，也不现实。但你还是知趣点好，有病不要上报。刚有点疥癣，不等你伸出舌头检查，你就被扔下船去。你以为你的配偶会怎样呢？用来传种接代的一对剩下一半有什么用？挪亚可不是重感情的人，才不会勉励不幸丧偶者活够自己的天年。

换句话说：你以为挪亚及其家人在方舟上到底吃些什么？当然是吃我们啦。我的意思是，你看看如今的动物王国，你不会以为以前也就像这样吧？好多动物看起来相差不大，然后一个大缺口，后面又是很多动物模样差不多？我知道你们有一些理论可以把这一切说通——诸如和环境的关系、遗传技能等等，但是，有一种简单得多的说法可以解释造物谱表中难以理解的跳跃现象。地球上物种的五分之一随法拉第一起沉没；其余那些失踪的，都叫挪亚一伙吃了。他们真的吃了。譬如，有一对北极鸻，很漂亮的鸟儿。它们上船时羽毛还是蓝褐两色相间，几个月后，它们开始换羽。这完全是正常的。待夏季羽毛褪尽之后，它们亮出全身纯白的冬装。当然，我们不处于北极纬度，因而技术上无此必要；但你无法左右自然，是不是？你也无法阻止挪亚。他一见鸻变白就认定它们生了病。出于对全船其他动物健康的体恤，他叫人把鸻加些海藻一锅煮了。挪亚在很多方面孤陋寡闻，当然也不是什么鸟类学家。我们发起请愿，又向他做一些解释，有关换羽什么的。最后他好像听进去了。可是北极鸻已无处可寻了。

当然，还不止这些。对挪亚及其家人而言，我们就是水上餐厅。在方舟上，洁净不洁净对他们都是一回事。先吃饭，后敬神，这就是规矩。你们无法想象挪亚使你们损失了多少野生动物资源。确切地说，你们可以想象，因为这恰恰是你们做的事：你们想象得出来。在过去的几个世纪里，你们的诗人虚构了那么多的神秘动物：你是否以为这些动物要么是有意杜撰，要么是狩猎时午餐吃撑了，在林中恍惚瞥见什么动物，便来一番恐怖的描绘？事情恐怕没那么复杂：是挪亚和他那帮人把它们给吃了。我说过，航海出发时，我们舱里有一对巨大的河马象。我自己没有好好看上一眼，但听说它们很雄伟。可是，看来是含、闪或那个名字以J打头的在家庭议事会上提议，有了象和河马，可以不要河马象了，再说——按照原则性和实用性相结合的观点——这两个庞然大物够挪亚一家吃上几个月。

当然，后来的事情发展并不是这样。几周之后，就有发牢骚的了：天天晚餐都是河马象，早吃腻了。于是，就因为要换换胃口，只好牺牲其他一些物种了。在节俭持家方面，时不时会出点差错。但我可以告诉你：旅途结束时还剩下好多腌河马象。

蝾螈也是一样的下场。我说的是真正的蝾螈，不是你们以同名称谓的平庸无奇的蝾螈。我们的蝾螈生活在火中。这是一种独特的动物，毫不含糊。可是，含，或者是闪，或者是另外那一个，老说木船上这种危险实在太大，于是，蝾螈和它们栖身的两团火都只好舍弃了。宝石兽也送了命。全因为含的老婆听到一种怪诞的说法，说是宝石兽的头骨里有宝石。含的老婆向来爱打扮。于是他们抓来一只宝石兽，把头剁下，劈开头骨，却什么也没发现。说不定只有母宝石兽脑袋里才会有宝石，含的老婆提示说。于是，他们又撬开另一只，结果还是没有。

下面我要对你讲的这些，我不是很有把握；不过，我觉得我有必要讲出来。我们有时怀疑这不断的残杀背后有某种系统性。如果是单纯地满足营养需求，根本用不着这么多的杀生，远远用不着。同时，有些杀死的动物身上也没有什么好吃的。再说，海鸥时有报告，它们看见船尾丢弃的尸骨架上还带着大块大块好端端的肉。我们开始怀疑挪亚和他那帮人无缘无故就是和某些动物过不去，譬如，蛇怪早早地就被扔下船去。那模样是不怎么好看，但我觉得有责任记录在案，那鳞片底下是没什么可吃的，而且当时它肯定没有生病。

事实上，当我们事后回过头来看，我们开始找出一种规律。这规律开始于蛇怪。当然，你们从没见过蛇怪。但如果我说出它四脚公鸡加蛇尾巴的样子，又说它目光可怕，生下的蛋奇形怪状，还要叫蛤蟆来孵，你就知道它不是方舟上最吸引人的动物了。可是，它同其他动物一样，有它自己的权利，不是吗？蛇怪之后就轮到狮身鹰头兽，然后是狮身人面兽，然后是鹰头马身有翅怪兽。你或许认为这都是胡思乱想，是不是？一点也不是。你有没有看出它们的共同之处？它们都是些杂交动物。我们认为是闪——但说不定是挪亚本人——热衷于纯种之说。傲慢加偏见，没的说。就像我们以前在一起议论时说的那样，你只要看看挪亚和他的老婆，或看看他们那三个儿子和媳妇，就知道人类到头来基因会有多杂乱。他们又何苦要对杂交动物如此吹毛求疵呢？

可是，最令人沮丧的莫过于独角兽了。为这事，我们难受了好几个月。不用说，像往常一样，又是一大堆卑鄙的谣言——什么含的老婆拿它的角派不正经的用场之类。它死后，当权者又按照惯例搞一场运动将它批臭。但是，这么做只会让我们更反感。无法回避的事实是挪亚的嫉妒。我们都很敬重独角兽，而他受不了。干吗不对你明讲了呢？挪亚脾气很坏，体臭难闻，不可信赖，好妒又胆怯。他连航海也不在行：风大浪高时他就躲进自己的客舱，瘫倒在歌斐木床上，爬起来也只是为了到歌斐木洗漱盆前呕吐，几乎把胃都吐出来，隔个甲板你都闻得到那恶臭味。与此相反，独角兽强健，诚实，无所畏惧，仪表整齐，而且从不晕船。有一次起大风，含的老婆在栏杆旁一个失足，差点翻下船去。独角兽因为大家替它游说而享有登甲板的特权，此时飞奔过去，用它的角顶穿她的斗篷，将它钉死在甲板上。它一番壮举可得了好报了：在一个开航纪念星期日，挪亚一家将它用砂锅炖了。我担保这是真的。我本人跟搬运工老鹰谈过，它送了一锅热的给闪的方舟。

当然你不一定非要信我，但你们自己的档案又是怎么说的？就说挪亚裸身的故事吧——你记得不？这是登陆之后发生的事。挪亚比先前更得意了，这也不奇怪——他挽救了人类，确保了王朝的兴旺，领受了上帝的立约。因此，他决定在其最后三百五十年的余生中享享清福。他先是在山坡上建一个村庄（你们称之为阿古里），继而整日里挖空心思为自己想出种种新的封号：暴风骤雨圣骑士，旋风大统帅，如此等等。你们的《圣经》上说，他在自己的庄园里种了一个葡萄园。哈！就是脑子再不灵光的也能识破这种婉转说法：他一直都是醉鬼。有天夜里，喝了特别烈性的酒之后，挪亚刚脱完衣服就瘫倒在卧室的地上，这也不是什么稀罕事。含和他的弟兄正好经过"帐篷"（他们还是用过去沙漠里带感情色彩的词来形容他们的宫殿），就进门看看酒鬼老爸有没有喝出问题。含走进卧室……这么说吧，六百五十多岁的人了，一丝不挂躺在地上，烂醉如泥，实在不算雅观。含做了一件很体面、很孝顺的事：他叫弟兄们遮盖老爸。作为一种尊敬的表示（尽管这种习俗在当时就已差不多消失），闪和那个以J打头的倒退着进入老爸卧室，设法把他安顿在床上，而他们的目光居然避而不看那总是莫名其妙令你们这一族害羞的生殖器官。你会觉得这完全是孝顺、光彩的举动。可是，当挪亚醒来之后，醉后反应使他头痛欲裂，他又是怎么想的呢？他诅咒看到他醉酒裸睡的儿子，宣判所有含的后代都要在那两个屁股先进他房间的弟兄家里做奴仆。这当中有什么道理？我能猜到你的解答：醉酒影响了他的判断能力，我们应该怜恤他，而不是谴责他。这也许有道理。但我只想提一句：是我们在方舟上认清了他。

他是个大块头——这个挪亚，跟大猩猩差不多，但他们的相似之处仅止于此。船队队长（航海半途中他自作主张晋升自己为海军上将）是个丑陋的老家伙，动作笨拙，又不讲个人卫生。除了脸上长毛，他都不懂怎么长毛发；其余的遮盖就全靠其他动物的皮了。把他和大猩猩放在一块，你一眼就看出谁更优越：当然是动作灵巧、肌肉发达，而且生来就会抓虱子的那个。我们在方舟上老是弄不明白，上帝怎么不选更合适的物种，偏要选人做他的门徒。他本来会发现别的大部分动物要忠诚得多。如果他选了大猩猩，我就不信会有这么多犯上作乱，兴许根本就不需要来一场洪水。

再说那家伙的怪味……湿毛皮长在某种看重仪表的动物身上是一码事；但从某个不修边幅的动物脖子上挂下一张不属于它的皮，又从不清理，湿漉漉地结上一层盐巴，那就完全是另一码事了。就是在风平浪静时，老挪亚好像也干不了（我说的这些都是鸟儿们告诉我的，鸟儿们是可以信赖的）。他身上带着潮气和阴霾，像是什么见不得人的往事或者未来恶劣天气的征兆。

航海途中，除了被当作午餐吃掉，还有别的危险。就拿我们这一族来说吧。我们上了船，安顿停当之后，感觉还挺得意。你要知道，那时根本没有灌满苯酚酒精溶液的喷药枪，没有杂酚油，没有金属环烷酸盐，没有五氯苯酚，没有苯，没有聚二氯苯，没有邻二氯苯，这些都是很久很久以后才有的。我们命大福大，没有撞上郭公虫科，或者蒲螨科的螨，或者茧蜂科的寄生黄蜂。尽管如此，我们还是有个敌人，非常耐心的敌人：时间。时间一拖，我们非得变，这可怎么办？

有那么一天，我们认识到时间和自然对我们的近亲报死窃蠹[1]发生了什么作用，我们算得到一次严重警告。可把我们吓得不轻。那是航海之旅后期，海面也算平静，我们无所事事，消磨日子，等待上帝心情变好。半夜里，方舟上一片宁静——很难得、很凝重的那种静，所有动物都屏息凝听，这一来，就静得更加深沉——我们很惊奇地听到报死窃蠹发出的咔嗒声。四五下尖锐的咔嗒声，停一会儿，远处传来一声回应。我们这些卑贱、懦弱、不起眼但很识相的家居窃蠹简直不能相信自己的耳朵。卵变成幼虫，幼虫变成蛹，蛹再变成成虫，这是我们一成不变的自然法则：化蛹是天经地义，无可非议的。但是，我们的近亲在变成成虫之后，什么时候不行，偏要在这一刻做出种种求爱的表示，几乎难以置信。我们正漂流海上，生死未卜，朝不保夕，而报死窃蠹却一门心思只想着性爱。想必是因为害怕灭绝什么的而引起的神经质的反应。就算如此吧……

挪亚的一个儿子听见响声过来察看，我们那些傻乎乎的近亲真是不可救药，只顾沉湎于性爱表白，一个劲地用上下颌敲击洞穴的墙壁。好在“海军上将”的后代对由他们托管的动物王国不甚了了，他把有规律的咔嗒声听成是船木在吱嘎作响。不久，风又大起来了，报死窃蠹可以太太平平地幽会了。家居窃蠹以全部七票赞成通过决议，只要还没上岸就不化蛹。

不得不说，不管雨天还是晴天，挪亚都不是什么航海能手。选上

1 报死窃蠹：一种蠹虫，啃噬木器，求偶时发出咔嗒声，欧洲人认为是预兆死亡来临的声音，故名“报死窃蠹”。

他是因为看中了他的虔诚，而不是航海技能。风暴来了他就犯傻，海浪平静时他也好不到哪里去。我有什么资格评头论足？我还是报道鸟儿们说的——鸟儿们可以在空中一待就是几个星期，可以从地球的一头飞到另一头，它们的导航系统跟你们发明的一样精巧。鸟儿们说，挪亚不懂行，他只会咋呼和祈祷。他做的那些事有什么难的？暴风雨一来，他就避风头苟且偷生；风平浪静时，他确保我们不漂离原定的地图标记太远，不致最后流落到类似撒哈拉那样的没法居住的地方。如果要替挪亚说好话，最多就是他历经风雨而大难不死（不过，他不用操心礁石和海岸线，这就省心多了）；还有，待大水最后退走，我们没有因为什么过错而处于某个大洋的正中。不然，真不知道我们还要在海上再待多久了。

当然，鸟儿们也说挪亚可以随时利用它们的专长，但他太傲慢了。他看不上鸟类的专业技能，只分派它们几项简单的侦察任务——观察漩涡和旋风。他又叫一些没有这方面能力的物种在恶劣天气里高空飞行，让它们白白送死。鹅叫起来确实不好听，特别在你想睡觉时。挪亚却指派它向九级大风进发，饱经暴风雨考验的海燕自告奋勇去代替鹅，却横遭拒绝。这样一来，鹅完蛋了。

好吧，好吧，挪亚也有他的功德。他是幸存者，而且不局限于航海这层意义。他还破解了长寿之谜，但后来失传，你们已一无所知了。可是，他不是个好人。你知道那次他把驴子放到船底下去拖的事吗？你们的档案里有记载吗？那是第二个年头，规矩稍微放松了些，允许入选旅行的动物们杂交。可是，挪亚撞见那驴子正往母马背上骑。他暴跳如雷，大骂这种交配绝没有好结果（这倒验证了我们关于他惧怕杂交的说法），扬言要拿这家伙开刀，杀一儆百。于是，他们把它的四蹄绑在一起，在汹涌的波涛中吊下船去，拖过船底，在船的另一侧再吊起来。我们中的大多数认定这是出于性嫉妒，就这么简单。叫人吃惊的倒是那驴子怎么看这件事。那帮家伙很清楚驴的耐力。他们把驴拉上船时，它已不成样子了。耳朵破破烂烂，像海藻叶片，尾巴像一段烂湿的绳子。有些动物到这时已不太买挪亚的账，它们向驴子围拢过来，我记得是山羊轻轻顶它的身侧，看它是否还活着。那驴子睁开一只眼，眼珠转了一圈，瞅一下四周神情关切的动物们，然后说了句："我现在知道做海狮是什么滋味了。"情况还不错是吧？不过，我可要告诉你，你们差一点又失去了一个物种。

我想这也不全是挪亚的不是。我是说，他那上帝就是个十分霸道的榜样。挪亚不管做什么都得先盘算一下上帝会怎么想。这可没法过日子。一天到晚掉过头来看别人的脸色，这还像个大人吗？挪亚也不能以年轻作为借口。按你们的标准推算，他已六百多岁了。活了六百年，脑子总该有点灵活性，总该看到问题的两方面了。没那么回事。就拿建造方舟来说吧。他干些什么？他用歌斐木造方舟。歌斐木？连闪都反对，但不行，他要用歌斐木，而且必须用歌斐木。附近没长多少歌斐木，他才不管呢。毫无疑问，他只是按照他榜样的指示办；但即便如此，也不行。只要懂一点木材的——在这方面，我的话可是带点权威的——都会告诉他，还有其他几十个树种都一样可以用，即便不算更好；再说，船上的所有部件都用一种木材做，这种想法很荒唐。选材应根据用途，这是人所共知的。可是，老挪亚就是这个样子——脑子顽固不化。只看问题的一个方面。歌斐木浴室用具——你听说过比这更荒唐的吗?

要我说,他这是从他的榜样那儿学来的。上帝会怎么想?他嘴里老是这么个问题。挪亚对上帝的忠心有点邪恶:叫人毛骨悚然,如果你明白我的意思。不过,他肯定清楚自己的利益所在。我想,一个人要是被上帝指定为受宠的幸存者,知道地球上只会剩下他这个王朝,免不了要头脑发昏的,是不是?说到他的儿子们——含、闪,还有那个以J打头的,这对他们的个人心态也没什么好处。在甲板上趾高气扬,俨然皇室一家。

对了,有件事我要说清楚,是关于这方舟的使命。你们多半还以为,不管挪亚有哪些不是,本质上说,他是个早期的保护主义者,他把动物搜集起来是不想让它们死光,他不能忍受再也见不着一只长颈鹿,他这么做是为了我们。完全不是这么回事。他把我们搜罗到一起是因为他的榜样要他这么做,也是出于他的自身利益,甚至是因为玩世不恭才这么做。他想着在洪水退走后得有东西吃。我可以这么告诉你:水里淹了五年半之后,菜园大多数冲光了,只有水稻长得很旺。所以,我们都很清楚,在挪亚眼里,我们不管是两条腿,四条腿,还是多少条腿,都是日后的美餐。不是现在,就是将来;不是我们,就是我们的后代。这种感觉很不好,你可以想象得到。挪亚的方舟上笼罩着偏执和恐怖的气氛。下一次,他会找我们中的哪一个?你今天得罪了含的老婆,明天晚上说不定就成了酱汁肉丁。命运如此捉摸不定,便导致最反常的行为。我记得有一对旅鼠在准备跳船时被逮住——它们说,它们想一了百了,这么拖着受不了。可是,闪正好逮到它们,把它们关在装货箱里。在他觉得无聊时,他时常打开箱盖,拿把大刀在箱里乱舞。他觉得这是逗趣。可是,这样做没叫整个物种遭受精神创伤才怪呢。

航海一结束,上帝自然就正式授予挪亚以进餐权。一路顺从的回报是,挪亚从此以后想吃我们当中的哪一个全由他挑。这是他们两个拼凑的协议或叫立约的一部分。要叫我说,这是个空洞的契约。说到底,地球上别的人都灭绝了,就剩下这一家拜神的,上帝也只好将就了,不是吗?总不能说,不行,你也不够格。挪亚多半意识到了,他可以摆布上帝(发了这场大水之后,如果迫不得已又废黜第一家庭,岂不是承认失败);我们思量,有没有这立约,他都会把我们吃了。在这个所谓的立约中除了我们的死刑宣判书绝对没有我们的好处。哦,对了,也给了我们一点小意思——挪亚和他那一帮不能吃已经怀胎的母兽。这么个空子,在已靠上海滩的方舟周围掀起一阵忙乱,还带来一些奇特的心理副作用。你有没有想过毫无控制地怀孕的起源是什么?

这倒让我想起含的老婆那件事。他们说那全是谣言,你由此可知,这类谣言是怎么开始的。含的老婆在方舟上不算是最受欢迎的;我已经说过,医护船的丢失一般都认为跟她有关。她仍很有风韵——发大水时她才一百五十岁,但她任性急躁。可怜的含肯定全得听她的。好了,下面是事情的真相。含和他的老婆有两个小孩——也就是两个男孩,他们就是这么算的,名叫古实和麦西。他们的第三个儿子弗是在方舟上生的,第四个儿子迦南是登陆后生的。挪亚和他老婆长着深色头发和褐色眼睛;含和他老婆也一样;要说起来,闪、法拉第,还有那个以J打头的都是如此。闪、法拉第以及那个以J打头的所有的孩子都是深色头发和褐色眼睛。古实、麦西和迦南也一样。可是，方舟上生的那个弗却是红头发。红头发，绿眼睛。这些都是事实。

现在，我们要离开事实的港湾而进入谣言的公海（顺带一句，挪亚就是这样讲话的）。我自己不在含的方舟上，所以我只是不带感情色彩地报告鸟儿们带来的消息。主要的有两种说法，你自己决定相信哪一种。你还记得有个工匠在储藏船上为自己凿了个藏身洞？据说——但未经正式确认——他们在搜查含的老婆的住宿区时发现一个无人知晓的隔间。平面图上肯定没有标。含的老婆一口咬定说不知道，但好像在那儿的挂钩上发现挂着她的一件牦牛皮贴身内衣，再仔细检查地板，又发现木板缝中夹有几根红头发。

第二种说法——我还是只报道而不加评论——涉及的是更隐秘的事了。可是，既然这直接关系到你们这一族中的很大部分，我不得不说出来。在含的方舟上有一对绝顶漂亮圆滑的类人猿。个个都说它们智力非同寻常，仪表无可指摘，你会发誓它们生动多变的脸好像随时都会说话。它们也有柔顺的红毛皮和绿眼睛。这一物种已不复存在：它没能活到航海结束，在船上的详细死因也没搞清楚。掉下一根帆桁之类的……但我们总觉得这也太巧了，一根帆桁掉下来就正好把这种特别灵活的动物一下砸死两个。

对公众的说明当然就完全是另一套了，没有秘密隔间，没有杂交混种。砸死类人猿的帆桁非常之大，还干掉一只紫麝鼠、两只侏儒鸵鸟和一对扁尾土豚。弗的奇怪颜色是上帝的神迹。不过，其寓意人们当时是无法猜透的。后来，它的意义明白了：这是谕示航海之旅已经过半。这么说来，弗是受主保佑的孩子，没有理由惧怕和受罚。挪亚自己也这么说。上帝托梦到他身边，叫他不要伤害那婴孩，挪亚这个自称正直的人就按上帝讲的做了。

不用我来告诉你，动物们对该听谁的也有很多分歧。譬如，有一种说法认为，那只公的红发绿眼类人猿兴许跟含的老婆有亲密的肉体关系，而这在哺乳类动物是无法接受的。尽管我们无从知道哪怕是我们最亲密的朋友内心深处在想些什么，但哺乳类动物却敢起誓，要有这样的事，它们就不是哺乳类动物。它们自称太了解那公猿了，可以担保它的高风亮节。它们暗示，那公猿甚至还有点势利眼。就算——只是假设——它想稍稍放纵一下，有的是更诱人的尤物，哪里轮得上含的老婆。干嘛不找一只小小可爱的黄尾猴，只要给一小团肉豆蔻泥谁都可以搞到手的。

我要揭示的真相到此差不多说完了。这些都是出于好意，你一定要理解我的意思。你如果认为我这是故意挑起争端，那很可能是因为你们这一族武断得不可救药——但愿你不会在意我这么说。你们只相信你们愿意相信的，然后就一直相信下去。想想也不奇怪，你们都有挪亚的基因。毫无疑问，这也就是为什么你们常常出奇地漫不经心，不想刨根究底。譬如，你们对自己的早期历史从来不问一句：那只乌鸦后来怎么样了？

方舟停在山顶后（事情当然要比这复杂，但我们暂且放过细节），挪亚放出一只乌鸦和一只鸽子，看看洪水是否已从地球表面消退。按你们现在传下来的说法，乌鸦没做多少事；他只是飞来飞去，没啥作用，你们会得出这样的结论。与此相反，鸽子的三次飞行则被渲染成英雄壮举。我们为她无处歇脚而伤心流泪；我们为她衔橄榄枝飞回方舟而兴高采烈。我知道，你们是抬高这只鸟，赋予她象征价值。所以，让我挑明这一点：乌鸦坚持说是他发现了橄榄树，是他把橄榄叶带回了方舟，可是挪亚认定应该说是鸽子发现的才“更加合适”。以我自己而论，我一直相信乌鸦。不说别的，乌鸦的空中飞行能力比鸽子强得多。而且，在动物中挑拨离间正是像挪亚这种人做的事（又是学他那上帝的榜样）。挪亚传言乌鸦没有一看到退了水的陆地就立即返回，而是诈病，甚至看到他（谁看到了？就是有心向上爬的鸽子也不至于这样缺德，这样无中生有去诬蔑）津津有味地吃腐肉。不用我来说，面对这种对历史的随意篡改，乌鸦感到被伤害，被出卖。有的说（是那些耳力比我好的这么说），直到今天你还可以从他的鸣叫中听出声声哀怨。那鸽子正好相反，打我们下船的时候就开始沾沾自喜地叫着，真让人受不了。她已经想到自己的形象会印在邮票和信笺头上。

放下跳板前，“海军上将”对他方舟上的动物们训话，他的话再传达到我们这些在其他船上的动物。他感谢我们的合作，对有时食品定量不足表示歉意。他还许诺，既然我们这头没有爽约，他会在下面几轮谈判中向上帝讨回最佳报酬。我们当中有一些听了有点怀疑地笑笑：我们还记得驴子从船底下拖过、医护船的丢失、杀光杂交动物的政策，还有独角兽之死……我们看得很清楚，挪亚装出一副好人样，因为他知道头脑清楚的动物一踏上陆地会做什么：直奔森林山野。很明显，他是想用甜言蜜语把我们留在挪亚新宫殿周围。他同时宣布要兴建这个新宫殿。宫殿提供的福利将包括为动物免费供水和严冬增加饲料。很明显，他害怕两条腿、四条腿或者不管多少条腿的动物们一走，他就不能像在方舟上吃惯了的那样顿顿有荤，挪亚一家又要以浆果和坚果为生了。令人惊奇的是，有些动物认为，挪亚提出的条件不赖：它们说，无论如何，他总不会把我们都吃了，他大概只剔去那些老弱病残。于是，它们中间有一些（说起来都不是最聪明的）留下来等着宫殿盖好，等着水似酒一般流淌。有猪，有牛，有羊，一些比较蠢的山羊，还有鸡……我们警告过它们，至少是努力了。我们曾经嘲笑说："小火煨还是大火煮啊？"但没有用。我说过，它们脑子不灵，多半还害怕再回野生世界；它们已离不开囚牢和看守了。接下去几代发生的事情就不难推算了：它们不再是从前的自己，而是徒有其表了。你今天看到四下里走动着的猪和羊，跟它们在方舟上活灵活现的祖先相比简直是行尸走肉。它们的身子里面已经被掏空了。它们当中有些，譬如火鸡，还得忍受更多的屈辱，掏空身子还要再塞进填料，然后才拿去煨或煮。

说实在的，挪亚和上帝订立的赫赫有名的上岸条约有些什么实际内容呢？他的氏族诸多牺牲，一片忠诚（且不提动物王国做出的更大牺牲），他又换回些什么呢？上帝说——这是挪亚在往最好处解释——他许诺不再发洪水，并立彩虹为记。彩虹！哈！当然很漂亮，上帝为我们造的第一道彩虹，一个五彩缤纷的半圆，边上还有一条色彩淡些的姐妹虹，在湛蓝天空中比翼生辉。我们当中有很多不由自主地停止吃草，仰天观望。你可以看出这其中的意思：雨渐止而日复出，这绚烂夺目的象征每一次都提示我们，这雨不会下个不停而泛滥成洪水。就算是这样吧。也没什么了不起。法律上能强制执行吗？叫彩虹到法庭上去对质试试看。

精明些的动物们看透了挪亚半包伙食的把戏，它们走向山林中，依靠自己的技能获取水和过冬食物。我们不免注意到，驯鹿是最早离开的，急急忙忙逃离“海军上将”和他所有的子孙后代，仍旧怀着神秘的不祥预感。顺带说一句，你们把逃离的动物（按挪亚的说法是忘恩负义的叛徒）看作比较高贵的物种，这是有道理的。猪能算高贵？羊呢？鸡呢？要是你见过那独角兽……这是挪亚上岸后演说的另一个可以争议的方面。他对还在栏圈边流连的动物说，上帝给我们彩虹，实际上是许诺让世上的万般奇迹登峰造极。如果我没听错，这明明白白是针对航海之旅中从挪亚的船上扔下海或被他一家吞下肚去的几十种原始神奇动物。用彩虹来替代独角兽？上帝干吗不干脆让独角兽起死回生？那样我们动物们还更高兴。不要雨一停，天上就来个大大的标记，暗示上帝恩泽浩荡。

我想我对你们讲过，出方舟不见得比登方舟容易。唉，入选动物中也有告密的。所以，挪亚不可能就这么放下跳板，大喊一声“平安靠岸”。每个动物都要经过严格搜身才能放行，有些还要在有焦油味的水盆里浸一浸。有几只母兽抱怨，闪硬要给它们做体内检查。他们还抓到好几个偷渡客：一些过于显眼的甲虫，几只不太明智地在航行中贪吃以致太胖的老鼠，还有一两条蛇。我们下船时——我想这没有必要再保密了——是躲在公羊角的空心顶端里。这头公羊体型高大，性情乖戾，一身反骨，我们过去三年在海上有意识地跟它套近乎。它根本不服挪亚的管，所以乐得帮我们在登陆时骗过他。

我们七个从山羊角里爬出来后别提有多高兴了。我们活下来了。我们偷渡，幸存，逃脱——全没有和上帝或挪亚订什么靠不住的契约。我们自己干。我们觉得自己成了崇高的一族。你也许会觉得这很好笑，但我们确实感觉自己崇高。那次航海使我们学到很多东西你也看到了，其中主要一条是：比起动物来，人的进化非常落后。我们当然不否认你们的聪明和可观的潜力。可是，你们现在还只处于初期发展阶段。举个例子说吧，我们从来都有自我：已经进化的就应该是这个样子。我们是什么就是什么，我们知道应该是什么。你不会指望猫突然开始狗叫，或者猪突然开始哞哞牛叫，是不是？但是，可以这么说，我们这些方舟航海过来的已经学会怎么看你们这一族。你们一会儿狗叫，一会儿猫叫；一会儿想变得狂野，一会儿又想变得温顺。**只有在这一方面我们知道和挪亚在一起我们处于什么状况**：**我们永远无法知道和他在一起会是什么状况**。

你们这一族也不太会说真话。你们老是健忘，或者假装健忘。法拉第和他的方舟失踪了，有谁提起过？我知道这样视而不见可能有它好的一面：不去理会坏事可以活得更轻松些。可是，不理会坏事，到头来你们就以为坏事从来就没发生过。一有坏事出现，你们就大吃一惊。枪炮杀人，金钱腐蚀，冬天下雪，你们都大惊小怪。唉，这样天真幼稚会很讨人喜欢，但也会有灭顶之灾。

再譬如，你们甚至不承认挪亚的真正本性，他是你们的元祖，虔诚的父王，坚定的保护主义者。我得知，你们的早期希伯来神话里说，挪亚看到山羊吃了发酵的葡萄以后醉了，这样才知道醉酒是怎么回事。这样变着法地把责任全推到动物身上，也太厚颜无耻了；要命的是，这还成了一种模式。堕落归罪于蛇；诚实的乌鸦变成好吃懒做；山羊诱使挪亚变成酒鬼。听着：你听我的不会错，挪亚不需要分趾动物告诉他怎样发现葡萄酿酒的秘密。

你们的第一本能总是怪罪别人。如果不能怪罪别人，就说这问题本来就不是个问题。重定规矩，修改目标。有些终生研究《圣经》的学者甚至试图验证，方舟上的挪亚和那个酗酒裸身、名声不佳的挪亚本不是同一个人。上帝怎么可能选一个酒鬼呢？所以，你看，他不是个酒鬼。不是那个挪亚。很简单，别人搞错了。没问题了。

上帝怎么可能选一个酒鬼呢？我已经告诉你了——因为其他所有的候选人都更不入眼。挪亚实在是在矮个子当中挑出的将军。要说他的嗜酒：实话告诉你，是那次航海把他拉下水的。登舟之前的日子里，老挪亚就总爱喝上几盅好酒：谁不是这样？可是，航海之旅使他变成了酒鬼。他就担不了这么重大的责任。他在导航决策上犯了错误，八条船丢了四条，委托给他的动物也丢了差不多三分之一——他本该送军事法庭的，问题是找不到人开庭。尽管咋咋呼呼，他丢了一半船队心里总不好受。不好受，不成熟，一直硬撑着做你无法胜任的事——合起来实在够呛，你们这一族再有谁来也一样会被拖垮的。我想，你甚至可以说，是上帝逼挪亚喝酒的。也许，这就是为什么你们那些学者迫不及待地要把两个挪亚区分开：结果是不伦不类。可这“第二个”挪亚的故事——酩酊大醉，不知羞耻，随意处罚孝顺儿子——在我们看来没什么奇怪，我们了解方舟上的“第一个”挪亚。恕我直言，这纯属酗酒堕落，叫人沮丧，但也不出所料。

我前面说过，我们出方舟时欣喜万分。别的先不说，我们吃下去的歌斐木就足够我们享用一辈子了。这就又多出一个理由要挪亚设计船队时别那么邪门：我们当中有一些本来可以换换胃口的。当然啦，挪亚才不会管那么多，因为本来就没有安排我们上船。几千年后再回头看，把我们排斥在外的这种做法显得比当年更严酷。我们一共七个偷渡客，如果当时把我们当作可以漂洋过海的物种，那也只会发两张登船卡，我们也只有认了。说真的，挪亚那时也无法料定航海之旅会持续多长时间。但是，想想我们七个在五年半时间里才吃那么一点点，就是放我们两个上船实在也没什么大关系。说到底，生为木蠹，不是我们的错。

2 不速之客

弗兰克林·休斯提早一小时就登船了。他要向乘客们做一些必要的友善表示，这些乘客可以使他往下二十天的工作变得轻松些。这会儿，他靠在船栏杆上，看乘客们爬上舷梯：大部分是中年和老年夫妇，有的带着明显的国籍标志，还有的看上去更有教养，一时看不出来自何方。弗兰克林一只手臂轻轻松松但又稳稳当当地搭在他的旅行同伴肩上，心里猜测他的听众都从哪儿来，这在他是每年玩一次的游戏。美国人最好认，男人穿淡色的新大陆休闲服，女人大腹便便也无所谓。接下来比较容易辨认的是英国人，男人穿粗花呢上装，罩住赭色和米色的短袖衬衫，女人很有脚劲，一听说有希腊神殿，不管什么样的山都要去爬。有两对加拿大夫妇头戴高耸的帽子，帽子上有醒目的枫叶图案。一个来自瑞典的四口之家，都是修长身材，清一色的金发。还有一些法国人和意大利人不好分辨，但弗兰克林凭他们讲的单词baguette或macaroni就能加以区别。还有六个日本人一反常态，没有一个挎照相机的。除了一些全家同行的，偶尔还有个把孤独无伴、外表高雅的英国人。乘客们成双成对有秩序地登上舷梯。

“动物们成双成对地进来。”弗兰克林说道。他四十来岁，高个子，身体肥胖，一头淡淡的金发，肤色带红。至于皮肤红的原因，恶意的认为是常喝酒，善意的认为是日晒过度。他的长相叫人觉得似曾相识，也就不去管它是否好看。他的同伴（或叫助手，她坚持不让叫秘书）身材苗条，皮肤黝黑，一身衣服是为这次航行新买的。弗兰克林摆出一副老手的架势，身穿卡其布丛林夹克衫和皱巴巴的牛仔裤。在一些乘客心目中，有身份的客座讲演者本不该是如此装束，但这恰好映衬出弗兰克林的这种身份的来历。他如果是美国学术界出身，就会穿一身泡泡纱套装；如果换成英国学术界，也许就穿奶油色带褶缝的亚麻布夹克。可是，弗兰克林的名声（远没有他想象的那么大）来自电视。他最早只是传达别人观点的传声筒，一个穿灯芯绒套装的年轻人，以和蔼可亲、平易近人的方式阐释文化。过了没多久，他意识到，他既然能讲这些东西，就没有理由不能写。起初，只不过是“弗兰克林·休斯提供的补充材料”，之后是与别人合写脚本，最后达到像模像样的“由弗兰克林·休斯撰稿并播讲”。谁也搞不清楚他的学识专长是什么，但他却在考古、历史和比较文化几个学术领域里漫游。他最拿手时下的典故引喻，把死透了的题目再搬出来，让它们在一般电视观众眼前活起来，像什么汉尼拔[1]翻越阿尔卑斯山，北欧海盗藏在东英格兰的珍宝，希律[2]的宫殿，等

1 汉尼拔（前247—前183或前182）：迦太基统帅。

2 希律：犹太国王。

等。“汉尼拔的象群就是他那个时代的坦克师。”他在异国风光里热情奔放地边走边说。或者是:“步兵人数多得像英国足球总会杯决赛时温布莱体育场爆满的球迷。”再不就是:“希律不单单是个暴君,统一了全国,他还庇护艺术——也许我们应该把他想象成一个很有格调的墨索里尼。”

弗兰克林的电视名声很快为他招来第二任妻子,两年之后又第二次离婚。如今,他和阿芙洛狄特文化旅行社的合同总少不了为他助手安排一个客舱的条款,“圣尤菲米娅”游轮的船员们不无羡慕地注意到,他的这些助手很少有跟他航行超过一次的。弗兰克林待乘务员们不错,和那些为二十天旅游花费了一两千英镑的游客相处得也很好。他有时兴致上来讲离了题,要等停顿后,脸上带着迷惘的微笑愣半天,才想起来应该往哪儿讲,这种习惯倒也很迷人。乘客当中很多人谈起弗兰克林,说一看就知道他演讲很投入,在如今这什么都不在乎的年代,这是多么让人耳目一新,他又是如何让历史真正地在他们面前重现。他的丛林夹克衫纽扣经常没有扣好,劳动布牛仔裤有时沾上了龙虾,这只不过更加确证他对工作的痴迷。他的衣着也反映了当今时代足可称道的学术民主作风:你不必非要系上燕子领,像个一本正经的教授,才算领悟了希腊建筑原理。

“欢迎自助餐八点开始,”弗兰克林说,“我想最好还是用一两个钟头准备一下明天早上的演讲。”

“你以前肯定讲过好多遍了吧?”特里西娅心里有几分希望他能和她一起待在甲板上,看船离港驶入威尼斯海湾。

“每年要有所不同。要不,你就成了老一套了。”他轻轻按一下她的胳膊，然后下了甲板。实际上，明天早上十点他的开场白跟前面五年是一模一样的。唯一的区别——唯一能让弗兰克林不至变成老一套的东西——就是特里西娅的在场，而不是……最后那位姑娘叫什么来着？不过，他喜欢做出事先做好演讲准备的样子，再说他也不是没看过威尼斯渐渐消失在天际，不看也没什么了不起。明年还看得到，最多再下陷个一两厘米，更加贴近水面，粉红色调（和他的肤色相仿）又褪了一点。

特里西娅在甲板上注视着威尼斯城，直到圣马可教堂的钟楼变成了一个铅笔头。她第一次见到弗兰克林是在三个月前，当时他正在一个电视谈话节目中露面，而她才工作不久，为那个节目准备资料。他们同床过几次，也不过如此。她告诉合住同一套公寓的女孩子们，她要和一个校友出行。事情顺利的话，她回去后会给大家讲，但这会儿还没太大把握。弗兰克林·休斯！到目前为止，他真的很体贴，还给她分派一些象征性的工作，不要让人一看就是女朋友。电视上很多人在她看来有点假惺惺——很迷人，但不那么诚实。弗兰克林在屏幕外和在屏幕上完全一个样：性情开朗，爱开玩笑，乐于交谈。他说什么你就信什么。电视评论家们取笑他的服饰，还有衬衫开领处的一撮胸毛，有时还讥讽他播讲的内容，但那只是嫉妒，她倒要看看这些评论家能有几个站出来跟弗兰克林比试比试。他们第一次一起吃午饭时，他就向她解释过，要做得表面看上去轻松实际上是最难的。他还说，电视的另一个秘诀是要知道什么时候该闭嘴，让画面接过来代你说——“你要在话语和图像之间求得微妙的平衡。”弗兰克林私下里期望得到最高奖赏：“由弗兰克林撰稿、解说和制片。”他在梦中为自己设计了一个漫步古罗马广场的大镜头，他从塞普蒂米乌斯·塞维鲁拱门走到维斯太神殿。唯一的问题是摄像机往哪搁。

旅程的第一段平平常常，船在亚得里亚海上航行。先是欢迎自助餐，船员们则在一旁对乘客评头论足，乘客们小心翼翼地互相绕过。弗兰克林在首场演讲中讨好一番听众，贬低自己的电视名声，又称直接面对听众演讲有一种新鲜感觉，不像面对一个玻璃眼球，摄像的又在叫“嘴上有毛，再拍一次怎么样，亲爱的？”（听众中大多数不会懂这当中的技术含义，弗兰克林的用意也是如此：他们可以瞧不起电视，但不能认为这是傻瓜的营生。）弗兰克林还有另一段开场白也是少不了的。他告诉助手，他们最要紧的事是过快活日子。当然，他有工作要做——有时，尽管不情愿，他不得不把自己关在客舱里准备演讲稿，但是，他大致的感觉是，他们应该把这次旅行看作是三个星期的假期，远离恶劣的英格兰天气和电视台里的种种明争暗斗。特里西娅点头同意，虽然她只是个初级资料员，还没有目睹（更不用说经受）过什么明争暗斗。世故一些的女孩子马上就会明白，弗兰克林的意思是“就这么回事了，别指望再从我这里得到什么了”。特里西娅性情温和乐观，把他这番话往好处想，当作“我们还是注意不要抱不切实际的想法”——要替弗兰克林·休斯说句好话，他大致也是这番用意。他每年几次轻度坠入爱河，他对自己这种倾向有时也觉懊悔，但一般都沉溺其中。不过，他远非无情无意。他一旦感觉某个女孩——特别是好女孩——需要他超过了他需要她，心里顿时涌上一阵可怕的恐慌。这么一来，他往往会在两种可能性中提出一种——那女孩要么住进他的公寓，要么退出他的生活，而两者都不是他情愿的。如此说来，他对珍妮，对凯西，或这一次对特里西娅所致的欢迎辞更多的是出于谨慎，而不是玩世不恭。可是，到后来，事情搞僵了，如果珍妮、凯西，或者这一次的特里西娅把他想得比实际上更会算计，那也没什么好奇怪的。

出于同样的谨慎（这么多骇人听闻的新闻报道都在告诫他要谨慎），弗兰克林·休斯弄到一本爱尔兰护照。这世界已不再友好相待，不像以前那样，你只要持一本深蓝皮的英国护照，再加上“记者”和“BBC”字样，就要什么有什么。“大不列颠女王陛下的国务大臣”——弗兰克林都能背得出来——“以女王陛下的名义请求阁下向本护照持有者提供必要的帮助和保护。”想得倒美。如今，弗兰克林旅行在外都是用绿皮的爱尔兰护照，封皮上烫金印着竖琴图案。就为这，弗兰克林每次亮护照都觉得自己像个吉尼斯代表。打开护照，休斯的自我描述大体是如实的，只是隐去了“记者”字样。世界上有些国家不欢迎记者，还认为装出对考古现场有兴趣的白皮肤记者明显是英国间谍。填上“作家”会好一些，也有意以此自勉。如果弗兰克林把自己说成是个作家，说不定他还真会变着法地成为一名作家。下回再出一套丛书，他肯定能摊上一本；在这之后，他打算写点严肃的东西，但很性感——类似个人的世界周游史，可能在畅销书榜上停留几个月。

“圣尤菲米娅”游轮已有些年代了，但还算舒适，船长是个威仪堂堂的意大利人，希腊船员们干活也很利索。参加阿芙洛狄特旅游团的全是些因循守旧的客人，国籍不同但趣味相投。这些人喜欢阅读胜过在甲板上玩掷圈游戏，情愿晒日光浴而不热衷迪斯科。他们到哪都紧随客座讲演者，差不多所有的补充游览项目都参加，对纪念品商店里的草编驴子不屑一顾。他们不是来谈情说爱的，尽管有时会随弦乐三重奏跳跳老派的舞。他们轮流到船长的餐桌就座，每逢化装晚会便别出心裁，还认认真真地阅读船上印发的报纸，看报纸上登载的每日航线、生日贺词，还有欧洲大陆上发生的不会引起什么争议的事情。

特里西娅觉得气氛不够活跃，但这是经过精心安排的。正如弗兰克林对他助手讲的那一番话一样，他在开场演讲中强调，下面三周要做的事就是消遣和放松。他很艺术地暗示，人们对古代经典的兴趣程度不同，就他个人而言，他不会做考勤记录，谁不来听讲就打个黑叉。弗兰克林为了讨好人心，承认自己也有看腻了艳阳天下又站一排科林斯圆柱的时候。不过，他这么讲，并不是叫乘客们真的相信他。

北方的残冬已被甩在后面，“圣尤菲米娅”轮缓缓驶入地中海，把一船优哉游哉的乘客带入地中海平静的春天。花呢夹克换成了亚麻布夹克，裤式套装换成了略嫌过时的无袖连衣裙。他们在夜里通过科林斯运河，有些乘客穿着睡衣挤在舷窗旁边。更壮实的则到甲板上，偶尔能见到照相机发出软弱无力的闪光。从爱奥尼亚海到爱琴海：在基克拉迪群岛，更冷一些，风浪也大一些，但谁都不在乎。他们先是在华丽时髦的美可诺斯上岸，有一个老校长爬废墟时扭了脚踝；之后，又在出产大理石的帕罗斯岛和锡拉火山岛两处上岸。航行到第十天，他们在罗得岛停靠。乘客们上岸后，“圣尤菲米娅”轮加了油，又补充了蔬菜、肉和酒。还上了几个客人，但直到第二天早上大家才知道。

船正驶向克里特岛，到十一点钟，弗兰克林照常开始演讲，今天是讲克诺索斯和米诺斯文化。他得留点神，因为听众一般都知道克诺索斯，他们中有些人还自有一套理论。弗兰克林喜欢人们提问；在他讲过之后，如果有人补充一些鲜为人知的资料，甚至提出一些更正意见，他都毫不介意——他会很有风度地欠身致谢，尊称对方“教授先生”，这中间的含义是，只要有些人对事情有个总体的把握，其他人完全可以用渊博的细节充实他们的脑袋。可是，弗兰克林不能忍受的是有些令人讨厌的听众，有点小聪明就迫不及待地要在客座讲演者面前炫耀一番。对不起，休斯先生，依我看这像是埃及人造的——我们怎么知道这不是埃及人造的呢？你这不是在按照人们的想法来假定荷马的写作时间吗？我没什么专家见识，但更有道理的说法应该是……至少总要冒出个把来，一副外行样子，不得其解，但又擅长推理；不盲从主流观点，深知历史学家就会信口开河，知道要搞清楚复杂的问题最好完全凭直觉，不受任何实际知识和研究的影响。“我欣赏你讲的这些，休斯先生，但是，更符合逻辑的说法应该是……”弗兰克林有时想说（但从没有说出口），这些对早期文明的胡乱猜测，在他看来差不多都是以柯克·道格拉斯或伯特·兰卡斯特主演的好莱坞历史大片作为蓝本的。他想象自己在听完一个这样的傻冒提问之后，反唇相讥地答道：“当然啦，你应该知道，电影《宾虚》[1]也不是全部可信的。”不过，这次航行还使不得。说真的，他要等到最后一次航行时才这么做。那时，他可以放松一些，对听众可以更坦率一些，酒可以多喝一些，对秋波顾盼的回应也可以更殷勤一些。

几位来客没有准点来听弗兰克林·休斯关于克诺索斯的讲座，他扮演阿瑟·伊文思爵士[2]的一段结束后，他们打开了对开的两扇门，对

1 该电影获十一项奥斯卡奖（1960年，第三十二届），根据卢·华莱士的著名长篇小说改编拍摄。

2 阿瑟·伊文思（1851—1941）：英国考古学家。

天花板开了一枪。弗兰克林还沉湎于自己的表演之中，说了一句："谁能告诉我这是什么意思？"但这是过时的玩笑，不足以拉回听众的注意力。他们早忘了克诺索斯，正看着那个留八字胡、戴眼镜的高个子走向讲台，接过弗兰克林的位置。一般情况下，弗兰克林会先有礼貌地问过他的头衔，再把话筒让给他。但这人携一杆大号冲锋枪，戴一条红条格头巾（这种头巾过去叫人联想起效忠阿拉伯的劳伦斯[1]的可爱的沙漠勇士，而最近几年里却同粗声粗气、滥杀无辜的恐怖主义分子挂上了钩），弗兰克林就只做了个"你来"的含糊手势，然后坐到自己的座位上。

弗兰克林的听众——他还把他们看成自己的听众，而这时已搞不清是他的听众还是那位高个子的——安静下来。人人举止谨小慎微，每次呼吸都很小心。来客共有三个，另外两个把守着进入演讲厅的门。戴眼镜的高个子还有几分学者风度，像所有地方的演讲者一样轻叩话筒：一方面看看话筒是否好用，一方面为了吸引注意力。这个动作的第二个方面严格说来没有必要。

"给大家添麻烦了，很抱歉。"他开口了，招来一两声紧张的干笑，"但我认为有必要暂时中断你们的假日。我希望这不会拖很长。你们就待在这儿，坐在哪儿就待在哪儿，直到我们告诉你该做什么。"

演讲厅中央有一个美国男子没好气地问："你是什么人？到底想干什么？"阿拉伯人折回到刚刚离开的话筒，用外交官那种轻慢鄙夷

1　阿拉伯的劳伦斯（1888—1935）：英国军人、学者，第一次世界大战时受命加入阿拉伯军队，极富传奇色彩。

而不动声色的口吻回答说:“对不起,我这会儿不回答提问。”接着,为了不至让人们把他错当成外交官,他继续说道:“我们不是崇尚不必要暴力的那种人。但是,我刚刚为了吸引你们的注意力,对天花板开了一枪,我这里有个小扳机也设好了位置,所以这枪每次只打一发子弹。如果我改动这扳机”——他一边把枪举得半高,一边做动作,俨然一个枪械教练在给一班特别无知的学生上课——“这枪就会连射,直到弹匣打空为止。我希望大家都清楚了。”

阿拉伯人离开了演讲厅。人们牵着手,偶尔有人抽泣,但更多的时候是一片寂静。弗兰克林的目光移向坐在演讲厅最左侧的特里西娅。他的助手们可以来听他的讲座,但不能坐在正面视线范围内——“不要让我思想开小差。”她没有惊慌的表情,倒是更担心应该怎样应对。弗兰克林想说:“嘿,这种事我从没遇见过,不是正常情况,我不知道该怎么办。”但最后他还是含糊地点了点头。十分钟没有一点动静的沉默之后,一个五十多岁的美国妇女站起来。把门的两个来客中有一个马上对她喊叫起来。她毫不理会,也不理睬她丈夫的轻声劝告和用手阻拦。她顺着中间的过道走向枪手,离他们还有最后几码时停下,用清晰、缓慢、充满恐慌的嗓音说:“我要上该死的厕所。”

两个阿拉伯人既不回答,也不正面看她。他们用枪稍稍比画,再明白不过地示意,她现在是个大活靶子,再往前一步,就能毫不含糊地证实这一点。她掉转身,回到自己的座位,开始哭泣。大厅右边另一个妇女也跟着哭了起来。弗兰克林再看一眼特里西娅,点点头,站起身来,故意不看那两个卫兵,朝着讲台走去。“我刚才说到……”他像个权威似的咳了一声,所有的目光都转向他,“我刚才说,克诺索斯王宫根本算不上当地最早的人类遗址。我们所认为的米诺斯地层只下到大约十七英尺,但在它下面,一直到二十六英尺左右,都有人类居住的痕迹。王宫动工前至少一万年,那片地方就已发现生命了……”

重新演讲好像感觉很正常。他还感觉自己身上披上了一层领袖外衣。他也打算就这么认了,起初还是不经意的。卫兵们懂英文吗?说不定懂。他们去过克诺索斯没有?不大像。于是,弗兰克林在讲述王宫议事厅时,编造出一块大土匾,说那匾多半是悬挂在石膏做的王位之上的。匾上写道——他这时朝阿拉伯人看了一眼:“我们正处于危难时期。”他继续讲述王宫遗址,挖掘出更多的匾来,他到这时开始无所畏惧地点明,这些匾上的铭文很多带有普遍意义。有一块写的是:“我们最重要的是不能贸然从事。”另一块:“空空洞洞的威胁和空刀鞘一样毫无用处。”还有一块:“虎必伺机而腾跃。”(休斯犹豫了片刻,米诺斯文明是不是知道老虎)他不确定听众中有多少人跟得上他的所作所为,但听众中时而发出阵阵附和声。说来也怪,他还感觉挺快活的。他结束王宫之游时又从他那众多的铭文中搬出一条最缺少米诺斯韵味的:“日落处有一强大力量,对某些事不会容许。”然后,他归拢演讲稿,在比往常更热烈的掌声中入座。他朝特里西娅看去,眨眨眼睛。她眼中噙着泪水。他目光投向那两个阿拉伯人,心想:给你们看看,这下你们知道我们是用什么材料做成的,看看我们是怎样临危不惧,坚定沉着。他后悔没有编造一些米诺斯格言,专门针对头戴红色茶巾的那些人,但知道自己不会有那胆量。还是留着以后再说,等他们都太平无事之后。

他们在带有尿味的沉寂中等了半个小时，来客领头的才回来。他和卫兵们讲了几句之后便顺着过道走向讲台。“我了解到，你们上了一堂克诺索斯王宫的课。”他说，弗兰克林觉得两手心冒汗，“这很好。你们要了解其他的文明，这很重要。了解这些文明的伟大之处，了解”——他意味深长地停住——“它们的覆灭。我非常希望你们到克诺索斯的旅途愉快。”

他正要离开话筒，那个美国人又发问了，大概是记起了米诺斯匾训，这次的口气变得和缓了：“对不起，你能否给我们大致讲一下，你们是什么人，想干什么？”

阿拉伯人笑了。“我认为，现在这么做还不合适。”他点了点头，表示话已讲完，然后又想了想，觉得客客气气的提问至少要给一个客客气气的回答，“这么说吧。如果一切按计划进行，你们很快就可以继续探索米诺斯文化。我们怎么来的，还怎么消失，在你们看来只不过是一场梦。然后，你们就可以把我们忘了。你们只记得我们耽误了一点时间。所以，你们不需要知道我们是谁，从哪儿来，要干什么。”

他正要离开低低的讲台，弗兰克林自己都不知道怎么回事，说了句：“对不起。”阿拉伯人转过身来：“不要再提问。”休斯接着说：“这不是提问。我只是想……我知道，你们还有别的事情要考虑……如果我们非得待在这里，你们至少要让我们上洗手间。”来客领头的皱了皱眉。“卫生间，”弗兰克林解释说，然后又加一句，“厕所。”

“当然啦。我们把你们转移到别处时，你们就可以上厕所了。”

“要到什么时候？”弗兰克林觉得自己因为有个自封的角色而有几分忘乎所以，而那阿拉伯人则听出一些不对劲的反抗情绪。他简短地答道："这由我们定。"

他走了。十分钟后，一个在此之前他们没见过的阿拉伯人走进来对休斯轻声讲话。休斯起身说："他们要把我们从这儿移到餐厅。我们要两个两个地过去。合住同一客舱的要说明哪些人合住一个客舱。他们会带我们到各自的客舱，在那儿我们就可以去洗手间了。还要带上自己的护照，别的都不能带。"阿拉伯人又轻声讲话。"我们不能锁洗手间的门。"别人没要他说，弗兰克林自己接着说下去，"我想，船上这些来客都不是闹着玩的。我想，我们还是不要得罪他们的好。"

只有一个卫兵能用来转移乘客，整个过程用了好几个小时。弗兰克林和特里西娅被带往C甲板时，他用谈论天气的平常口吻对她说："摘下你右手上的戒指，戴到婚指上去。把宝石转过去，不让人看见。现在别做，等你小便时再做。"

他们到了餐厅之后，由第五个阿拉伯人查验他们的护照。特里西娅被叫到远远的一端，那儿一个角落是英国人，另一角落是美国人。餐厅中间是法国人、意大利人、两个西班牙人，还有加拿大人。最靠门口的是日本人、瑞典人，还有唯一的一个爱尔兰人弗兰克林。最后带进来的几对当中有齐默尔曼夫妇，他们是一对身材矮胖、穿戴得体的美国人。休斯开始时以为那丈夫是做服装生意的，可能是大裁缝自己开店。但后来在帕罗斯岛上一番谈话之后，发现他是中西部一个刚退休不久的哲学教授。这对夫妇往美国人的角落走去，经过弗兰克林的桌子时，齐默尔曼悄声说了句："把洁净的和不洁净的分开。"

等所有的人都到齐后，弗兰克林被带到事务长办公室，那领头的就在那儿。他暗暗问自己，那只有点像圆球似的鼻子，还有那八字胡子，是不是跟那眼镜连着；说不定可以一起摘下来。

“啊，休斯先生。你好像是他们的发言人。不管怎么说，你现在可算是正式的了。你把下面这些解释给他们听。我们尽量让他们过得舒适，但他们要知道实际上有些难处。他们每个小时可以互相交谈五分钟。同时，想去厕所的也可以去。每次去一个人。我看得出，他们都是讲道理的，我也不想让他们变得不讲道理。有一个人说他找不到护照。他说他叫塔尔博特。”

“对，塔尔博特先生。”一个不大声张的英国老人，喜欢问些古代宗教方面的问题。一个性情温和的家伙，没有自己的一套理论，感谢上帝。

“他得跟美国人坐一块。”

“可他是英国人。他来自基德明斯特。”

“如果他记得护照在哪儿，又确实是英国人，就可以和英国人坐在一起。”

“你可以看出他是英国人。我可以保证他是英国人。”阿拉伯人看上去无动于衷，“他讲话不像美国人，不是吗？”

“我没跟他谈过话。可是，讲话并不能说明问题，对不对？我觉得你讲话像英国人。但你的护照上说你不是英国人。”弗兰克林慢慢地点点头，“所以，我们还是等见到护照再说。”

“你们干吗把我们这样分开？”

“我们想，你们会喜欢坐一起。”阿拉伯人做了个手势叫他走。

“还有一件事。我妻子。她能和我坐一起吗？”

“你妻子？”他看看面前的一份乘客名单，“你没有妻子。”

“我有。她旅行用的名字是特里西娅·梅特兰，这是她结婚前的名字。我们三个星期前结婚的。”弗兰克林略停片刻，然后用忏悔式的语气补充道，“真算起来，是我的第三任妻子。”

但是，阿拉伯人似乎对弗兰克林的妻室不感兴趣。“你三个星期前结婚的？但是，你们好像不合住一间客舱。事情不妙吧？”

“不是，你要知道，我另有一间工作室。备课用。是一种优待，另有一间客舱，是特权。”

“她是你妻子？”那语气丝毫不露声色。

“是的。”他答道，有点不痛快。

“可她持英国护照。”

“她是爱尔兰人。嫁给爱尔兰人，你就成为爱尔兰人。这是爱尔兰法律。”

“休斯先生，她持的是英国护照。”他耸耸肩膀，似乎这个难题无法解决，然后，他找到了解决办法，“不过，如果你想和你妻子坐一块，你可以过去，和她一起坐在英国人的那一桌。”

弗兰克林尴尬地笑笑。“如果我是乘客们的发言人，我怎么能见到你，转达乘客们的要求？”

“乘客们的要求？不对，你没搞懂。乘客们不得提要求。你见不到我，除非我要见你。”

弗兰克林传达了新的命令之后，独个坐在自己的桌前，想着眼下的处境。好的方面是，他们到目前为止受到的待遇还算客气；还没有人挨揍或被枪杀，劫持他们的那帮人不像是他们本以为会撞上的杀人狂。从另一方面看，坏的一面紧挨着好的一面：因为不带疯狂，来客可能会表现得坚定、干练，不轻易偏离他们的目的。他们的目的又是什么呢？他们为什么劫持“圣尤菲米娅”轮？他们在和谁谈判？这会儿又是谁在驾驶这条烂船？弗兰克林看得出来，船在慢速地转着大圈子。

他时不时地对邻桌的日本人点点头，似乎给他们以鼓励。他不由自主地注意到，餐厅远端的乘客们不时朝他这个方向张望，好像察看他是不是还在那儿。他已经成了联络人，或许已经是领袖了。那个克诺索斯讲座在当时的情形之下简直是精彩极了，比他能想象的还要来劲得多。倒是像这样独自坐着才叫他难受，令他郁郁沉思。他最初的情感爆发——接近于激动狂喜——渐渐消退；取而代之的是冷漠和担忧。也许他应该坐到特里西娅和英国人那儿去。但那样一来，他们会剥夺他的国籍。把乘客这样分割开来：这里面是不是包含着他感到害怕的那层意思？

那天下午的晚些时候，他们听到一架飞机在天上飞过，飞得很低。餐厅里，美国人的角落发出压低嗓门的欢呼；在这之后，飞机飞走了。到六点钟，一个希腊乘务员送来一大托盘的三明治，弗兰克林注意到恐惧对饥饿的影响。七点钟，他去小便时，一个美国人悄声说：“干得不错，继续下去。”回到自己的桌子，他努力做出清醒而有信心的样子。问题是，他想得越多，越感觉不乐观。最近几年里，西方政府讲起恐怖主义来是一套又一套的，又是坚定不移，又是藐视威吓；可这威吓似乎不管你藐视不藐视，依然我行我素。夹在中间的人丧了命，政府和恐怖分子却活得好好的。

九点钟，弗兰克林又被召进事务长办公室。乘客们转移过夜：美国人回演讲厅，英国人去舞厅，如此等等。这些分散过夜的地方都要上锁。这么做是必要的：来客也要睡觉。护照要带好，准备随时检查。

“塔尔博特先生怎么办？”

“他现在名义上是美国人，直到他找到自己的护照。”

“我妻子呢？”

“梅特兰小姐。她怎么啦？”

“她能和我在一起吗？”

“啊。你的英国老婆。”

“她是爱尔兰人。嫁给爱尔兰人，你就是爱尔兰人。这是法律。”

“法律，休斯先生。人们老想告诉我们什么是法律。我常常弄不懂他们到底认为什么合法，什么不合法。”他把目光移向弗兰克林身后挂在墙上的一张地中海地图，“举个例子，对难民营扔炸弹合法吗？我经常想找到允许这么做的法律。不过，讲起来话就长了，我有时觉得讲这些也没用，就像法律也没用。”他耸耸肩，表示该说的都说了，“至于梅特兰小姐嘛，但愿她的国籍不会——我该怎么说呢——有什么关系。”

弗兰克林克制自己不要颤抖。有时候，隐晦的说法比直接露骨的威吓更可怕。“你能告诉我什么时候就会……有关系了？”

“你看，他们很愚蠢。他们愚蠢是因为他们认为我们愚蠢。他们说谎是再明白不过了。他们说，他们说了不算。他们说，事情安排没那么快。当然不是这么回事。有电话嘛。如果他们觉得自己已经从过去这类事件中学到了些什么，那他们就应该知道，我们也一样，要不他们就很愚蠢。我们清楚他们的策略，蒙骗拖延，什么和自由战士建立某种联系之类。这些我们都知道。我们还知道，人的等待是有限度的。所以，是你们的政府逼迫我们说到做到。如果他们立即开始谈判，就没有什么问题。可是，他们都要等到太晚了才开始谈。这事该由他们负责。”

“不，”弗兰克林说，“这是我们的事。”

“休斯先生，我想你不用这么快就担心。”

“要快有多快？”

“说真的，我想你可能根本不用担心。”

“到底要多久？”

领头的停顿片刻，然后做了一个遗憾的动作。“到明天的什么时候。你看，时间表是已经定好了的。我们一开头就告诉他们了。”

弗兰克林·休斯心里有一部分不敢相信他在这样谈话，而另一部分又想说，他一直是支持这些劫持者的事业的——不管它是什么事业。要说起来，他护照上说他是盖尔人，也就是说，他是爱尔兰共和军成员，看在基督的分上，还是回客舱躺下，少管这些闲事。但他没这么做，而是重复了一句：“时间表？”阿拉伯人点点头。弗兰克林不假思索地说：“每小时一个？”他马上后悔自己失言。说不定他这是在给那家伙出主意呢。

阿拉伯人摇摇头。“两个。每小时一对。你不抬高赌注，他们不把你当回事。”

“主啊。就这么上船杀人。就这么干啊？”

“你觉得我们应该向他们解释为什么要杀他们吗？”那口气是带讽刺的。

“嗯，是的，是这样的。”

“你认为他们会同情？”这会儿已不是讽刺，而是奚落了。弗兰克林不作声了。他盘算着什么时候会开始杀人。“晚安，休斯先生。”来客中领头的说。

弗兰克林被安排在特等舱过夜，跟他在一起的还有来自瑞典的一家和三对日本夫妇。他推算，他们是乘客中最安全的一组了。瑞典人是因为他们国家的中立人所皆知；弗兰克林和日本人则可能是因为爱尔兰和日本近来都出了恐怖主义分子。实在是荒唐。那六个日本人来欧洲是参加文化旅游的，没有人问过他们是否支持自己国内的各种政治杀人犯；也没有人向弗兰克林问起爱尔兰共和军。因为某种偶然的家族联姻，搞到这本吉尼斯护照，就说明有可能同情这些来客，因而成了他的救身符。事实上，弗兰克林仇恨爱尔兰共和军，就像他仇恨任何妨碍或者可能妨碍他追求个人事业的政治团体。据他所知——按他每年的做法，他没有打听——特里西娅远比别人更加同情各种世界性的杀人狂组织，这些组织的宗旨在间接意义上就是要让弗兰克林·休斯的事业夭折。而她却被赶到英国恶魔那一堆里去了。

那天夜里，特等舱里没什么人讲话。日本人自己待在一边；那一家瑞典人谈论自己的家，谈论圣诞节，谈论英国的足球队，一直想着把孩子们的注意力引开。弗兰克林知道的那些事都郁积在心里。他既害怕又厌恶，但独自隔离似乎生出一种同劫持者同流合污的感觉。他试着想他的两个妻子和他的女儿，她肯定有——多大？——十五岁了；他总是先要记起她的出生年份，然后再推算出来。他应该更经常地去看看她。也许下次再拍系列片，他可以把她带上。她可以看他拍那组走在古罗马广场的出名的镜头，她会喜欢的。问题是他把摄像机安在哪儿？或者可以拍跟踪镜头。再添几个穿宽袍和凉鞋的临时演员——对，他喜欢这样……

第二天早上，弗兰克林被带到事务长办公室。来客领头的挥手让他坐下。“我已决定采纳你的建议。”

“我的建议？”

“谈判恐怕进行得很糟糕。也就是说，没有什么谈判。我们解释了我们的立场，但他们根本不想解释他们的立场。”

“他们？”

“他们。所以，除非很快有什么变化，我们只有给他们施加点压力了。”

“压力？”弗兰克林从事电视职业少不了玩弄委婉语的一套本领，即使如此，他也发火了，“你的意思是杀人。”

“很不幸，他们理解的只有这种压力。”

“干嘛不试试别的呢？”

“我们试过了，我们试过坐守不动，等着世界舆论来声援我们。我们试过做良民，希望得到好报，收回我们的土地。我可以向你保证，这些办法都行不通。”

“为什么不试试两个极端之间的什么办法？”

“禁运美国货，休斯先生？我想，他们不会把我们当回事。取消雪佛兰进口到贝鲁特？不行，很遗憾，有些人只懂某几种压力。世界要前进，只有……”

“……靠杀人？这倒是乐观哲学。”

“这世界乐观不起来。我还以为，你研究古代文明的应该清楚这一点了。可是，不管怎样……我已决定采纳你的建议。我们要向乘客们解释正在发生的事情。他们怎么被卷入到历史中。那历史又是怎么回事。”

“我肯定，这样会得到他们的首肯。”弗兰克林感到很不对劲，“告诉他们现在出了什么事。”

“一点不错。要知道，四点钟就要动手杀他们了。我们自然希望不需要这么做。但如果需要的话……你说得对，只要有可能，还是要向他们解释。连当兵的都知道为什么要打仗。让乘客们知道也是公平合理的。”

“可是，他们又不打仗。”阿拉伯人的语气，连同他讲的话，激怒了弗兰克林，“他们是平民。他们在度假。他们不是在打仗。”

“已经不再有平民了。”阿拉伯人答道，“你们的政府装模作样，但实际不是这么回事。你们那些核武器，是只冲着军队用的吗？别人且不说，犹太复国主义者就懂这一点。他们是全民作战。杀死一个犹太平民就是杀死一个士兵。”

“可是，看在基督的分上，这条船上并没有犹太平民。他们是平常人，就像那可怜的塔尔博特老先生，他丢了护照，就被当作美国人。”

“所以更需要解释。”

“我懂了。”弗兰克林说，明显带着讥讽的口气，“这么说来，你是要把乘客们集中起来，向他们解释为什么实际上他们都是犹太士兵，而这就是你要杀他们的原因。”

“不对，休斯先生，你搞错了。我不会做任何解释。他们不会听的。不是这样，休斯先生，是你要向他们去解释。”

“我？”弗兰克林一点不觉紧张。实际上，他一点不带含糊。“绝对办不到。要做见不得人的事，你自己去做。”

“可是，休斯先生，你是个公共演讲者。我听你讲过，就算是听了一会儿吧。你很在行。你可以讲讲整个事情的历史背景。我的副手可以向你提供你所需要的一切资料。”

“我不需要任何资料。你自己去做你那卑鄙的勾当。”

“休斯先生，我实在不能同时跟两方谈判。已经九点半了，给你半小时考虑。到十点钟，你会说你来讲。到时给你两个小时，必要的话三个小时也行，跟我的副手在一起对一遍。”弗兰克林在摇头，但阿拉伯人照旧往下说：“然后，你备课备到三点钟。我建议你讲四十五分钟。我肯定会带着十分的兴趣和专注来听你讲。到三点四十五分，如果你对事情的解释使我满意，作为回报，我们会接受你新婚妻子的爱尔兰国籍。我就说这么多，十点钟你给我回话。”

回到和瑞典人、日本人合住的特等舱之后，弗兰克林回忆起以前曾经要他播讲的一部心理学方面的电视系列片。刚拍完这个系列片的广告片，摄制计划就告吹了，也没人感到可惜。那部片子里有一段是报道一个实验，测量利己意识取代利他意识的临界点。用这种讲法听起来还蛮像回事的，但那实际的试验弗兰克林看不下去。研究人员抓来一只刚生过小猴的母猴，把它放进一个特别的笼子里。母猴正在喂养和梳理小猴，那劲头就和实验者妻子们的母爱相差无几。然后，研究人员转动一个开关，开始加热笼子的金属底板。起初，母猴难受地乱跳，然后开始大叫，之后又试着两腿交替站立，但一直把小猴抱在怀里。底板更烫了，母猴的痛苦也更明显。到某一时刻，底板的热度无法忍受了，用实验者的话来说，母猴只能在利己意识和利他意识二者之间做出选择。要么为了救自己的后代而忍受剧烈痛苦以至于丧生，要么把小猴放在底板上，再站上去，以保自己不受苦。在任何一种情况下，利己意识早晚都会战胜利他意识。

弗兰克林厌恶那个实验，庆幸这种电视系列片只拍了个广告就刹车了，要不他还得为拍片子播讲。现在，他觉得自己有点像那只母猴。他非得在两个同样难以接受的想法之间做出选择：要么抛弃女友而保全自己的人格，要么为了救女友而去向一群无辜的人辩解，说杀他们有理。而那样做真的能救特里西娅？弗兰克林甚至自身都难保，说不定把他们这一对重新划为爱尔兰人之后，他们只是被挪到杀人名单的末尾，但终归还在名单上。他们会先在谁身上下手？美国人，还是英国人？如果他们先干掉美国人，那要等多久才来杀英国人？十四个，十六个美国人——他粗算一下大概要七八个小时。如果他们四点开始，各国政府又不退让，到半夜他们就要开始杀英国人。他们会按什么顺序来？男人先杀？随便挑？按字母顺序？特里西娅的姓是梅特兰，正好在字母表中间。她能见到黎明吗？

他想象自己站在特里西娅身上，保护自己的双脚免受火烙。他想到这里就打战。他是非讲不可了。猴和人的区别就在这里。说到底，人能做到舍己为人。这就是他之所以不是猴的道理。当然啦，等他去宣讲时，听众十有八九会得出恰恰相反的结论——说他弗兰克林从个人利益出发，卑躬屈膝以图自保。不过，舍己为人就是这样，少不了被人误解。事后他可以把一切向他们所有人解释清楚。如果还有事后，如果还有他们所有人。

等那副手来了，弗兰克林要求再见领头的。他想以宣讲做代价，要求保证特里西娅和他的人身安全。但是，副手只是来听回话，不是来听他继续啰唆。弗兰克林无精打采地点了点头。他本来就不会跟人讨价还价。

到两点三刻，弗兰克林被带回自己的客舱梳洗。三点钟，他走进演讲厅。他还从没见过这样神情专注的听众。他从玻璃水瓶里倒了一玻璃杯的水，那水好久没人换了。他能感觉出下面听众的困顿和恐惧。才过一天，男的看起来胡子拉碴，女的皱皱巴巴。他们已经不像他们自己，不像弗兰克林相处了十天的那些人。也许这样一来，要杀掉他们更容易些了。

弗兰克林在还没开始自己写书之前，就很精通怎样令人信服地宣传别人的思想了。可他从没有在讲稿面前这样胆怯；从没有一个导播强加给他这样的条件；他的酬劳也从没有这样怪异。他起初同意做这事时，他说服自己，他肯定可以找到一种办法，让听众听出他是被逼无奈而从命。他会想出像假米诺斯铭文之类的计策，或者他可以讲得过分夸张，对硬塞给他的事业装出过分的热忱，没有人会看不出其中的讽刺。不行，那么做行不通。有一个电视制片老前辈曾经向他吐露真言："讽刺可以定义为人们没看出来的东西。"乘客们在他们目前的处境下当然更不会着意寻求讽刺了。更不好对付的是，副手对他交代要求时指令十分明确，还加上一句，如果不按这些指令做，不要说梅特兰小姐仍旧做她的英国人，就连弗兰克林的爱尔兰护照也不再承认了。他们真的知道怎么谈条件，这些狗杂种。

“我一直希望，”他开始讲，“我下次再给你们讲课时继续讲克诺索斯的故事。不幸的是，你们也知道，情况发生了变化。我们当中有了来客。”他停下来，眼光顺着过道看过去，看到领头的站在对开门前，一边一个卫兵。“情况不同了。我们掌握在别人手里。我们的……命运不再由我们自己支配了。”弗兰克林咳了一下。这可不妙。他已经开始借用隐晦说法了。他的责任，他的理智的责任，是尽可能直截了当地说话。弗兰克林会坦率承认，他的工作就是表演，如果能让收视人数提高几千，他可以一头钻进一桶鲱鱼里表演倒立。可是，他心里还残存一种感觉——敬佩和羞愧交加的感觉，这种感觉使得他对那些善于沟通心灵的人刮目相看，这些人同他有深刻的区别，他们说话平心静气，用他们自己的浅显语汇，平淡中见威严。弗兰克林自知无法企及，只有在演讲时努力仿效他们的榜样。

“他们要我向你们解释一些事情。解释你们——也就是我们——怎么会深陷目前的处境。我不是中东政治方面的专家，但我尽量把事情讲清楚。也许我们应该从十九世纪讲起，那时离以色列建国还早着呢……”弗兰克林放慢节奏，如同打保龄球时掷一个长手球。他感觉听众也开始放松。他们的处境异常，但有人给他们讲故事，他们就跟千百年来听故事的人一样任由讲故事的人摆布，想知道事情发展结果如何，想叫人把这世界上的一切解释给他们听。休斯描绘了田园般的十九世纪，游牧民族如何以牧羊为生，素有好客的传统，你可以在别人的帐篷里待上三天，还没有人问你为何而来。他又讲到早期犹太定居者，以及西方的土地所有权概念。贝尔福[1]宣言。欧洲犹太人移民。第二次世界大战。欧洲人因为阿拉伯人为纳粹大屠杀付出代价而感到内疚。犹太人从纳粹迫害中领悟到，要生存下去的唯一办法是学纳粹的样子。他们的军事化，扩张政策，种族主义。他们在六日战争[2]开始时向埃及空军发起先发制人的进攻，从道德理念上讲，同珍珠港事件如出一辙（这时，以及在此之后的一段时间内，弗兰克林有意不朝日本人——或美国人——看去）。难民营。掠夺土地。美元对以色列经济的扶持。对被掠夺者犯下的残暴罪行。美国的犹太人游说团体。阿拉伯人要求西方大国的只是和犹太人已经得到的一样，在中东有公平正义。令人遗憾，暴力不可避免，犹太人给阿拉伯人上了一课，就像纳粹给犹太人上了一课。

弗兰克林已用去三分之二的时间。他能感觉到听众中一部分人闷声不响的敌对情绪，但奇怪的是，更多的人则是无精打采，好像他们以前都听过，而且当时就不信。“现在来谈我们此时此地的情况。”这下，他们的注意力全被调动回来；尽管处境不妙，弗兰克林仍感到一阵欣喜。他成了打响指的催眠师。“我们要知道，在中东已不再有平民了。犹太复国者知道这一点，西方政府就不知道。说来也惨，我们不算平民。这都是犹太人造成的。你们——我们——被黑色雷电组

1 贝尔福（1848—1930）：英国保守党领袖、首相（1902—1905）、外交大臣（1916—1919），1917年发表“贝尔福宣言”，支持犹太复国主义。

2 六日战争：1967年6月爆发于中东，以色列击败埃及、约旦和叙利亚。

织扣做人质，以求达到释放他们三个成员的目的。你们可能还记得（不过，弗兰克林对此抱有怀疑，因为这类事件频繁发生，很容易互相混淆），两年前，一架载有黑色雷电组织三名成员的民用飞机被美国空军迫降在西西里岛，意大利当局违反国际法，纵容这一海盗行为，逮捕了这三个自由战士；英国在联合国替美国的行为辩护；这三个人现在还囚禁在法国和德国的监狱里。黑色雷电组织不会逆来顺受，这次合法的……劫持行动”——弗兰克林的措辞很小心，看了领头的一眼，似乎想表明他不喜欢用隐晦词语——“是对那次海盗行为的回答。不幸的是，西方政府不像黑色雷电组织关心自由战士那样关心自己的平民。不幸的是，他们到目前为止仍拒绝释放囚禁者。黑色雷电组织别无选择，只能遗憾地执行其威胁计划，这一计划从一开头就明确通报了西方政府……”

就在这时，一个穿蓝衬衫、高大但并不健壮的美国人站起身来，开始顺着过道向阿拉伯人跑去。他们的枪不是设在每次打一发的模式。那枪声非常响，马上就是一大摊血。一个坐在射线上的意大利人头上中了一颗子弹，倒在他妻子的大腿上。有几个人站起来，但很快又坐下。黑色雷电组织领头的看了看表，挥手让休斯继续往下讲。弗兰克林慢慢抿一口不新鲜的水。他真想喝点更带劲的。“由于西方政府顽固不化，”他接着讲，想让自己现在的口气更像官方发言人，而不是弗兰克林·休斯，“并且草菅人命，因此，做出一些牺牲在所难免。你们一定能从我前面说过的这些理解其历史必然性。黑色雷电组织深信，西方政府很快会走到谈判桌前。为达到这一目的，我们要做最后的努力，因此有必要每个小时枪决你们当中……我们当中……的两个，直到双方开始谈判的那一刻。黑色雷电组织对采取这一行动表示遗憾，但是，西方政府不给他们任何选择余地。执行枪决的顺序，按照西方各国对中东情势的负罪程度来决定。”弗兰克林不能再正视听众。他压低嗓门继续讲，但还是能让人听到：“美国犹太人最先。然后是其他美国人。然后是英国人。然后是法国人、意大利人和加拿大人。”

“加拿大在中东他妈的做过什么了？做过他妈的什么了？”一个还戴着枫叶高帽子的男人嚷道。他妻子摁住他，不让他站起来。弗兰克林觉得他的金属笼底的热度已经无法忍受了，不假思索地归拢了演讲稿，谁也不看，走下讲台，走过过道，经过被打死的美国人，绉胶鞋底沾上了血迹，也不理会那三个阿拉伯人（他们要想崩了他完全可以开枪），没有人跟随，也没有人阻拦，一路走回自己的客舱。他锁上门，躺倒在自己床上。

十分钟以后，响起了枪声。从五点到十一点，每到整点，就听到可怕的枪声，好像在模拟市政厅大钟报时。溅水声紧接其后，又是一对尸体扔过船栏杆。十一点过后不久，美国特种部队的二十二个成员终于登上了船，他们已经尾随“圣尤菲米娅”轮十五个小时了。在枪战中，又有六名乘客丧生，其中包括塔尔博特先生，来自基德明斯特的美国荣誉公民。在罗得岛帮助上货的八个来客中，五个被击毙，其中两个是在他们投降之后。

那个领头的和他的副手都没活下来，所以，不管弗兰克林·休斯怎样解释，找不到见证人证实他和阿拉伯人达成的交易。特里西娅·梅特兰莫名其妙地做了几个小时的爱尔兰人，在弗兰克林·休斯演讲时，她将戒指套回原先那个手指，再也没有跟他讲话。

3 宗教战争

原文出处：贝藏松市政档案馆（区号 CG，箱号 377a）。以下案例至今尚未发表，对法律史学家应具特殊意义，其原因在于，出任昆虫代诉律师的是享有盛名的法学家巴托洛梅·夏斯内，此人后出任省议会第一任议长。夏斯内律师出生于一四八〇年，因在奥顿教会法庭为被指控犯有恶毒毁害大麦罪的田鼠辩护而成名。下列文件，从市民请愿书至法庭终审判决，都没有反映全部诉讼经过——譬如，见证人的证词并未加以记录，这些见证人包括了从当地农民到研究被告行为方式的知名专家各种人等；但是，这些法庭申诉体现并经常具体地涉及证据，因而本案的基本结构和论据得以保持全貌。按当时惯例，辩词和主教代诉律师的最后陈述均以法语表达，而法庭的判决则以拉丁语庄严宣布。

（译者注：原手稿连续不断，且全出自一人手笔。因此，我们现在看到的并不是由各个律师的书记员执笔的原始提案,而是由第三方所作,也许是一个法庭官员,他可能省略了辩词中的一些段落。经与371—379各箱档案内容比较,可以看出,现有形式的此案例可能是一套培训法学者的典型诉讼案例中的一部分。如此猜测的佐证是在参与者中只有夏斯内一人具名,似乎有意教导学生研修一个有名望的辩护律师富于启示的敏思捷辩,而不理会案例结果。手稿书法当属十六世纪前半叶,因此,如果有可能是抄录了他人的审判记录,则仍属同代人所为。我已尽力将往往风格铺张华丽的辩词——特别是未具名的居民代诉律师的辩词——以贴近的英语译出。)

居民请愿书

吾辈身为贝藏松教区马米罗勒地方之居民,对无所不能的上帝诚惶诚恐,对上帝的忠实伴侣教会鞠躬尽瘁,什一税更是如时如数缴纳不怠,值此一五二〇年八月第十二日,极其紧迫地请求法庭铲除罪恶分子对吾辈的恣意骚扰,此等邪恶之徒对吾辈骚扰已历时多年,致使上帝迁怒于吾辈,家园名声亦遭败坏,并以五雷轰顶一般杀身之祸威胁敬畏上帝、虔诚信教如吾辈者。欲消此灾,唯赖威严明察之法庭厉行正义,速将罪不可赦之徒逐出吾村,命其离遁,否则处以判罪、诅咒乃至革除教籍。

居民的申辩

先生们，这些贫穷谦卑、凄惨潦倒的请愿者，来到阁下面前，如同当年米诺卡和马略尔卡两岛居民求助于强悍的恺撒大帝，借助其正义和力量除净岛上毁坏庄稼、断绝生计的野兔。如果恺撒大帝能够解救那些本分臣民，那么，贵法庭要解除请愿者肩上的压迫更属轻而易举，这种压迫同埃涅阿斯从火中的特洛伊城背出其父安喀塞斯一般沉重。老安喀塞斯因遭雷电打击而失明，而阁下的这班请愿者如今也似盲者一般，身陷昏天黑地之间，不见我主福佑之天日，其祸根盖源于本案被告之罪恶行径，而被告居然藐视法庭，亵渎上帝，拒绝到庭接受指控，藏身于邪恶之深渊，躲避真理之光焰。

先生们，请明察这些见证人的申诉，他们谦恭而笃信不移，虔诚而无懈可击，这些纯朴的请愿者对本庭敬畏有加，口中只有真言吐露，如清泉涌流，绝不敢半点掺假。他们已然为我主本年度第四月份第二十二日发生之事件做证，彼日为贝藏松主教雨果每年造访其村中圣米歇尔教堂的朝拜日。他们已绘声绘色向阁下描述了，他们如何年复一年整饬装点其教堂，以不负主教瞻仰之荣耀，他们如何供奉鲜花于圣坛，如何将教堂的门修葺一新以防范禽兽入侵，又如何于抵御豕犬于户外之余，却无可奈何于那些恶魔小虫见缝而入，恰如大卫钻了歌利亚[1]铠甲的空子，此番描述应如沙得拉、米煞和亚伯尼歌[2]得以安

1 歌利亚：《圣经·旧约》的《撒母耳记上》中记载的非利士族巨人，为大卫所杀。

2 沙得拉、米煞和亚伯尼歌为《圣经》中被尼布甲尼撒俘获的三人，从烈火的炉中走出而未受伤。

然逃脱之熔炉火烙般铭刻在阁下记忆之中。他们向阁下讲述了，他们如何以绳索将主教宝座自桁架上放下。那宝座终年搁置桁架之上，只于主教朝拜之日方予降落，以免孩童或陌生人等不慎坐其上而玷污之。此项谦恭虔诚之传统，应受到上帝和贵庭的褒奖而当之无愧。他们向阁下讲述了宝座放下之后如何置于圣坛之前，此乃本地最年长的老人记忆所及之中历久不改的成规，谨言慎行的村民又如何在主教驾到之前彻夜精心守护宝座以免受污损。翌日，贝藏松主教雨果如何大驾光临卑微的圣米歇尔教堂，像格拉古来到他热爱的民众之中，举行一年一度的朝拜，为村民们的赤诚信仰甚感欣慰。主教首先置身于教堂台阶，按照惯例向马米罗勒村民普施福佑，然后率众贯穿教堂中殿，于锦衣华服而不顾，匍匐拜倒在圣坛之前，犹如耶稣基督拜倒在无所不能的上帝面前。他而后起身，走上圣坛的简易台阶，转身面对众人，继而往宝座坐下。哎哟，邪恶的日子！哎哟，邪恶的入侵者！他们向阁下讲述了，主教如何跌落，一头栽在圣坛台阶上，由不得他自己的意志，摔得不省人事。一俟主教及其随从离去（不省人事的主教是被人抬走的），惊恐万状的请愿者们检查了主教的宝座，发现那条像耶利哥城墙一般倒塌的座腿里木蠹积聚成灾。这些木蠹暗地里秘密从事罪恶勾当，把那宝座吞噬一空，以致主教像强悍的代达罗斯一样从光明的天堂坠入愚蠢的黑暗。请愿者们害怕上帝动怒，爬上圣米歇尔教堂房顶，察看一年中三百六十四天安放宝座的支架，发现支架亦已遭木蠹侵蚀，稍加碰触便四分五裂，倾倒于圣坛台阶之上，实有玷污神明之嫌。又发现教堂房顶木料亦遭那些恶毒小虫蛀蚀，令请愿者们为自家性命提心吊胆，因为他们既贫穷又虔信，贫穷而无以建造新教堂，虔信则势必一如既往热忱膜拜圣父，且必置身神圣场所，而非山林田野。

先生们，听听这些村民的请求吧，这些卑微的村民悲惨如同践踏于脚底的草叶。他们饱受瘟疫之苦；看惯蝗虫遮天蔽日，如上帝之手盖过日头；经历过无数次鼠害猖獗，田园荒芜，恰如荷马在《伊利亚特》第一本中所叙卡莱敦郊外野猪之患；象鼻虫吞噬过冬粮仓内的谷物，更是司空见惯。而破坏村民们以其恭顺虔诚和什一贡纳积攒而成的天堂食粮，尤为卑鄙恶劣。这伙邪恶之徒至今对贵庭仍蔑视无礼，它们侵犯我主殿堂而得罪了上帝；将贝藏松主教雨果打入愚蠢的黑暗而得罪了上帝的伴侣教会；威胁在全村祈祷时令教堂桁架砖瓦全数倾覆于无辜孩童的头顶，以此得罪了这些请愿者。因此，法庭应做出正确、合理、必要的判决，责令这些畜生离开住地，撤离上帝的殿堂，并给它们革除教籍逐出教门的惩罚，这正是请愿者为之祈祷的圣母教会的旨意。

虫的申辩

先生们，由于阁下的恩准，鄙人被指定为本案小虫的代诉律师，在下将努力向法庭阐述，木蠹所受的指控是无效的，本案必须撤销诉讼。首先，我要表示极为惊讶的是，我的委托人毫无犯罪行径，居然被当作本庭所知的最恶毒的罪犯；我的委托人是众所周知的哑巴，却受命为其行动辩解，似乎它们也跟人一般一边忙于生计一边摇唇鼓舌。在下将尽本人卑微之力，用我可以发声的喉舌为它们不能出声的喉舌效代言之劳。

阁下既然允许我为这些不幸的小动物代诉，我将首先申明，本庭没有审判被告的裁判权，法庭签发的指控它们的传票也是无效的，因为这意味着受票人具有理智和意志，故而具备犯罪并因此接受审判传唤的能力。实际并非如此，因为我的委托人是只以本能行事的兽类，此点可以由《法学汇编》[1]第一卷中“四足兽类”一段加以确证，其中写道：“既然没有理智，动物就没有伤害的能力。”

其二，我要进一步从另一角度说明，即使本庭拥有对小虫的裁决权，本庭受理此案仍于理于法二者不合，因为被告不可缺席受审是众所周知和由来已久的原则。据称，已有文书正式传唤木蠹于今日到庭，木蠹对之傲慢拒绝，因此丧失其正常权利，法庭得以对其缺席审判。针对此论，在下提出两点驳论。第一，尽管出庭传票确已签发，但是否能证明已被木蠹接受？因为按规定，文书不但要签发，而且要发到，居民代诉律师未能说明木蠹是以何种方式接受了文书。第二，更进一步说，在法律史籍中更为牢固确立的一条准则是，如果能证明旅途之长度、难度或危险程度使安全出庭变为不可能，可允许被告不出庭。阁下若传唤田鼠，您当真指望它穿过遍地是猫的城镇，直奔阁下的法庭而来？就此点而论，不仅木蠹住所至法庭的距离异常遥远，无从跋涉，而且路途极其艰险，掠食动物虎视眈眈之下，木蠹性命恐难保全。因此，它们可以无所顾忌、不碍法律、不对本庭失敬而礼数周全地拒绝遵从传票。

其三，传票内容有误，因为它涉及的是现住马米罗勒村圣米歇尔教堂内的木蠹。这是指教堂内每一只木蠹吗？可是，有很多木蠹安分守己地过日子，不对居民们构成任何威胁。是不是因为有一伙强盗住

1 公元六世纪东罗马皇帝查士丁尼下令编纂的《国法大全》最重要的部分，共五十卷。

在村里，全村人都要被传唤到庭？这决不是健全的法律。此外，有一条业已确立的准则称，应向法庭辨明被告身份。我们审理的是两项特定的犯罪行为，即损坏主教宝座座腿罪和损坏教堂房顶罪。只要对被告动物的性质稍有一丁点儿了解，即可明白，现住座腿之内的木蠹不可能与那房顶有任何关系，而现住房顶之内的木蠹也完全与那座腿无缘。如此，双方均被指控犯有两项罪行，传票对所列各方和各项罪行不加区分，因特指不明而失去效力。

其四，这一点不影响上述各点，在下以为，以此种方式审判小虫不仅如前所述有悖于人类法律和教会法律，而且有悖于上帝的法律。试问，本庭威严以对的这些小东西从何而来？谁创造了它们？唯有无所不能的上帝，是上帝创造了我们万物，从最高贵者到最低贱者。我们不是在《创世记》第一章中读到，上帝造出野兽，各从其类，牲畜各从其类，地上一切昆虫各从其类，上帝认为很好吗？再者，上帝不是将地面上一切种子、一切树木及一切树木上的一切果实送给地上的兽类和一切昆虫作为食物吗？再说，上帝不是命令它们都要多多生养繁殖，遍布地面？上帝智慧无边，英明无比，向地上的兽类和昆虫提供食物，特地送给种子、果实和树木作为食物，若非如此，造物主是不会命令它们生养繁殖的。自造物之日以后，这些卑微的小虫除了行使彼时赋予它们的不可剥夺的权利（人类无权削减或废除此等权利），还曾做过些什么呢？木蠹自择栖居之所可能会有碍于人类，但这并不构成充分的理由以对抗造物之时便已订立的自然规则。这种对抗是对造物主露骨而蛮横的大逆不道。我主赋予木蠹以生命，又授之以地上树木作为食物：我等若试图违抗上帝的意志，那将是何等地放肆和危险。不，不行。在下倒要向法庭提议，我们的注意力不应引向上帝最卑微造物的所谓罪行，而应引向人类自身的罪行。上帝无论做什么都有目的，允许小虫住进圣米歇尔教堂的目的不是别的，就是警告和惩罚人类的邪恶。允许木蠹寄生教堂，而非其他任何房屋建筑，在下进而认为，这是更为严厉的警告和惩罚。那些来到法庭请愿的人，他们这么肯定自己对上帝的顺从，这么坚信自己的卑谦和基督教美德，居然不先自责，却指责最卑微的动物？要提防傲慢之罪，我告诫那些请愿者。先整治自己的大毛病，然后再指出别人的小缺点。

其五，也是最末一点，居民代诉律师要求法庭如雷轰电击一般将小虫驱逐出教会。在下有责任请阁下考虑，且不影响前述各点，如此惩罚既不近情理，更不合法律。革除教籍意在令罪犯脱离与上帝的交流，不允许罪犯吃基督躯体变成的面包，喝基督之血变成的酒，让他们抛弃神圣的教会，抛弃教会的光明和温暖。因此，将从未在神圣的教会领受圣餐的畜兽或爬虫逐出教会，这怎么合法呢？剥夺被告本来就从未拥有过的东西，这不是一种合适的惩罚。这是糟糕的立法。其次，革除教籍是非常恐怖的过程，将罪犯打入恐怖的黑暗，永远脱离上帝的光芒和仁慈。小虫子没有永生不死的灵魂，如此惩罚它们怎么会合适呢？被告如果没有永久生命，又怎么可能被判处永久遭受折磨？这些动物无法驱逐出教会，因为它们不是其成员，正如保罗使徒所说："你审判局内人，而不是局外人。"

在下因此请求法庭拒绝审理本案，驳回诉讼，并且在不影响前述各点情况下，宣判被告无罪并免于任何进一步诉讼。

巴托洛梅·夏斯内律师

居民的答辩

先生们，鄙人再度来到庄严的法庭要求伸张正义，如同那受到冒犯的可怜母亲来到所罗门面前要求寻回自己的孩子，为此我深感荣幸。我要像尤利西斯迎战埃阿斯一般同小虫的代诉律师辩论，驳斥他在阁下面前炮制的诸多谬论，这些谬论哗众取宠，俗不可耐，恰似那位无耻荡妇耶洗别。

首先，他声称本庭对发生在马米罗勒的野蛮罪行没有审判裁决权，为此，他又说，在上帝眼里我们与木蠹不相上下，不高也不低，因此无权坐庭审判它们，不能像朱庇特那样在塔尔皮亚岩石上的神殿里，将叛变者抛下岩石。对此，我要用我主将放债者逐出耶路撒冷圣殿一样的方法加以驳斥。人不比动物高贵吗？《创世记》中不是说得很明白，在人之前创造的动物正是造出来为人所用吗？我主不是让亚当统辖海中的鱼、空中的鸟以及地上行走的一切动物吗？亚当不是给一切牲畜、空中的鸟以及地上的一切兽类起了名字？人对动物的统治不是由《诗篇》[1]作者确认，又由保罗使徒重申过的吗？人又如何能统治动物，如果这种统治不包括对动物过错的惩罚权？再说，小虫代诉律师如此竭力加以否认的对动物的审判权，是上帝自己特地授予人的，这在《出埃及记》中即有记载。我主不是向摩西宣布了以眼还眼、以牙还牙的神圣律法？他不是还说，如果牛抵人致死，牛必然被处以石击之刑，而且它的肉不可食用。《出埃及记》不是将此律法讲得很明白了吗？那上面不是还说，如果某人的牛将另一人的牛伤害致死，则他们

1 《诗篇》为基督教《圣经·旧约》中的一卷，收圣诗、圣歌、祷词共一百五十篇。

应将活牛卖了，卖得的钱对分，那死牛也应对分？我主不是如此规定，将对动物的审判权授予了人？

其二，所谓木蠹因未能到庭而应免于审判云云。可是，对它们的传唤是按照全部正常程序正确进行的。对它们的传唤就像恺撒大帝传唤犹太人纳税一样。犹太人难道不服从吗？座中有谁会阻止小虫到庭？我的这些卑微的请愿者本来是希望这么做，为此他们本可以将那宝座的腿付之一炬，贝藏松主教雨果正是因为那座腿才头撞圣坛台阶而不省人事。但他们身为基督教徒，克制自己没有下手，而是情愿将本案提交阁下庄严审判。因此，被告小虫还能遇到什么敌人呢？尊敬的代诉律师提到猫吃老鼠。先生们，在下不知道猫居然会在木蠹来法庭的途中将它们吞食，但毫无疑问，在下若说错了应得到纠正。不，被告拒绝出现在阁下面前只能有一种解释，这就是蛮横无理，蓄意违抗，是充满敌意的沉默，是燃烧着的罪恶，如同摩西见到的燃烧灌木。那灌木冒着火焰却烧不尽，就像木蠹顽拒出庭，而它们的罪恶却时时刻刻在燃烧。

其三，说什么上帝造人的同时也造了木蠹，给它种子、果实和树木作为食物，什么不论它们想吃什么都得到上帝的保佑。这就是木蠹代诉律师的主要的和基本的申辩，本人在此予以驳斥。《创世记》告诉我们，上帝以其无限慈悲和慷慨给予地上的兽类和爬虫所有的种子、果实和树木作为食物。他把树木授予那些有食树本能的动物，尽管这可能给人类带来妨碍和不适。但是，上帝并没有给它们木料做食物。《创世记》中哪一处允许地上的昆虫栖居木料？上帝若允许某种生物蛀蚀橡树，是不是就让它有权蛀蚀主之圣殿？主在《圣经》中哪一处给动物们吞噬其圣殿的权利？当上帝的圣殿横遭吞噬，他的主教落到不省人事的地步，主难道教导他的仆人避而远之，袖手旁观？偷吃圣饼的猪因为犯了亵渎罪而被绞死，把主的居室当成自己住处的小虫，其亵渎神明的罪恶一点不比猪轻。

其四，且不影响前述各点，还有论调说主在造人的同时也造了木蠹，因而主创造的一切都得到主的保佑，无论其如何伤天害理，恶贯满盈。但是，无所不能的上帝以其无比的智慧和恩慈创造了象鼻虫，难道是为了让它毁灭我们的庄稼；创造了木蠹，难道是为了让它毁灭主之圣殿？多少个世纪以来，我们教会最博学多才的神学家们专心研读了《圣经》的每个篇章，就像希律的士兵们四处搜查无辜儿童，但他们没有看到任何一章、任何一行、任何一词提到过木蠹。因此，我要向法庭提这样一个问题，这也是本案要害之所在：挪亚方舟上到底有没有木蠹？《圣经》根本没有提到木蠹登上或者走下挪亚宏伟的方舟。实际上这又怎么可能呢，因为方舟不是用木头建造的吗？木蠹的日常习性会导致船毁人亡，导致上帝创造的所有兽物统统毁于灭顶之灾，上帝以其永恒的智慧怎么会让这样一种生物登船呢？怎么会有这样的事呢？因此，可以推断，方舟上没有木蠹，木蠹是一种非自然和不完全的动物，洪水泛滥之时并不存在。我们不知道它从何处冒出来，或许是某种恶性自发生长，或者出于某种罪恶之手，但它那充满怨恨的恶意是很明显的。这个孽种已委身于魔鬼，因而已将自己置身于主的庇护之外。它亵渎神明，阴险毒辣地将贝藏松主教雨果害得丧失知觉，还有什么比这更能说明问题呢？像这样多少年里暗中捣鬼，然后使其罪恶阴谋终于得逞，难道不是魔鬼的勾当？然而，小虫代诉律师声称，木蠹所做的一切和所吃的一切都得到主的保佑。据此，他断言，木蠹吞噬主教宝座座腿也得到上帝保佑。他甚至扬言，主以自己的手将他自己神圣教会的主教之一打倒，正如他打倒伯沙撒，打倒亚玛力，打倒米甸人，打倒迦南人，打倒亚摩利人西宏。像这样恶毒地亵渎神明，法庭不是必须连根铲除，就像赫拉克勒斯清洗奥吉厄斯的牛舍[1]一样？

其五，据称，法庭无权宣布革除教籍的判决。但这是否认上帝赋予他亲爱的伴侣——教会——的真正权威，上帝让教会统治整个世界，将一切事物置于其脚下，包括一切牛羊、地上走兽、空中飞鸟、海中游鱼以及海里游动的一切，《诗篇》的作者也证实了这一点。有圣灵的引导，教会是不会做错事的。事实上，我们不是在《圣经》里读到，蛇和有毒的爬虫的毒液已被祛除吗？我们不是在《传道书》里读到“蛇不施法就会咬人”吗？因此，多少世纪以来，教会是按照上帝的神圣教导，运用其强大而正义的力量，对那些恶毒的动物施以诅咒和革除教籍，因为这些邪恶动物的存在在主的眼中是一种冒犯。大卫在基利波[2]山上诅咒，那儿的雨露不是就消失了吗？圣子耶稣基督不是下令将所有不结果的树木砍去并投入火中吗？如果有一样不合理的东西因为不结果就要被毁灭，那么，诅咒它就更应该允许了，因为较大的惩罚包括较小的惩罚：大事可以做，小事更可以。伊甸园中的蛇不是受到诅咒，永世以腹部爬行？埃克斯城里毒蛇猖獗时，毒蛇择温泉浴池而居，咬死众多居民，神圣的格勒诺布尔主教不是将毒蛇逐出教会，毒蛇只好逃之夭夭？洛桑主教也是如此让莱蒙湖免受鳗鱼之灾。还是同一个主教，又是这

1 据希腊神话，国王奥吉厄斯的牛舍内养牛三千头，三十年未打扫，赫拉克勒斯引河水，于一日内洗清。

2 基利波：约旦河谷以西的山地之城。

样从同一个湖里驱逐了吸血虫，这些吸血虫以鲑鱼为食，而教民们在斋戒日大多食用鲑鱼。特里尔主教埃格伯特不是诅咒家燕叽叽喳喳打断教民们的祈祷吗？圣伯尔纳[1]不是以同样的方式和理由革除了蝇群的教籍？次日早上，这些蝇群如同西拿基立[2]的军队，都成了死尸。阿尔戈的第一个传教士圣马格努斯主教不是用权杖驱逐并消灭各种田鼠、家鼠和金龟子吗？因此，本庭将这些玷污和破坏上帝圣殿的罪犯逐出教门不是天经地义、有例可循的吗？小虫代诉律师宣称，木蠹没有不死之灵魂，因此无法革除教籍。但是，我们不是已经说明，其一，木蠹绝非自然动物，因为挪亚方舟上不曾有过；其二，传唤木蠹出庭，是因为它们的所作所为清楚表明，它们已被邪恶的幽灵亦即魔鬼附身。基于此，鄙人在此请求法庭做出革除教籍的判决，因为如此判决实属必要。

虫的答辩

先生们，我们到目前为止已经听到了各式各样的论点，有的如糠随风飘散，有的像宝贵的谷粒，停留在阁下面前。在下请各位再忍耐片刻，容在下反驳居民代诉律师的辩词，且看其答辩如耶利哥城墙在真理的号角声中塌陷。

其一，代诉律师提及小虫长期栖居于主教宝座座腿之内，玩弄阴谋诡计，并以此证明，其所作所为皆受魔鬼唆使。正是为此原因，在下

1 圣伯尔纳（1090—1153）：法国基督教神学家，明谷隐修院的创建人和院长。

2 西拿基立（？—前681）：亚述王（前705—前681在位），两次入侵犹大王国，击败巴比伦，重建尼尼微城，后在宫廷政变中被杀。

曾请弗罗利伯特善僧向阁下做证，他熟谙地上爬虫之习性。实际上，阁下知道，他在圣乔治修道院制蜜。他不是断言，智者认为小虫子至多存活几度短暑吗？而我们都知道，木蠹蛀蚀木料要过好多代人之后才会引起开裂，如发生于贝藏松主教雨果身上之情形，使其陷于不省人事之状态。由此，我们只能得到如此结论：传唤到庭的木蠹只是栖居圣米歇尔教堂那些木蠹若干代后裔。若要追究小虫子的罪恶用心，当然只能追究第一代小虫，而不是它们的无辜后代。后代生来住在哪里都不是它们自己的过错。基于此，在下再次要求本案不予审理。更何况，原告并未提供任何证据证明木蠹何年何月何日又在何种情形之下进入那木料之中。代诉律师试图证实，《圣经》没有赋予小虫栖居木料的权利。对此，我们的回答是：首先，《圣经》没有以任何明确的形式禁止它们这样做；其次，上帝如果不想让它们吃木料，就不会给它们这种本能；最后，在没有相反证据的情况下，被告未经定罪之前是无罪的，对木料优先占有权的假定必须适用于小虫，亦即樵夫伐木之前它们已在其中，之后樵夫售木于木匠，木匠又将木制成宝座。远非木蠹蛀蚀人所建造之物，实为人类执意毁灭木蠹之栖息所在而为己所用。基于此，我们再次要求本案不予审理。

其二，有论调说，木蠹没有搭乘挪亚方舟，因而必受魔鬼唆使。对此，我们的回答是：首先，《圣经》并未罗列上帝造物之所有种类，法律上应假定所有动物均上方舟，除非有与此相反的具体说明。其次，若如代诉律师所言，方舟上没有木蠹，则更显而易见上帝未赋予人对木蠹的统治权。上帝发起泛滥洪水以净化世界，待洪水消退之后，世界得以新生。他让人统治动物。但是，哪一处写着，他还让人统治没有搭乘方舟的动物？

其三，有人声称，按我们的辩词，贝藏松主教雨果是由上帝之手打入愚蠢的黑暗。这是对我们的申辩的极大诽谤。我们没有这么说，因为那是亵渎者的论点。但是，上帝的行为时常神秘莫测，不是我辈能看得分明，难道不是吗？格勒诺布尔主教坠马而死，我们没有责怪上帝，或者责怪马，或者责怪木蠹。康斯坦斯主教掉下船去，溺死湖中，我们没有断定那是上帝将其抛入水中，还是木蠹毁坏船底龙骨。圣狄奥多里克修道院回廊的顶柱塌下砸在里昂主教脚上，令其从此拄杖而行，我们并没有怪罪上帝，或者怪罪顶柱，或者怪罪木蠹。主的行为确实常常不是我们所能看到，但是，主把众多的天灾降到卑劣小人头上，这不也是实情吗？他不是用一场蛙灾来整治法老吗？他不是把飞虱和成灾的蝇群赶到埃及的土地上吗？为了整治法老，他不是还降下疖疫、雷电冰雹、大蝗灾吗？他不是用冰雹整五王[1]吗？他不是连自己的仆人约伯都叫他染上热疖吗？正是为此原因，在下曾请戈德里克神父向阁下做证，并向他询问马米罗勒居民缴付什一税的记录。不是提出了很多托词吗？推托天气不好、庄稼歉收、村里发病，更有一帮当兵的经过，杀了村里好几个棒小伙子。但是，即使如此，很明显的是没有按照教会的规定缴纳什一税，有人故意缺缴漏缴，简直是违抗我主上帝和他在尘世的伴侣教会。正像上帝用蝗灾严惩法老，又把成灾的蝇群赶到埃及的土地上一样，他把木蠹送进教堂，严惩违抗他的居民们，不

1 五王指《圣经 · 旧约》中《约书亚记》里的五个亚摩利王，即耶路撒冷王、希伯仑王、耶末王、拉吉王与伊矶伦王。他们率军攻打基遍时，耶和华从天上降冰雹打他们。后来五王被约书亚所杀。

是这么回事吗？没有主的允许怎么会出这种事呢？难道我们把无所不能的上帝想得如此软弱胆怯，都不能保护自己的圣殿免受这些不起眼的小虫的破坏？怀疑上帝没有这样的能力当然是亵渎上帝。由此，我们只能得出这样的结论：木蠹肆虐要么是上帝授意的，要么是上帝允许的；上帝派木蠹来惩罚不顺从的罪人；这些罪人应在上帝的愤怒面前畏缩发抖，严责自己的罪孽，并按令缴纳什一税。从真正意义上说，对这件事我们要做的是祈祷，是斋戒，是严责，是希望上帝饶恕，而不是诅咒和驱逐主的旨意的代理者和真正的传达者。

其四，由此，应该与我们一起承认，木蠹是上帝的造物，因此像人一样有资格生存；而且还应承认，正义应兼备宽容；我们提议，法庭令这些缴纳什一税如此拖沓的马米罗勒居民为上述小虫指定并留出另一块牧地，它们可在那儿安详地吃草，不再妨害圣米歇尔教堂；法庭有权命令小虫移至上述牧地，但这不影响上述各点。在下这些卑微的当事人没有别的希望和要求，只要能平静地在黑暗中过日子，不受干扰和胡乱指控。先生们，我最后一次请求本案不予审理，在对任何现有权益无损害的情况下宣布小虫无罪，而且是在无损任何现有权益的条件下要求它们移至新的牧地。在下代表它们听从法庭的判决。

巴托洛梅·夏斯内律师

主教代诉律师的结论

被告辩护律师的申辩言之有据亦有力，值得深思。法庭不应轻易或随意发射革除教籍的弩箭，因为轻易或随意发射的弩箭如果错过瞄准的目标，会借自身的力量和动势回头攻击发射者本身。起诉律师也是满腹经纶，他的申辩简直就像深不可测的海洋。

就小虫代诉律师提出的关于木蠹多代繁衍的问题，以及传唤到庭的是否就是犯罪那一代木蠹的问题，我们要说的是，其一，《出埃及记》中说，父辈造的孽，主会找第三第四代后人清算。因此，在这个问题上，法庭有权毕恭毕敬对冒犯我主的几代木蠹进行审判，实际上这是伸张正义之伟绩。其二，如果我们接受居民代诉律师的论点，即小虫是鬼迷心窍，那么，如此着魔竟会让木蠹寿命超常，还有什么比这种论点更蒙昧无知？在本案则是没有比这更不合乎常理、卑鄙下流的论点了；如此说来，则对宝座和房顶的破坏有可能统统都只是一代爬虫的劣迹。无论哪一种情况，我们都很倾向居民代诉律师的论点，即木蠹不可能登上了挪亚方舟——有哪个深谋远虑的航海船长以其智慧会允许这些毁船能手登上自己的船去？因此，木蠹不可列入上帝最初之造物中。至于木蠹在庞大的等级体系中应占什么样的位置——到底是部分天造的，还是活生生一个有讹误的东西，或是魔鬼的造物，只有留待教会里那些研究此类问题的神学家来斟酌了。

我们也无从得知上帝令此卑微教堂蒙受虫害的种种原因。或许是把乞丐从门前赶走。或许是没有如时如数缴纳什一税。或许是教堂内轻浮浅薄，主之殿堂成了幽会场所，上帝因此派下木蠹来惩罚。我们切不可忘记慈善的责任和救济的义务。优西比乌斯不是把地狱比作冷酷之地，那里的痛苦呻吟和咬牙切齿全是因为可怕的冰霜严寒，而不是永不熄灭的烈火？难道慈善不是我们请求上帝宽恕的一种途径？因此，我们建议，在判处将这些险恶狠毒破坏主之圣殿的小虫革除教籍的同时，也要求居民们进行此种情况下按习俗必不可少的苦修和祈祷。

教会审判官的判决

我们以全能的上帝，以圣父、圣子和圣灵的名义，以我主耶稣基督最神圣的母亲玛利亚的名义，凭借神圣使徒彼得和保罗的权威，凭借使我们成为本案法官的权威，以神圣十字架坚强我们的意志，以对上帝的敬畏擦亮我们的双眼，我们告诫前述木蠹这些面目可憎的害人虫，并命令它们七日之内离开贝藏松教区马米罗勒村的圣米歇尔教堂，并毫无延误或阻碍地移至由居民们为它们提供的牧地，以此作为其栖居地，再不许侵扰圣米歇尔教堂，违则处以谴责、诅咒乃至革除教籍。为使本判决合乎法律，为使随时即可宣判的谴责、诅咒乃至革除教籍发生效力，特此训导马米罗勒村的居民们，热心慈善义务，按神圣教会的命令供奉什一税，在主之圣殿内力戒轻浮举动，并每年一度在贝藏松主教雨果被打入知觉全无的黑暗那个令人痛恨的日子……

贝藏松市政档案馆的手稿到此中断，没有交代法庭规定每年一度苦修或忏悔的细节。从羊皮纸的状况可以看出，在过去四个半世纪中，它受到过某种白蚁可能不止一次的蛀蚀，把教会审判官的结束语都给吞噬了。

4　幸存者

一四九二那一年，

哥伦布航海去探险。

下面呢？她记不得了。多少年前了，他们都只有十岁，温顺听话，两臂交叉，朗朗背诵给女教师听。只有埃里克·杜利不背，他坐她后排，嘴里咬着她的辫子。有一次，她被叫起来背诵下面两行，但她刚从座位上起来几英寸，头就被拽回去，全班大笑。埃里克用牙齿紧咬住她的辫子。说不定这就是为什么她老记不住下面两行。

但驯鹿她却记得很牢。一切都是从驯鹿开始的，驯鹿在圣诞节从空中飞过。她是个听到什么信什么的女孩子。她相信驯鹿会飞。

她肯定最早是在圣诞贺卡上看到驯鹿的。六头、八头、十头驯鹿，成对套挽。她老想着每一对都是夫妻，幸福的一对，像进入方舟的动物。那样才对，是不是，那样才自然？但她老爸说，你看那犄角就知道拉雪橇的驯鹿都是公鹿。开始，她只是感觉失望。可后来，不满情绪滋长起来。圣诞老人掌管一支清一色雄性的队伍。都那德性。全是那该死的德性，她想。

它们会飞，这才是核心问题。她不相信圣诞老人从烟囱里钻下去，把礼物留在你床头，但她真的相信驯鹿会飞。人们想说服她不要相信那一套。他们说，如果你那也相信，那你就什么都信了。不过，她现在十四岁了，短头发，倔头倔脑的，总爱回嘴。她会说，不对，你只要相信驯鹿会飞，你就知道任何事情都是可能的。任何事情。

差不多在那时候，她去了动物园。是它们的犄角使她入了迷。那些犄角都像丝绸一样光洁，好像是用时尚店里的漂亮布料包上的。它们看上去像是几百年人烟绝迹的森林里的树枝，柔软、光亮、长满苔藓。她想象着柔和的光亮中枝叶下垂，脚下掉落的坚果在迸裂。她告诉最要好的朋友桑德拉，桑德拉说，是啊，小路尽头有一座姜饼做的农舍。不对，她想，犄角变成树枝，树枝变成犄角。样样事情都相连，驯鹿真会飞。

她有一次在电视上看到它们打架。它们互相顶撞，直往前冲，犄角纠缠交错。它们斗得那么猛，把犄角表皮都刮破了。她以为那里面就只是干巴巴的骨头，它们的犄角看着就像冬天的树枝，树皮已被饥饿的动物们啃去。可是，不是那么回事。根本不是。它们在淌血。表皮刮破了，里面有骨头，也有血。犄角变成猩红色和白色，在大地一片柔和的绿色和褐色的衬托之下非常醒目，好像肉摊子上一盘骨头。这很可怕，她想，但我们得正视它。样样事情真的都相连，甚至连我们不喜欢的那些部分，特别是我们不喜欢的那些部分。

***

第一次大事故之后，她就经常看电视。他们说，这不是很严重的事故，不是真正严重，不像炸弹爆炸。再说，反正离得很远，在俄国。他们那儿没有像样的现代化电站，不像我们。就是有，他们的安全标准显然要低得多。所以，这里不会出这样的事，没什么好担心的，是不是？说不定这还给俄国人一点教训，人们说。叫他们在扔大炸弹前三思而行。

人们莫名其妙地为这事激动。他们把这看得比最新失业人数或邮票价格更严重。而且，坏事大都出在别人那里。有那么一团毒气，人人都在跟踪，好像在气象图上跟踪一块有趣的低气压区的飘移。有一段时间，人们不再买牛奶，买肉也要问清肉的来源。不过，人们很快就不再担心，然后抛之脑后。

刚开始的计划是把驯鹿深埋到六英尺以下。这不算什么新闻报道，只是国外新闻版面上一两英寸的短小消息。毒气云团飘到驯鹿吃草的地方，毒素随雨降下来，地衣变得有放射性，驯鹿吃了地衣，也有了放射性。我怎么跟你讲的，她想，样样事情都关联。

人们不能理解她为什么这么难受。他们说，她不应该感情用事，说到底，她又不是靠驯鹿肉过日子，如果她还有些富余的同情心，干吗不留给人类呢？她想解释，但又不太会解释，他们也听不懂。有些自以为听懂了的说，是啊，我们知道，那都与你的童年和你小时候那些傻乎乎的浪漫念头有关，但你总不能一辈子抱着这些傻乎乎的浪漫念头，你最后总得长大，你得讲现实，好了，不要哭了，不对，哭可能是个好主意，这样吧，痛痛快快哭出来，从长远看，这样对你会有好处。不，不是这么回事，她说，根本不是这么回事。接下去，漫画家开始逗趣，说什么驯鹿因为带放射性而闪闪发亮，这样圣诞老人就不用在雪橇上装照明灯了，还说红鼻子驯鹿鲁道夫有个很亮的鼻子，因为它从切尔诺贝利来，但她不觉得好笑。

听着，她会对人们说。测量放射性级别的单位叫贝克勒尔。事故发生之后，挪威政府要决定肉里含多少放射性物质才算安全，他们定的数字是六百贝克勒尔。可是，人们不喜欢这种肉里含毒的说法，挪威卖肉的生意就不太妙。有一种肉谁也不买，这就是驯鹿肉，这也没什么奇怪的。这么一来，政府又出一招。他们说，人们因为很害怕，当然就不会经常吃驯鹿；这样，他们难得吃一次污染较重的肉就和经常吃污染较轻的肉一样安全了。于是，他们把驯鹿肉允许的限制含量升到六千贝克勒尔。真是说变就变！今天吃含量是六百贝克勒尔的肉还有害，明天翻上十倍也安全了。当然，这只适用于驯鹿。与此同时，吃含量为六百零一贝克勒尔的猪排或羊颈肉，按官方说法还都是危险的。

有一个电视节目播出一对拉普农民夫妇把一具驯鹿死尸送去检验。这是在限制含量刚刚提高十倍以后。一个不知道什么部门的官员，大概是农业部门之类的，剁了小块的驯鹿内脏，用它们做常规的检测。得到的读数是四万两千贝克勒尔。四万两千！

开始是计划将它们埋了，埋到六英尺以下。可是，再没有什么能比一场大灾难更能让人们想出聪明的点子来了。把驯鹿埋了？不行，这样让人看了好像出了问题，好像真有什么事搞错了。肯定有更有益的办法来处理它们。你不能叫人吃这肉，那干吗不给动物吃呢？这主意不错——可是，什么动物？当然不是最后给人吃的那种，我们得保护老大。于是，他们决定给水貂吃。这主意太聪明了。水貂在一般人眼里不怎么好，反正能买得起水貂皮的那种人多半不会在乎加上一点放射性。就像耳朵背后抹点香水之类。要说起来，还蛮有派头的。

到目前为止，一般人都不听她说什么了，但她老说个不停。听着，她说，他们不埋驯鹿，现在改成在肉骨架上打一长条蓝印子，然后拿去喂水貂。我认为他们应该把它们埋了。把东西埋了，你会有一种真正的耻辱感。他们会一边挖坑一边说，看看我们是怎么糟蹋驯鹿的。或者至少他们会这样。他们会想一想。我们为什么老是折磨动物？我们装作喜欢它们，我们把它们当宠物养着，我们想到它们通人性就感动一番，但是我们一直在折磨动物，是不是？杀害它们，残害它们，把我们的罪过嫁害于它们？

＊＊＊

那次事故以后，她就不吃肉了。她一看到盘子上一块牛肉或一勺炖肉就想起驯鹿。可怜的家伙，角的表皮剥光，斗得都是血。然后是一排尸体，每个背上都有一长条蓝印子，吊在一排闪闪发光的钩子上，哐啷作响地移过去。

她解释说，那是她第一次来这儿的时候。也就是南下来了。人们说她傻，说她是在逃避，说她不现实，如果她对事情这么在意，她应该留下和他们理论。可她觉得过于压抑。人们对她的意见不够注意听。再说，你应该总往你认为驯鹿能飞的地方去：那可就现实了。它们在北面是没法再飞了。

＊＊＊

我在想格雷格怎么样了。我在想他是否平安。我在想，他现在知道我那时是对的，不知会怎么看我。我希望他不会因为这个恨我。男人时常因为是你对而恨你。弄不好他会装作若无其事；那样，他就可以肯定是他对了。是啦，不是你想的那样，不过是一颗彗星在空中烧尽。或是夏天一场风暴，或是电视上的恶作剧。笨蛋。

格雷格是个平平常常的家伙。这并不是说我遇到他时，想要个什么与众不同的。他上班，回家，闲坐，喝啤酒，和朋友出去再喝啤酒，有时在发薪日晚上揍我一通。我们相处还算过得去。当然，少不了为保罗拌嘴。格雷格说，我应该收拾它，这样它会收敛一点，不去划家具。我说跟那没关系，猫都划家具，也许我们应该搞一根木杆让它划。格雷格问我怎么知道这一来它就不会划得更起劲，像是准许它什么都可以乱划？我说，别犯傻。他说，已经用科学方法证明，猫阉了就会收敛一点。我说，可能要反过来才对吧——你阉割它们，它们就变得狂怒野蛮？格雷格拿起这把大剪刀说，好吧，我们干吗不他妈的试试看？我大声尖叫。

我不会让他收拾保罗，即便它把家具弄得有点乱糟糟的也不会。后来，我想起来了。要知道，他们阉割驯鹿。拉普人是这么做的，他们挑一头大的雄鹿，把它阉割了，让它驯服。然后，他们在它脖子上挂一铃铛，他们叫它铃鹿，成了鹿群中领头的，牧人不管要把鹿群赶到哪儿，都由它带头。所以，这种想法多半还真行得通，但我还是觉得这样不对。猫之为猫并不是它自己的过错。当然，我没有对格雷格讲这些，什么铃鹿之类的。有时候，他揍我时，我就想，或许我们应该先把你给收拾一下，那样你就会收敛些。可我从来没这么说。说了也不会有什么用。

我们以前常为了动物吵架。格雷格认为我心太软。我有一次告诉他，他们把所有的鲸都做成肥皂。他大笑说，用这种办法把它们干光真他妈的妙。我大哭一场。我想，这既是因为他说了那句话，更是因为他居然想得出这样的话。

我们不为大事吵嘴。他只是说，政治是男人的事，说我不懂还乱讲。我们关于地球灭亡的谈话到这里就谈不下去了。我要是说我担心如果俄国不让步美国会怎么做，或者反过来，美国不让步，俄国会怎么做，或者中东，或者别的什么，他就说我有没有想过这可能是经前紧张。你跟这种人讲不起来，对不对？他都不想讨论这件事，不想为这件事吵嘴。有一次，我说这有可能是经前紧张，他就说，是啦，我想就是这么回事。我说不对，听着，也许女人跟这世界接触更密切。他问我这是什么意思，我就说，是这样，事情都是相连的，对不对？女人和地球上所有的自然循环、出生、再生的联系都比男人密切，男人真要讲起来也只不过是授精者而已。如果女人跟地球和谐一致，那么，要是北面发生了可怕的事情，威胁到整个地球的生存，说不定女人会感觉到这些事情，就像有些人知道要地震了，可能经前紧张就是这样引发的。他说笨蛋，就因为这样，政治才是男人的事。说着，他又从冰箱里拿了一罐啤酒。几天以后，他对我说，世界末日怎么样了？我只看着他，他说，照我看来，你那些经前紧张还不就是说明你要来月经了。我说，你搞得我这么生气，我真想叫世界末日来临，这样就证明是你错了。他说他很抱歉，但他懂什么，说到底他只是个授精者，就像我说的，他估摸着，北面别的那些授精者会找到办法。

找到办法？那是管道工说的话，或者跑来把天花板钉回原位的人说的。“估计我们能找到个办法。”他们说，还很自信地眨一下眼。可是，这一次他们没找到什么办法，不是吗？他们该死的没有。在那次危机的最后几天里，格雷格不是每晚都回家来。就连他也终于发觉了，所以决定在彻底完蛋前快活一下。从某种意义上说，我不能怪他，只是他还不肯承认。他说，他在外面过夜是因为他受不了回家听我唠叨。我告诉他，我能理解，这不要紧。可我一解释，他就来气。他说他要是在外面偷偷干点什么，也和世界形势不相干，而是因为我老是缠着他不放。他们就是看不到相连之处，不是吗？北面那些穿深灰色西装、扎条领带的人开始采取某些他们所谓的战略防御措施，南面这里像格雷格这样穿裤衩和T恤衫的人就开始晚上到酒吧喝酒泡妞。他们应该懂这一层，对不对？他们应该承认这一点。

所以，知道是怎么回事以后，我就不等格雷格回家了。他在外面又喝了一杯啤酒，还说北面那些家伙会找到办法的，这会儿你还不如过来坐我腿上，宝贝！我只带上保罗，把它放进篮子，我能扛多少就带上多少罐装食品和一些瓶装水，然后上了公交车。我没留便条，因为没什么好说的。我在终点站哈里钱大街下车，开始往海滨广场走去。你猜这时我看到什么正在小汽车顶上晒太阳了？一只懒洋洋、惹人爱、玳瑁色的猫。我抚摸她，她就快活地叫，我一手把她抱起来。有一两个人停下来看，但不等他们说什么，我早就转过街角进了赫伯特街。

格雷格为那船生气。可是，他只有这条船四分之一的股份，再说，他们四个如果因为那些在我看来早几年就该收拾的穿深灰色西装的人而把自己最后的日子都花在上酒吧喝酒泡妞上，那么他们就不会惦念这条船了，对不对？我装好船正离岸时，发现我随手放掉的玳瑁猫正坐在保罗的篮子顶上，看着我。“你就叫琳达吧。”我说。

＊＊＊

她从一个叫医生溪谷的地方离开这世界。在达尔文海滨广场的尽头，基督教青年联合会现代化大楼的背后，一条弯弯曲曲的路通向一个已经废弃的船只下水滑道。炎热的大停车场差不多都空着，除非到游客来看喂鱼的时候。这年头医生溪谷也没什么别的了。每天涨潮时，成千上万的鱼一直游到水边来享受喂食。

她想这些鱼也太轻信别人了。它们一定以为，这些两条腿的庞然大物是出于好心给它们食物。可能刚开始是这样的，可现在大人门票两美元五十分，小孩门票一美元五十分。她不懂为什么沿海滨这些大饭店里住着的游客中没有人觉得这很怪。可是，现在已经不再有人会花时间去想想这世界了。在我们生活的这个世界里，他们要小孩掏钱去看喂鱼。她想，这年头，连鱼都被剥削利用。剥削利用，然后污染中毒。外面那海洋里灌满了毒。鱼也得死。

医生溪谷已无人光顾，也不再有什么人从那里出航了，他们几年前都迁到船坞去了。但是，还有两三条船拴在岩石上，像是已被人抛弃。当中有一条粉红色和灰色相间的船，有一根不起眼的桅杆，船侧写着**“不出售”**。她每回看到这都要笑。格雷格和他的朋友把他们那条小船停在这条船的后面，离开喂鱼的地方。这里的岩石上散落着被丢弃的金属片——引擎、锅炉、阀门、管道,都锈成了红褐色,她走过时,惊起一群群红褐色的蝴蝶,它们住在金属碎片堆里,把它当作藏身地。我们是怎么糟蹋蝴蝶的,她想,看看我们叫它们住在哪里。她朝海上看出去,目光掠过拥向岸边的美国红树的断枝残叶,移向一长溜小油船,再往远去是天边矮矮的形状像驼峰的岛屿。这就是她离开世界的地方。

经过梅尔维尔岛,穿过邓达斯海峡,然后进入阿拉弗拉海;从那以后,她就随风漂流。差不多好像都是往东漂,但她并没有十分在意。如果你想回到出发的地方,才去注意一路走过哪里,而她知道,要她回去是不可能的。

她没有预料到天边会冒出清晰的蘑菇云。她知道不会像电影里那样。有时是光线变一下,有时是远处的轰隆声。这些根本不能说明什么问题;但是,这在某个地方已经发生了,剩下的就由环绕地球的风去做了。到夜里,她松了帆,进到下面的小船舱里,把甲板留给保罗和琳达。开始,保罗想和新来的打架——还是地盘那老一套。但过了一两天之后,两只猫就彼此适应了。

＊＊＊

她觉得自己有点被太阳晒伤了,因为她一天都在外面晒太阳,只戴一顶格雷格的旧棒球帽遮阳。他净收集一些傻乎乎的帽子,上面净是傻乎乎的标语。这一顶是红底衬白字,是哪里一家餐馆的广告。帽上写的是“**不到BJ吃,狗屁都不如**”。格雷格的哪个酒友送给他过生日的,格雷格对这种玩笑总是不厌其烦。他会坐在那船上,手里抓一罐啤酒,头上戴那顶帽子，自己就咯咯地笑开了。他会笑个不停，直到所有人都看着，他最后念道："不到BJ吃，狗屁都不如。"这经常使他失去控制。她恨那顶帽子，但戴上它是有道理的，因为她忘了带防晒油和别的一管一管的东西。

她知道自己在做什么。她知道，格雷格会说这是她的小冒险，最后多半也不会有什么结果。每次不管她有什么计划——特别是跟他无关时——他总是说那是她的小冒险。她认为自己不会踏上哪个未遭破坏的岛屿，你在那儿只要随手扔一颗豆子，就长出一排来，豆荚随风向你摇摆。她不指望有珊瑚礁、度假旅游小册子上的沙滩、向你点头的棕榈。她没有想象会冒出一个长得很漂亮的家伙，带两条狗在一条小救生艇上已经漂流了一两个星期，然后是带两只鸡的姑娘，带两头猪的男人，等等。她的期望值不高。她只想人总得试试，不管结果如何。这是你的责任。你逃脱不了。

＊＊＊

昨夜的情况我描述不清。我一场梦刚做完，也可能还在做，但我听到猫的声音，我发誓听到了。应该说，那是猫发情时的叫声。这并不是说琳达会叫很远。等我完全醒过来，就只听到海浪拍打船壁的声音。我走上舷梯，把门打开。月光下，我可以看到它们一对亲热地并排趴着，回头看我。就像一对孩子接吻时差一点被女孩的妈妈撞上。猫发情时的叫声像婴儿在哭，是不是？这应该告诉我们一些什么。

我不数日子。这么做没有必要，是不是？我们不再用天数来度量事物了。天数、周末、假日——这是穿灰色西装的人们度量事物的方法。我们要回到某种更老的周期，先从日出到日落算起，再加上月亮、季节、气候——那种新的可怕的气候，我们只好在那种气候下生活。从林中的部落是怎样度量一天的？现在向他们学也不算太迟。那种人有与自然和谐生活的诀窍。他们不会阉割猫。他们可能崇拜它们，他们甚至可能吃它们，但他们不会收拾它们。

我只吃一点点，够维持就行。我不会去计算在海上要待多长时间，再把食物分成四十八份，或者诸如此类的。那是老一套思维，把我们搞到现在这种地步的思维。我吃得只够维持，就这么回事。当然了，我也捕鱼。我肯定这不会有问题。可是，我一捕到鱼，便不由自主地拿给保罗和琳达吃。我还是吃罐头，而那两只猫倒长胖了。

＊＊＊

我要多留点神。一定是在太阳下昏过去了。醒过来是仰卧着，两只猫在舔我的脸。感觉口干舌燥，人在发烧。也许是罐头食品吃得太多了。下次逮到鱼，我最好自己吃了，即使这会使我不得人心。

我纳闷格雷格在做什么。他还会做什么？我好像看到他在那儿，手里拿一罐啤酒，哈哈大笑，指手画脚。“不到BJ吃，狗屁都不如。”他说。他两眼盯着我，读我帽子上的字。他膝盖上坐着一个女孩。我和格雷格在一起的日子现在就像我在北面的日子一样离我很遥远。

几天前我见到一条飞鱼。我肯定我是见到的。我总不会编造吧，对不对？这让我很高兴。鱼会飞，驯鹿也会飞。

＊＊＊

肯定有点发烧。逮着一条鱼，还煮了呢。保罗和琳达没少给我麻烦。做梦，噩梦。船大致还在往东漂，我想。

我肯定我不是独自一个人。我的意思是，我肯定世界上到处都有我这样的人。不可能只有我，就我一个带两只猫在船上，其他所有人都在陆地上叫着笨蛋。我打赌，成千上万条船上有人和动物，做我正在做的事。弃船，那是以前的呼唤。现在是遗弃陆地。危险到处都有，但陆地上更多。我们都曾经从海里爬出，是不是？也许那是一个错误。现在我们要回海里去。

我想象其他那么多人在做我正在做的事，这给了我希望。这一定是人类的一种本能，对不对？一受到威胁就逃散。不单单是逃离危险，还增加作为一个物种的存活机会。如果我们分散到整个地球，就不会所有的人都中毒。就算他们把毒都发射出来，肯定也还是有机会的。

夜里我听到猫叫。那是希望之声。

＊＊＊

噩梦。我想是恐怖的梦魇。梦到什么时候就变成梦魇？我的这些梦等我醒了还在继续。就像喝醉了酒还没醒透。噩梦不会让你过太平日子。

＊＊＊

她觉得自己看到天边有另一条船，就朝它驶去。她没有闪光信号灯，叫喊也太远，所以她就朝它驶去。那条船航向与地平线平行，在她的视线内大约有半小时，然后就消失了。说不定也不是一条船，她对自己说。可是，不管那是什么，它的消失使她感到沮丧。

她记起有一次在报上看到一件可怕的事情，一篇讲超级油轮上的生活的故事。如今的轮船越来越大，船员越来越少，什么事情都靠技术。他们在海湾或随便什么地方给计算机编好程序，船实际上就自己一路航行到伦敦或者悉尼。这对船主来说太好了，省很多很多钱，对船员来说也太好了，他们要担心的就只剩下无聊了。他们大部分时间坐在甲板下面喝啤酒，像格雷格一样，在她看来是这样。喝啤酒，看录像。

那篇文章里有一件事她总是忘不了。文章说，以前总有人在高高的桅杆瞭望台或驾驶台上瞭望。但现在的大轮船不再有瞭望哨，或者至少这瞭望哨只不过是一个人不时去看看一个屏幕上的很多亮点。以前你坐筏子或小艇或诸如此类的在海上迷失方向，如果来一条船，就很有希望得救。你挥手、叫喊或者有烟火就全部发射出去，你把衬衫升到桅杆顶上，总会有人瞭望到你。如今，你会在海上漂几个星期，然后总算来一条超级油轮，可还是从你身边开过去。雷达不会发现你，因为你太小，如果正好有人倚着栏杆晕船呕吐，那就完全是你的运气了。有很多次，换到以前本来可以得救的失事漂流者却没有人来搭救；甚至还有这样的事，人家看到船开过来以为是来救人，谁知却被船轧了过去。她试着想象这有多糟糕，先是可怕的等待，然后是看着船开过去，你无能为力的感觉，你的叫喊声都被发动机的声音盖过。她想，这世界的毛病就在这里。我们不再设瞭望哨。我们不想着救别人，全靠机器往前开。人人都在甲板下面，和格雷格一起喝啤酒。

这么说来，天边那条船或许就没有发现她。她也不是要人来救什么的。只是想知道点世界新闻，如此而已。

＊＊＊

她开始做更多噩梦。到白天噩梦也迟迟不散。她感觉自己仰卧着，手臂发痛，手上戴着白手套，仿佛是在一个笼子里：身体两边都矗立着金属条。男人们过来看她，总是男的。她想，她一定要把噩梦写下来，和正在发生的真实事情一起写下来。她告诉噩梦中的男人们，她会把他们写进去。他们微笑着说，他们会给她铅笔和纸。她拒绝了。她说她要用自己的。

＊＊＊

她知道那两只猫有鱼吃，伙食很好。她知道它们运动不够，发胖增重。但是，她就觉得琳达比保罗增重更多。她不想相信这是真的。而且也不敢相信会有这样的事。

一天，她看到了陆地。她发动引擎朝那儿驶去。她离岸边不远了，能看到红树和棕榈，这时燃油用完，风把她吹走了。看着那岛屿渐渐远去，她惊奇地发现自己心里竟毫无悲伤失望。无论如何，她想，靠柴油机帮忙才发现新陆地，这也是掺假。老的做事方法要重新捡回来：未来在于过去。她会让风来为她引路护航。她把空油罐扔下船去。

***

我疯了。我走之前应该怀上孕。当然啦。我怎么看不到这就是答案？格雷格老开玩笑说他只是个授精者，而这么明显的事我却没看到。他在那儿不就是为了这个。我遇到他也是为了这个。那档子事现在看来都很怪了。一点点乳胶，挤管子，吞药片。这一套都免了。现在我们要回归自然。

我想知道格雷格在哪儿；想知道格雷格是不是还在。他有可能死了。我一直为那句适者生存的话纳闷。不管谁看着我们都会认为格雷格更适合生存：他更高大，更健壮，更讲究实际，反正用我们的话来说，更保守，更随和。我是忧虑者，我从来不干木匠活，我自己独立生活不太行。但要说谁会生存下去，那是我，反正是我有机会。忧虑者生存——是这个意思吗？像格雷格一类的人会像恐龙一样死光。只有能看清正在发生什么事情的那些人才能生存，规律肯定是这样。我敢说以前有动物感觉到冰川时期的来临，长途跋涉，历经艰险，去找更安全温暖的天气。我还敢说，恐龙觉得它们是因为经前紧张而发神经，还说它们是蠢猪。我不知道驯鹿是否看到了就要发生的事情。你以为它们是不是多少感觉到了？

＊＊＊

他们说我不了解情况。说我这样联系不对。得听他们说，听他们说他们的联系。他们说，发生了这件事，结果又发生了那件事。这里打仗，那里战争，国王被废黜，名人——总是名人，我讨厌名人——惹是非。可能我在太阳下面待得太久了，但我看不到他们的这些联系。我审视世界的历史；他们好像没意识到，这世界正走向尽头。他们看到的我就看不到。我看到的都是过去的联系，我们不再注意这些联系，因为这样就更容易让驯鹿中毒，在它们背上打一条蓝印子，再用它们喂貂。是谁让这些发生的？哪个名人会把这些归于他的功劳？

＊＊＊

真好笑。听听这场梦。我躺在床上，我不能动弹。东西都有点模糊。我不知道我在哪里。有个男人。我不记得他长得什么模样——就记得是个男人。他说："你觉得怎么样？"

我说："很好。"

"真的很好？"

"当然是啦。为什么不呢？"

他没回答，只点点头，好像在上下打量我的身体，当然是被子下的身体了。然后他说："没有这些欲望吗？"

"什么欲望？"

“你知道我讲的是什么。”

“请原谅，”我回答——很好玩，梦里你讲话变得一本正经的，而真实生活中你不会这样，“请原谅，可我真的一点都不知道你是指什么。”

“你在攻击男人。”

“哦，是吗？我想要什么，他们的钱包？”

“不。看起来你是要性爱。”

我开始大笑。那人皱起眉头；哪怕他脸上其余部分都消失了，我也记得那皱起的眉头。“这实在是太露骨了。”我说，像老电影里冷冰冰的女演员。我又大笑。你知不知道有时候，如云开一线，你在梦里意识到你只是在做梦？他又皱眉头。我说：“别说得这么直白。”他不喜欢听，走开了。

我醒来时直对自己发笑。想到格雷格和猫，想到我是否应该怀孕，我就做了场性爱的梦。大脑想东西可以很直截了当，是不是？是什么让它觉得自己可以无拘无束地这么做？

＊＊＊

我们不管朝什么方向往前漂，我只记得这么两句押韵诗：

一四九二那一年，
哥伦布航海去探险。

后面是什么？他们总是搞得听起来很简单。姓名，日期，成就。

我恨日期。日期很霸道,日期自以为是。

＊＊＊

她一直相信会到那个岛。她还在睡着,风把她吹到那儿。她只要在两个礁石间驶过,把船停靠在鹅卵石上。没有完善的沙滩让游人留下足印,没有珊瑚防浪堤,连一棵点头的棕榈都没有。她放心了,也很知足。让沙变成岩石,茂密丛林变成灌木丛,肥沃土壤变成垃圾堆,这倒更好。太多的美,太多的绿,会使她忘了地球的其他地方。

保罗跳上岸,而琳达却等着人抱。是啊,她想,是到了该发现陆地的时候了。她决定开始先睡船上。按道理你一上岸就要开始建造木头小屋,但那很傻。也许这岛屿并不适合呢。

＊＊＊

她想,上岸到了岛上,她就不会做噩梦了。

＊＊＊

天非常热。人家还以为这地方有中央供暖呢,她对自己说。没有微风,没有天气变化。她照看着保罗和琳达。它们给她以安慰。

她不知道做噩梦是不是因为睡在船上,因为整个白天自由自在地到处走,到了夜里又禁锢起来。她想可能是她的大脑在抗议,要求释放。于是，她在高出潮水线的地方搭了个小棚子，开始在那儿睡。

可这毫无用处。

她的皮肤开始生出可怕的毛病。

＊＊＊

噩梦做得更厉害了。她认定这是正常的，如果“正常的”这个词还能用的话。至少，按她的现状，这是在意料之中的。她已经中了毒。她不知道中毒到什么程度。在她的梦里，男人们都很客气，甚至很温柔。就因为这样，她知道不能相信他们：他们是诱骗者。大脑产生自己的意见来对抗现实，对抗自身，对抗自己知道的东西。这里面显然有什么化学因素，像反物质之类的。因为发生了这种事，大脑处于受冲击状态，便编造出自己的理由来否认已经发生的事情。她应该意料到会这样。

＊＊＊

我来给你举个例子。我在噩梦里很鬼。那些男人来的时候，我装作不惊奇的样子。我表现得好像他们在那里是很正常的。我诈他们掏出实话。下面是我们昨夜的谈话，你怎么想都可行。

“我干吗戴白手套？”我问。

“你认为它们是白手套吗？”

“你认为它们是什么？”

“我们得用你的手臂输液。”

“就为这我才要戴白手套？又不是看歌剧。”

“那不是手套，是绷带。”

“我以为你说我手臂在输液。”

“不错。绷带是用来固定输液针的。”

“可我动不了手指。”

“那很正常。”

“正常？”我说，“这年头什么算正常？”他答不上来，我就接着讲：“在哪条手臂输液？”

“左臂。你自己看得到。”

“那你干吗把我右臂也缠上了？”

他想了好长时间，最后说：“因为你想用能活动的手臂拔掉输液针。”

“我干吗要这样做？”

“我想只有你能告诉我们。”

我摇摇头。他沮丧地走开了。我可是毫不示弱地反击他，不是吗？第二天夜里我又跟他们干。我的大脑显然以为我太轻松地就把那诱骗者打发了，所以换上另一个来。这个老喜欢叫我名字。

“今晚你怎么样，凯思？”

“我觉得你总是说‘我们’的。要是没搞错，你真是你想装的那个。”

“我干吗要说‘我们’，凯思？我知道我自己怎么样。我是在问你。”

“我们，”我挖苦地说，“我们在动物园里很好，非常感谢。”

“你什么意思，动物园?”

“栅栏，真笨。”我不是真的认为那是动物园，我想弄清他们认为那是什么。同你自己的大脑对着干并不总是一件轻松的事。

“栅栏？哦，它们只是你床的一部分。”

“我的床？对不起，这么说这不是张婴儿摇床，我也不是个婴儿?”

“这是一张特别的床。看。”他轻扳一下机关，把一片栅栏折下去，折到我看不到的地方。然后，他又把栅栏拉上来，把它关好扣上。

“噢，我知道了，你是要把我锁起来，是不是这意思?”

“不，不，不，凯思。我们只是不想让你睡着了滚下床。比方说，你要是有一场噩梦的话。”

这是很狡猾的战术。你要是有一场噩梦……可是，就这些别想让我上当。我想我知道我的大脑在做什么。我想象的确实是一种动物园，因为动物园是我见到驯鹿的唯一的地方。我是说活的。所以，我把它们和栅栏联系在一起。我的大脑知道，对我来说，这都是从驯鹿开始的。就因为这，大脑设下这么个骗局。倒挺能乱真的，这大脑。

“我没有做噩梦。”我一口咬定，好像是不承认有麻点似的。我想这很棒，告诉他不存在他这个人。

“这个，万一你开始梦游什么的。”

“我梦游了吗?”

“我们没法看管每个人，凯思。还有很多人跟你一样，在同一条船上。”

“我知道！”我大声喊道，“我知道！”我大声地喊，因为我觉得自己赢了。那家伙很精,但他露了馅。在同一条船上。他的意思当然是在其他船上,但是他——还不如说是我的大脑,答错了。

那天夜里我睡得很好。

＊＊＊

她有个可怕的想法。小猫要是不正常可怎么办？琳达要是生出畸形猫或者怪物可怎么办？会不会这么快就发生？是什么风把他们吹到这儿,那些风里有什么毒？

她好像很能睡。沉闷的炎热一直持续着。她时常感觉口干舌燥,喝溪水也不管用。可能这水有点不对劲。她的皮肤在剥落。她把手举起来,手指看起来像角斗公鹿的犄角。她还是感觉压抑。她尝试用这种想法来安慰自己,就是在这岛上她至少没有男朋友。格雷格要是看到她这个样子会说什么呢？

＊＊＊

她认定,这都是大脑造成的。大脑聪明过头反而害了自己,简直忘乎所以了。是人脑发明了这些武器,对不对？你无法想象动物会发明毁灭自己的办法,是不是？

她给自己讲了这么一个故事。树林里有一只熊,一只聪明活泼的熊,一只……正常的熊。有一天,熊开始挖一个大坑。坑挖好了以后,熊从树上折下一根树枝,把树叶和细枝都剥光,一头啃尖,再把这木桩竖直向上插在坑底。然后，熊用树枝和矮草把挖好的坑盖好，看上去和树林别的地方一样，便离开了。你猜想熊在哪里挖的坑？正好在它自己最喜欢走的一条路线的当中，它在去喝树上的蜜或者做熊要做的不管什么事时一般都要经过那一点。于是，第二天，熊懒洋洋地走过那条路，掉进坑里，被木桩扎穿。它临死前想，哎呀，哎呀，真没想到，事情变成这样，真奇了。我选在那儿挖陷阱可能是个错误。可能挖陷阱从一开头就是个错误。

你无法想象熊会那样做，对不对？可是，我们就是那个样子，她思忖。大脑就是忘乎所以，不知道什么时候该止步。要说起来，大脑从来就这样。这些噩梦也一样——睡梦中的大脑忘乎所以。她想知道原始人是不是做噩梦。她敢肯定他们不做。或者至少不是我们做的那种。

她不信上帝，但这会儿她有点动心。倒不是她怕死。不是那么回事。她不由得相信一个什么人正在看着发生的事情，看着那只熊挖自己的坑，然后掉下去，故事再好也得有人讲。看看他们都做了些什么——他们自己炸自己。笨蛋。

***

曾为了手套跟我辩过的那个人又来了。我让他露了馅。

“我还戴着手套。”我说。

“是啊。”他答道，想讨好我，但他错了。

“我的手臂没有输液。”

他显然没有料到这一着。“啊，没有。”

“那我干吗还戴着白手套？”

“啊。”他停顿一会，想想该扯什么谎。他想出的一个还真不赖。“你在拔自己的头发。”

“胡说。头发自己在掉。每天都在掉。”

“不对，要我说，是你在拔头发。”

“胡说。我只要手一碰，头发就大把大把往下掉。”

“我看不是这样。”他用屈尊的口气说。

“走开，”我喊道，“走开，走开。”

“当然啦。”

他走了。他就我的头发提出这么恶劣的一种说法，扯的谎距离真实情况再近不过了。因为我是在碰头发。这也没什么奇怪，对不对？

不过，我叫他走他就走，这是个好现象。我感觉快活极了，我开始控制自己的噩梦。这只不过是我在经历的一段时期。等这一时期完了，我就高兴了。当然，下一段也许更糟，但至少是不一样的。我很想知道我中毒的程度。是不是严重到可以在我背上打一长条蓝印，拿去喂水貂？

***

大脑忘乎所以，她不知不觉地重复这一句。样样事情都相连，武器和噩梦。所以，他们得突破这个圈。开始把事情再次简化。从头开始。人们说，时间无法回转，但你可以。未来在于过去。

她希望她能制止这些男人和他们的诱惑。她以为等她到了岛上他们就不来了。她以为等她不在船上睡他们就不来了。可是，他们反而变得更顽固更狡猾。到了夜里，她害怕睡着，因为会做噩梦，而她又这么需要休息，每天早上她醒得越来越迟。沉闷的炎热一直持续着，一种无休无止、一成不变的炎热，就像被暖气片包围了。这还有完没有？说不定出了这种事，把季节也给灭绝了，或者至少从四个减少到两个——一个是他们都被警告过的那种特别的冬天，再就是这个无法忍受的夏天。也许这世界要用很多世纪的良好表现才能重新唤回春天和秋天。

＊＊＊

我不知道是这些男人中的哪一个。我已开始闭上双眼，这比你想的要艰难。如果你已经闭上眼睛睡觉，还要再闭眼，把噩梦关在外面。这可不容易。不过，如果我能学会这个，也许我还能学会用双手捂住耳朵。那样会有用。

“今天早上你觉得怎么样？”

“你干吗说早上？你都是夜里来。”你看到没有，我不让他们钻一点空子？

“你要这么说也行。”

“你这是什么意思，我要这么说也行？”

“你是老板。”这就对了，我是老板。你一定得控制住你自己的大脑，否则它跟你一起乱跑。就是因为这样，我们现在才处于危难之中。要保持对大脑的控制。

于是，我回答说：“走开。”

“你老这么说。”

“我要是老板，我就能这么说，不是吗？”

“总有一天，你得谈谈这件事。”

“一天。你又来了。”我仍旧闭着眼睛，“到底什么是这件事？”我觉得我还在抓住他不放，但这可能是个战术错误。

“这件事？噢，什么都算……你怎么落到这一步，我们怎么帮你解脱。”

“你真是个很无知的人，你知道吗？”

他不理睬。我恨他们这样，没办法对付的事情就假装没听见。“格雷格，”他说，明显是在转换话题，“你的内疚感，被抛弃感，诸如此类的……”

“格雷格还活着吗？”噩梦这么逼真，我不知怎么觉得这人可能知道答案。

“格雷格？是的，格雷格很好。可我们觉得，这没用……”

“我干吗要感到内疚？我不觉得用这船有什么错。他只要喝啤酒，和女孩子厮混。他做这些用不着船。”

“我觉得这船不是问题的核心。”

“你这是什么意思，不是核心？不是这条船，我就不会在这儿。”

“我的意思是，你把很多事情都归结到这条船。这样，你就不用去想在这条船之前发生的事。你觉不觉得你就是在这样做？”

“我怎么知道？说起来，你才是专家。”我知道，我这么说非常尖刻，但我无法控制。我很生他的气。好像是我不理会在坐这船之前发生的事。说到底，没几个人注意到，而我就是其中一个。世上其他人都跟格雷格一样行事。

“嗯,我想我们好像有些进展了。”

“走开。”

＊＊＊

我知道他会回来的。从某种意义上说,我是等着他回来。我想,就是要把这件事了结了。他引起了我的兴趣,我要承认这一点。我对发生的事情知道得清清楚楚,对原因和经过也知道得差不多。但我想看看他的——实际上是我自己的——解释有多妙。

“这么说,你觉得可以谈谈格雷格了?”

“格雷格?这跟格雷格有什么关系?”

“嗯,在我看来,我们也希望你能确认这一点,你……你和格雷格的破裂在很大程度上造成了你现在的……问题。”

“你真是个很无知的人。”我喜欢这么说。

“那就帮助我去掉无知,凯思。告诉我怎么回事。你最早发现格雷格有问题是什么时候?”

“格雷格,格雷格。该死的核战争都发生了,而你讲来讲去就是格雷格。”

“是啊,战争,当然啦。但我想我们最好还是一样一样来。”

“格雷格比那战争还重要?你的孰轻孰重真是怪怪的。或许格雷格引发了战争。你知不知道他有一顶棒球帽,上面写着‘作战,不做爱’?或许他坐在那儿喝啤酒,没事找事按了电钮。”

“这种想法很有意思。我想，这会给我们一些线索。”我不搭腔，他接着说：“你像是把所有的宝都押在格雷格身上了，我们这样想有没有道理？你是否觉得他是你最后的机会？也许你对他抱了太多的期望？”

我受够了。“我名叫凯瑟琳·费里斯，”我说，是对自己，又是对别人，“我三十八岁。我离开北方，来到南方，因为我能看到正在发生的事情。但是，战争跟随着我。它还是来了。我上了船，让风带我走。我带了两只猫，保罗和琳达。我发现了这个岛。我住在这里。我不知道我会出什么事，但是我知道，我们这些关心地球的人有责任继续活下去。”我说完才发现自己不知不觉掉泪了。眼泪顺着两颊流入耳朵里。我看不见，我听不到。我觉得自己在水里游，在沉没。

最后，那人轻声轻气地说——或许是因为我耳朵里全是水？——“是的，我们想你可能看到这类事情。”

“我被带毒的风吹过。我的皮肤在剥落。我老是口干舌燥。我不知道这有多严重，但我知道我要坚持下去。就算是为那两只猫。它们可能需要我。”

“对了。”

“对了，你这是什么意思？”

“嗯，身心失调的病症可以令人信服。”

“你的脑袋连这点窍都不开？该死的核战争都发生了。”

“嗯。”那人发出哼哼的声音，故意带上挑衅的口吻。

“好吧，”我答道，“我还是来听听你怎么说。我看得出你想告诉我。”

“那么，我们认为，这可以追溯到你和格雷格的分手。当然追溯到你们的关系。占有欲，暴力。可是，关系破裂……”

虽然我不想跟他认真计较，但还是情不自禁地打断了他。“那不是真的关系破裂。战争开始的时候，我驾船走了。”

“是啊，当然啦。可是你们之间的关系……你不会说很好吧？”

“不会比跟别的酒鬼们更坏。他只是个酒鬼，格雷格。要论酒鬼，他是正常的。”

“一点不错。”

“一点不错，你是什么意思？”

“哦，你看，我们从北方调来你的档案。看起来是有一个模式。你喜欢把宝都押在一处。又跟一个同类型的男人。这总是有点危险，是不是？”我不搭理，他就接着讲，“我们把它叫作持久性受害者综合征。缩写是PVS。”

我还是不理睬。首先，我不懂他在说些什么。胡编乱造一些东西。

“在生活中许多事你都拒绝承认，对不对？你……否认很多事。”

“不对，我没有。”我说。这很荒唐。我打定主意迫使他亮出他的想法。“你是想说，你是想说没有发生战争？”

“没错，我的意思是说，那很叫人提心吊胆。看上去好像真要打一场战争。但他们找到了解决办法。”

“他们找到了解决办法！”我用挖苦的口气喊道，因为一切都得到了验证。我的大脑一直记着格雷格这句话，我觉得他说这话过于扬扬得意。我喊得很过瘾，还想喊点别的，所以就接着喊。“不到BJ吃，狗屁都不如！”我大声喊道。我觉得自己赢了，但那人看来没听懂，他把手放在我手臂上，好像我需要安慰似的。

“是的，他们真的找到了办法。战争从没发生。”

“我知道了。”我答道，还带着胜利感，“这么说，我当然不在岛上了？”

“不在。”

“是我想象的。”

“是的。”

“这么说，那船当然也就不存在了？”

“哦，不，你上了船。”

“可是船上没有猫。”

“不，他们找到你时发现你还带着两只猫。它们瘦得可怕，只是勉强活下来了。”

他很狡猾，不全部否定我。狡猾，但不出所料。我决定改变战术。我要装糊涂，再带点忧郁。“我弄不懂，”我说，伸过手去拉他的手，“如果没有发生战争，我干吗在船上？”

“格雷格，”他说，带一种不怀好意的自信，好像我最后总算招认了什么，“你是在逃跑。我们发现，持久性受害者综合征的患者最后逃脱时经常感受到强烈的内疚。后来，北面传来坏消息。这成了你的借口。你是在事物外部找原因，把你的迷惘和忧虑归结到周围世界。这是正常的，”他屈尊俯就地加一句，但很明显他并不是这么想，“完全正常。”

“这一带也不会只有我一个持久性受害者，”我回答说，“这整个该死的世界都是持久性受害者。”

“当然啦。”他没有真正听进去就附和。

“他们说将要发生战争。他们说战争已经开始了。”

“他们总是那样说，但他们找到了办法。”

“你一直这么说。这么说来，按你的说法”——我特别强调这个词——“他们是在哪儿找到我的？”

“达尔文以东大约一百英里。在转圈。”

“转圈，”我重复道，“世界就做这个。”他先是对我说，我把自己的问题归咎于世界；之后他又对我说，我做的正是我们大家都知道这世界一直在做的事情。这实在是没什么水平。

“你又怎么解释我掉头发？”

“恐怕是你在拔头发。”

“我的皮肤剥落呢？”

“你过了一段艰难的日子。你经受了严重的压力。这没什么不正常。但是，会好起来的。”

“你又怎么解释我样样事情都记得很清楚，从得到北方爆发战争的消息到在这岛上度过的日子？”

“嗯，用技术术语说是虚构。你编造一个故事来掩盖你不知道的或者不能接受的事实。你保留一些真相，以此为主干编织一个新的故事。尤其是在双重压力的病例中。”

“什么意思？”

“个人生活中的严重压力再加上外部世界的政治危机。北面形势恶化时，我们收治的病人就会增加。”

“接下去你要告诉我，有几十个精神病人在海上转圈。”

“有几个。大概四五个。不过，大多数病人还没到用船的程度。”他的口气好像钦佩我的顽固劲头。

“那么这一次你们进了多少……病人？”

"几十个。"

"嗯，我很佩服你的虚构，"我说，把这技术术语反过来用到他头上，让他知道自己是个什么东西，"我真的感觉你编得很灵光。"他当然是自己露了馅。你保留一些真相，以此为主干编织一个新的故事——他完全是这么做的。

"我很高兴我们取得了一些进展，凯思。"

"走开，去找找办法，"我说，"顺便问一句，有没有驯鹿的什么消息？"

"你想要什么样的消息？"

"好消息！"我喊道，"好消息！"

"我看看有什么办法。"

＊＊＊

噩梦去后，她感觉很累；觉得很累，但又觉得胜利了。她把诱惑者所能施展的最恶劣的伎俩掏了出来。现在她没有危险了。当然，他犯了一系列严重的错误。我很高兴我们取得了一些进展：他根本不该这么说。没有人会喜欢自己的大脑以神气十足的样子来对待自己。真正叫他露了馅的是讲猫变瘦了。整个航行中最明显的事莫过于此了，莫过于猫长胖，莫过于它们爱吃她捉到的鱼。

她打定主意不再跟这些男人讲话。她没法阻止他们来——她肯定他们还会再来好几个晚上，但她不会跟他们讲话。她已经学会在噩梦中闭上眼睛；现在她要学会闭上耳朵和嘴巴。她不会受诱惑。她不会。

如果她非得死，她就死。他们一定是中了很恶毒的邪气；到底有多毒，只有等她恢复或者死了才能知道。她替那两只猫担心，但相信它们能够照看好自己。它们会回归自然。它们已经这么做了。船上的食物吃光以后，它们就开始捕食。或者说是保罗开始捕食：琳达太胖了，没办法捕食。保罗给她带回来一些小东西，像田鼠和老鼠之类的。每到保罗这么做时，凯思便热泪盈眶。

这全都是因为她的大脑害怕死亡，她最后认定了这一点。在她皮肤得了病、头发开始脱落以后，她的大脑试图想出另一种解释。现在她甚至连它的技术术语都知道了：虚构。她从哪里拣来这词？她一定是从那本杂志上读到的。虚构。你保留一些真相，以此为主干编织一个新的故事。

她记起前一天晚上她梦中的对话。梦里的那个男人说，你在生活中否认很多事，对不对；她回答说，不对，我不是这样。回过来看，这很好玩，但也很严肃。你不能欺骗自己。格雷格就是这样，大多数人都是这样。我们一定要看事物的真相；我们不能再依靠虚构。这是我们唯一的生存之道。

***

第二天，在托雷斯海峡一个长满灌木丛的小岛上，凯思·费里斯醒来后发现琳达生产了。五只小小的玳瑁猫蜷缩在一起，娇弱无力，闭着眼睛，但却毫发无伤。她感受到这种怜爱。母猫当然不会让她触摸小猫，但这没关系，这是正常的。她感受到这种幸福！这种希望！

5　海难

Le Radeau de la Méduse

梅杜萨之筏

（籍里柯）

I

开始就有一个预兆。

他们已经绕过菲尼斯特雷角，正在乘强劲的风向南航行。这时，一群海豚包围了炮舰。船上的人们挤向船尾和前后甲板的栏杆，惊叹这些海豚居然能把一艘正以九节或十节航速快速前进的船包围起来。他们正在欣赏海豚的绝技，只听有人大喊起来。一个客舱服务员从左舷的一个前舷窗掉了出去。有人打信号枪，有人扔出救生筏，船也向他驶去。但是，因为动作迟钝，等到放下六桨驳船已经无济于事了。他们找不到救生筏，更不要说那服务员了。他只有十五岁，认识他的人都说他水性很好，他们猜想他十有八九游到救生筏上了。如果是这样，他肯定是死在筏上了，死之前经受了最残酷的折磨。

向塞内加尔进发的远征舰队由四条船组成：一艘护卫舰，一艘木帆海防舰，一艘运输舰和一条双桅横帆船。一八一六年六月十七日，载有三百六十五人的舰队从埃克斯岛升帆起航。现在，舰队减少了一个人，继续南下。他们在特内里费补充给养，装上宝贵的酒、柑橘、柠檬、印度无花果和各种蔬菜。在这里，他们注意到当地居民的穷困：圣克罗伊的妇女站在门口招呼法国人进去，深信宗教法庭的修道士会治好她们丈夫的妒忌，这些修道士会把婚姻狂热贬低成撒旦令人眼花缭乱的礼物。船上爱思考的人把这种行为归咎于南半球的太阳，人们知道，它的力量会削弱自然的和道德的约束。

从特内里费出发，他们向西南偏南方向航行。风力很大，航海技术又欠佳，舰队散开了。炮舰单独航行，越过北回归线，绕过巴巴斯角。船贴着海岸行驶，有时距离海岸线不超过炮弹射程的一半。海里散落着礁石，双桅帆船在低潮时无法在这些海域航行。等他们过了布朗科角，或者以为过了布朗科角，才发现已经进入了浅海区。每隔半小时便放一次测深锤。破晓时，值勤少尉莫德先生在一只鸡笼子上推算出了船位，并判断船已驶入阿尔古因暗礁的边缘。他的话没人理睬。就是那些对大海了解不多的人也看到水变了颜色，船边明显可以看到海藻，还抓到很多的鱼。他们在风平浪静之中搁了浅。测深锤读数是十八英寻，很快变成六英寻。炮舰抢风行驶，船尾龙骨随即撞去一截，又接二连三连撞了三截，船便停住了。测深索显示深度为五点六米。

不幸的是，他们在高潮时触了礁，海浪越来越猛，使炮舰脱险的努力都失败了。船是注定没救了。因为舰载救生船体积小，不够容纳全体船员，因此决定造一条筏子，救生船装不下的都上筏子。再把筏子拖上岸，人人都可以得救。计划订得完美无缺，但是，船员当中有两人事后认定，这个计划简直是在散沙上勾画出来的，自私的人呼一口气便能吹得无影无踪。

筏子造好了，而且造得很好，救生船位子也分配好了，给养也预备停当。破晓时分，座舱已积水二点七米，水泵也不起作用，于是，发出了弃船的命令。但是，精心编制的计划很快就变成一片混乱。指定好的位子没人理睬。给养品随便乱放、遗弃或者丢入水中。筏子定员一百五十人：一百二十个官兵，二十九个男水手和乘客，一个妇人。可是，刚上了五十个人——这筏子长二十米，宽七米——筏子就沉到水下至少七十厘米。他们把装在筏子上的面粉桶扔了，筏子便漂浮起来。其余的人下船登上筏子，筏子又往下沉。等到筏子装满，已沉到水下一米。筏子上人非常挤，一步都动不了；前面和后面的人都在齐腰深的水里。向四面扔出去的面粉桶在海浪的推动下向他们撞来；一袋二十五磅重的饼干向他们扔下来，水一泡马上成了面糊。

起先的想法是让一个海军军官指挥筏子；但那军官拒不上筏子。早上七点，发出了出发信号，救生船队离开被遗弃的炮舰。十七个人拒绝离船，或者隐匿起来，待在船上听天由命。

筏子由四条救生船用船尾绳索拖着，前面有一条舰载舢板做先导并测水深。所有船只各就各位之后，木筏上的人高呼：“国王万岁！”一杆火枪的顶端打出一面小白旗。可是，就在木筏上的人们最充满希望和期盼的这一时刻，寻常的海风中又加进了自私的气息。不知是出于自私自利、技术差劲、意外不幸，还是似乎有此必要，拖绳一根接一根地被抛开了。

筏子离开炮舰才两个里格就被抛弃了。筏上的人只有葡萄酒、一点白兰地、一些水和一小部分泡了水的饼干。他们没有指南针和海图。既没有桨，也没有舵，没有办法控制筏子，也没有什么办法控制筏子上的人，海浪涌过时，他们不停地互相碰撞。第一天夜里，风暴骤起，吹得筏子剧烈摇晃，筏上人们的哭喊声和惊涛骇浪的喧嚣声汇成一片。有些人将绳子拴在筏子的木头上，然后紧紧拽住绳子不放。每个人都经受狂风巨浪的无情摧残。天亮时，空中回荡着凄惨的恸哭声和对天地发出的胡乱不着边际的诅咒谩骂声，所有的人都准备等死。那第一夜的真情实景绝对不堪想象。

第二天风平浪静，对不少人来说，希望之火重新点燃。但是，两个年轻小伙子和一个面包师傅认定逃脱不了死亡的命运，向同伴告别之后纵身投入大海的怀抱。这一天，筏子上的人开始生出最初的幻觉。有的想象看到了陆地，有的看到船正开过来搭救他们，这些虚幻的希望一旦破灭，带来的是更大的沮丧。

第二夜比前一夜更可怕。风卷浪涌，排山倒海，筏子随时都有被掀翻的危险。军官们聚集在矮桅杆周围，命令士兵们从筏子的一头到另一头来回移动，抵消海浪的势头。有一帮人自认没救了，破开一桶红酒，打算喝个烂醉，撇开理智，省却了临死前的痛苦；他们确实摒弃了理智，但海水从他们敲开的破口灌入酒桶，酒变了质。这些人因此而双重疯狂，理念全无，决意让所有的人同归于尽，于是要搞断绑缚筏木的绳索。叛乱者受到抵抗，一场激烈的战斗在茫茫黑夜之中、风头浪尖之上展开。秩序得到恢复，生死攸关的筏子上得以维持一个小时的平静。但到了半夜，士兵们再次闹事，用砍刀和军刀向长官们发起进攻。没有兵器的急红了眼便用牙齿撕咬军官，结果咬伤者众多。还有被扔下海的，被棒打的，被刀刺的。两桶酒和最后一桶水也扔下筏子。等到制服了恶棍们，筏子上已是死尸横陈。

第一次叛乱中，有一个名叫多米尼克的工人加入了叛乱者行列，被扔进大海。管工的轮机长听到这叛逆小子可怜的呼号便纵身跳入水中，一把揪住这坏蛋的头发，把他拽回到筏子上。多米尼克的头已被军刀劈开。黑暗中，包扎了伤口，这无赖又活转过来。可他一点不知好歹，刚苏醒过来就又和叛乱者混到一起，再度闹事。这次，就没有那么多运气和怜悯了，当天夜里他就一命呜呼了。

不幸的生存者们现在受到神志错乱的困扰。有的投身汪洋大海，有的陷入麻木状态，有的可怜家伙拔出军刀，冲向战友索要鸡翅。英勇抢救多米尼克的轮机长想象自己在意大利美丽的平原上旅行，另一个军官对他说："我记得救生船扔下我们不管了，但是不用怕。我刚写信给总督，再有几个小时我们就能得救。"轮机长虽然神志不清却保持镇静，他这样回答："你有这么雷厉风行执行命令的信鸽吗？"

筏子上还有六十个人，但只剩下一桶酒。他们从士兵那里搜来挂襻，做成鱼钩；又抓来一把刺刀，弯成一定形状，用来抓鲨鱼。很快鲨鱼就来了，咬住刺刀，用颚猛地一绞，便把刺刀完全拉直，接着就游走了。

要想继续艰难地生存下去，看来只有用极端的办法了。叛乱之夜以后活下来的人中有一些扑向死尸，把它们砍成一块块的，顿时把那人肉生吞下去。军官们大多不肯吃，只有一个人建议，应该先把人肉晒干再吃才更有滋味。有些人试着啃佩剑皮带和弹药盒，还有帽子上的皮饰带，但啃不出什么东西。有一个水手试图吃自己的排便，但吃不下去。

第三天是个风平浪静的好天。他们睡觉休息，但是饥渴难忍，又加上恐怖的噩梦。筏子上现在只载着不到原先一半的人了，在水里已经向上抬升，也算一夜叛乱带来的意外的好处。但是，筏子上的人仍旧泡在齐膝盖深的水里，因此只能站着睡，背靠背紧挨着挤成一堆。到第四天早上，他们发现夜里又死了十来个同伴。尸体扔进海里，只留下一具以供解饥。那天下午四点钟，一群飞鱼从筏子上经过，不少被卡在筏子的缝隙里。那天夜里，他们把鱼调理好，但他们饿得这么厉害，每份鱼又少得可怜，很多人就在鱼里掺进人肉，发现人肉经过调理也不那么难吃了。这么送过去，就连军官们也开始吃了。

从这一天往后，所有的人都学会了吃人肉。第二天晚上又带来新鲜人肉。一些西班牙人、意大利人和黑人在前面两次叛乱中还保持中立，现在却阴谋将顶头上司扔下木筏，然后带着值钱的财物向海岸逃跑。值钱的东西全放在一个袋子里挂在桅杆上，他们以为海岸也不远了。于是，又一次爆发了可怕的战斗，致命的木筏再遭血洗。等到这第三次叛乱最终被镇压下去，木筏上最多只剩下三十人，木筏在水中也再次浮升。几乎已没有什么人不带伤的，盐水不断浸泡伤口，人们发出刺耳的哭叫声。

到第七天，两个士兵躲在最后一桶酒的后面。他们在桶上敲一个洞，用吸管吸酒喝。这两个违纪士兵一被发现就立即按已颁布的必要的法规扔进水里。

就在这时，做出了最可怕的决定。统计人数之后发现，木筏上还有二十七个人，其中十五人还有可能活上一些日子；其他的人身负重伤，其中不少已神志不清，存活的希望极小。而在他们死之前这段时间里，他们肯定会使有限的给养进一步减少。经测算，这些人很可能会喝掉多达三四十瓶的酒。如果只给病人一半的定量，那只不过是逐渐置他们于死地。因此，经过一场受极度的悲观绝望支配的辩论之后，十五个健康人一致同意，为了还有希望存活的这些人的共同利益，必须把他们患病的战友投入海里。三个水手和一个士兵因为死人见得多了，早已铁石心肠，由他们执行了这些叫人反感但又必不可少的死刑判决。健康的和不健康的分开，就像把洁净的和不洁净的分开一样。

在这残忍的牺牲之后，最后十五个生存者把他们的所有武器扔到水里，只留下一把军刀，以备需要时切割绳子或木头用。剩下的给养只够他们活六天。

这时，发生了一件小事，每个人按其本性做出不同的解释。一只在法国常见的白蝴蝶翩翩出现在他们的头顶，落在风帆上。对有些饿得发疯的人来说，就这么一只蝴蝶也是一小口食物。而在其他人看来，在他们已精疲力竭，几乎动弹不得的时候，他们的来访者却在他们头顶上悠然翻飞，实在像是一种嘲弄。还有一些人觉得，这只平常无奇的蝴蝶是一个征兆，是来自天堂的信使，和挪亚的鸽子一样白。就连那些不相信神谕的持怀疑观点的人也抱几分审慎的希望，他们知道蝴蝶不会远离陆地飞行。

可是，没有陆地出现。在火辣辣的毒日下，他们口干舌燥，焦渴难忍，只好用自己的尿湿润嘴唇。他们用小小的白铁杯盛尿喝，喝之前先放入水中，让自己的体液快些降温。有时候，某个人的杯子被别人偷走，后来再找到时，杯中原先装着的尿早已荡然无存。也有人再怎么渴也没法把尿咽下去。他们当中有一个外科大夫说，有些人的尿比其他人的更爽口。他还说，喝尿后立即产生的反应是又想撒尿。

有一个陆军军官发现一个柠檬，想独吞。众人激烈的恳劝使他认识到自私自利的危险性。后来又发现三十个大蒜头，引起另一番争执。要不是除了一把军刀，全部武器都已被扔掉，少不了又要流血了。有两小瓶用来清洁牙齿的酒精，瓶子的主人很不情愿施舍，只要在舌头上滴上一两滴，会产生一种愉悦的感觉，可以使口渴缓解几秒钟。有几块白蜡，放在嘴里会觉得凉快。有一只曾经装过玫瑰香精的空瓶在生存者中间互相传递，他们吸入余香，这有一种镇静作用。

到第十天，有几个人拿到自己那份酒的定量后，计划一醉百了，结束自己的生命。费了很大的劲才打消了他们这种念头。木筏四周都有鲨鱼，有些士兵头脑不清醒，公然在鲨鱼的视野内游泳。有八个人揣测陆地不会很远，便造了第二个木筏准备逃脱。他们造了一条窄筏子，上面有矮桅杆，还用块帆布做帆。他们试了试，发现筏子脆弱，经不起折腾。他们由此认识到自己那番打算的轻率，决定放弃。

等他们熬到第十三天，日出晴空，万里无云。十五个可怜的人向万能的上帝做了祈祷，把酒按定量分到个人。就在这时，一个步兵上尉在朝天边望去时看到一条船，大声惊呼起来。众人向上帝表示感激，沉浸在一片欢腾气氛之中。他们把桶箍拉直，在一头绑上手帕。他们当中的一个爬上桅杆顶端挥动这些小旗。众人注视着天边的船，猜测船又前进了多少。有些人估算，船每分钟都在靠近；另一些人则认为船在朝相反方向行驶。有半个钟头，他们在希望与恐惧之间提心吊胆。然后，船从大海上消失了。

他们从欢乐跌落到沮丧和悲哀。他们羡慕先他们而死的那些人的命运。然后，他们支起一块布遮阳，再躺到那布的下面，指望通过睡觉在绝望中找到一些安慰。他们建议把自己的冒险经历记录下来，全体签名之后钉在桅杆顶上，但愿它通过某种途径能传给他们的家人和政府。

他们痛苦不堪地苦思冥想了两个小时，然后，炮长走出遮阳篷，想去木筏的前部，看见半个里格之外“阿尔戈斯号”船正满帆向他们驶来。他几乎不能呼吸了。他双手伸向大海。“得救了！”他说，“看那双桅船已靠近我们了！”众人欢呼雀跃，就连受了伤的也硬爬到木筏尾部，以便更清楚地看到救星的来临。他们互相拥抱，等他们看到前来解救他们的是法国人，更是喜出望外。他们挥舞手帕，感激上苍。

“阿尔戈斯号”用帆耳托住帆，停靠到他们的右舷。十五个生还者都上了船，其中最强健的本来最多也只能再活四十八小时了。双桅船船长和军官们对生还者们呵护有加，在他们心中重新点燃了生命的火焰。后来记述了自己这场磨难的两个人总结说，他们得救实在是奇迹，这件事很明显是上帝插手了。

炮舰的航海之旅以一个凶兆开始，结束还有一个尾声。当致命的木筏由邻船拖着向海上进发时，有十七个人留下不走。这些自愿被遗弃的人当即把炮舰检查个遍，搜寻所有没被带走，也没被海水浸透的东西。他们找到了饼干、葡萄酒、白兰地和咸肉，够吃上一段时间。开始的气氛是平静的，因为他们的战友们许诺会回来搭救他们。但等到过了四十二天还没来救援，十七个人中有十二个打定主意要到陆地去。为此，他们用坚实的绳索将炮舰上剩余的木料绑扎起来，造了第二条木筏，然后登筏出发了。他们和那些先行者一样，没有桨和导航设备，只有一张极其简陋的风帆。他们只带有少量的给养和仅存一线的希望。可是，过了很多天以后，一些居住在撒哈拉海边的摩尔人，一些扎伊德国王的臣民，发现了木筏的残骸，把消息带到安达。他们认为这第二条木筏上的人毫无疑义已经葬身于海怪的口腹之中，这些海怪大量地出没于非洲沿海。

到了最后，似乎是一种嘲弄，尾声之余又有一个尾声。炮舰上还留着五个人。第二条木筏出发好几天以后，一个拒绝登筏的水手也想着要到陆地去。因为没办法为自己造第三条木筏，他就进了鸡笼子下海。大概就是那只鸡笼子，在他们触礁的那天早上，莫德先生在那上面验算了炮舰的致命航线。可是，鸡笼子下沉了，那水手死的时候距离“梅杜萨号”不超过半链。

II

如何把灾难变成艺术？

如今这个过程是自动的。核电厂爆炸了？一年之内，我们伦敦剧坛就有话剧上演了。总统被刺？你就会有书，或电影，或由书改编的电影，或由电影改编的书。战争？派小说家去。一连串恐怖的谋杀？那就聆听诗人们沉重的脚步声。我们当然要弄懂这场灾难；为了弄懂它，我们得把它想象出来。因此，我们需要想象艺术。可是，我们还需要为这场灾难找到理由，从而加以原谅，即使只是一丁点儿。为什么会发生这种自然的反常和人的疯狂？这样一来至少产生了艺术。或许，灾难归根结底就是为了这个。

我们都知道，他开始作画前剃了个光头。剃光头的目的是不想见人，他把自己锁在画室里，直到他的杰作完成之后才出来。是这么回事吗？

一八一六年六月十七日,远征舰队出发。

一八一六年七月二日下午,"梅杜萨号"触礁。

一八一六年七月十七日,木筏上的幸存者获救。

一八一七年十一月,萨维尼和科里亚出版了他们对这次航行经过的记述。

一八一八年二月二十四日,买画布。

一八一八年六月二十八日,把画布搬到一间更大的画室,重新绷好。

一八一九年七月,油画完工。

一八一九年八月二十八日,沙龙开放的前三天,路易十八来看画,并对画家发表了《宇宙导报》称之为"措辞巧妙的意见,既评论了画作,又褒奖了画家"。国王说:"籍里柯[1]先生,你的船遇难绝对不是灾难。"

开始是忠实于生活。画家读了萨维尼和科里亚的记述;他见到了这两位作者,向他们询问情况。他搜集了有关资料。他找到了"梅杜萨号"幸存的木匠,托他按原比例做了一只木筏模型。他在模型上放置蜡人代表幸存者。他在画室四周贴上他自己画的断头残臂,让画室弥漫死的气氛。最后的画稿中可以辨认出萨维尼、科里亚和木匠的形象。(他们为再现自己的磨难而摆姿势,感觉如何?)

据奥拉斯·韦尔内的学生安托尼·阿尔方斯·蒙福尔报道,他

1 籍里柯(1791—1824):法国画家,浪漫主义画派先驱,代表作为油画《梅杜萨之筏》。

作画时心态完全平静，身子和手臂看不出有什么移动，只是脸上略微泛红，表明他精神专注。他直接在白画布上作画，只标出一个粗略的轮廓作为依照。只要还有光亮，他就作画不止，这种执着也是出于技术上的需要：他用的是厚重速干的油料，这就决定了某一局部一旦开始，当天就得完成。我们知道，他把一头略微偏红的亚麻色鬈发推光了，类似在门外挂一块“请勿打扰”的提示牌。但他并不是独处：模特、学生和朋友仍旧到他与其年轻助手路易-亚历克西·雅马合住的府上造访。他用过的模特当中有一个叫德拉克洛瓦的年轻人，他摆一具死尸的姿势，脸朝下躺着，左臂伸出。

我们先看看他哪些东西没有画。他没有画：

1）“梅杜萨号”触礁；

2）拖绳扔掉、木筏被抛弃的瞬间；

3）夜里的叛乱；

4）迫不得已的吃人；

5）为达到自我保护目的而集体谋杀；

6）蝴蝶的到来；

7）生还者泡在齐腰、齐膝或齐踝深的水中；

8）实际获救的时刻。

换言之，他最为关切的是不要带：1）政治性；2）象征性；3）戏剧性；4）震惊效果；5）刺激性；6）伤感性；7）记录性；或者8）非歧义性。

注释

1）“梅杜萨号”是一次海难，一则新闻，一幅画，也是一种缘由。波拿巴派攻击保皇派。炮舰舰长的行为表明：a）保皇派海军的无能和腐败；b）统治阶级对被统治者的漠不关心。从国家级舰船搁浅一事引申出去，与此相似的问题自然是显而易见且又异常严酷。

2）萨维尼和科里亚既是幸存者，又是这场海难事故第一篇报道的一对作者，他们向政府上书，要求赔偿遇难者，惩办有罪的官员。在横遭官方司法机构拒绝之后，他们以出书的方法诉诸公众舆论这个更大的法庭。科里亚后来专门从事出书和编发传单，开了一个称为“梅杜萨遇难地”的店面，成为持不同政见者的集聚地。我们可以想象一幅描绘放掉拖绳瞬间的画：阳光下闪闪发亮的斧头挥动；一个军官背对木筏，正在不经意地解开绳结……这可以是一幅很出色的绘画传单。

3）籍里柯差一点就画了叛乱的场面。有几幅草图保留了下来。夜里，暴风雨，浊浪排空，撕裂的风帆，高高举起的军刀，坠海溺水，赤手空拳的格斗，裸尸。这有什么不对劲的？主要是看起来像二流西部片里小酒馆的打斗镜头，人人都搅和进去——你挥拳，他摔椅，你用瓶子砸对手的头，他脚蹬大皮靴抓着吊灯荡过去。名堂太多。你可以做到以少见多。

有人认为，流传下来的叛乱草图很像传统版本的最后的审判，无辜者和罪人分开，叛乱者遭到惩罚。这种喻示会造成误会。木筏上并不是美德取胜，而是力量；也没有什么怜悯。这种情形的言下之意是，上帝是站在军官一边的。或许在那个年代，上帝是这样的。挪亚是军官阶级吗？

4）西方艺术中吃人现象几乎没有。是出于拘谨审慎？似乎不大可能：西方艺术并不忌讳抠掉眼睛、袋装断头、割乳祭奠、环切包皮、钉十字架。再说，吃人是异教行为，正好可以用绘画加以谴责，潜移默化中煽起观画者的愤怒。可是，有些题目好像就是画的人更多，有些则画的人少一些。就以军官阶级的挪亚为例。有关其方舟的绘画好像少得不可思议。除了那幅怪诞滑稽的美国原始派画作，还有晦涩难懂的贾科莫·巴萨诺在林荫大道，别的就想不出什么了。亚当和夏娃，逐出伊甸园，天使传报，最后的审判——所有这些，你都能看到大画家的画作。可是，挪亚和他的方舟呢？人类历史上的一个关键时刻，海上风暴，丰富多样的动物，神明对人类社会事务的干涉：该有的要素肯定都有了。偶像画中出现这样的遗漏应该怎么解释呢？或许是因为缺少一幅描绘方舟的真正的大作，因而这个画题就失去了动力和群众性。或者这故事本身有问题：可能画家们都认为，洪水显示不出上帝的最佳形象？

籍里柯画了一张木筏上人吃人的草图。这幅集中表现吃人景象的草图上画着一个肌肉发达的存活者正撕咬一具肌肉发达的死尸的臂肘。看着几乎叫人好笑。这里总是有个格调问题。

5）绘画表现的是瞬间。画面上如果有三个水手和一个士兵，正把人们从木筏上扔下海去，我们会以为发生了什么？以为被害者都已经死了？如果不是，那就以为是为了要他们的珠宝才把他们给杀了？漫画家遇到没办法解释笑话背景时，经常画一个卖报的站在广告牌前，广告牌上很方便地写上某个新闻提要。而在绘画，类似的信息只好在标题中给出：**梅杜萨之筏上的惨景，绝望的生存者受良心谴责，意**

识到给养不足而做出悲剧性但又是迫不得已的决定，为了自己更有希望存活而牺牲受伤者。这样差不多就可以了。

顺便说一句，《梅杜萨之筏》的标题并不是“梅杜萨之筏”。画廊目录中标明此画为*Scène de naufrage*——《海难景象》。一个谨慎的政治举动？也许是。但对观者来说，这同样也是一个有益的启示：这是一幅画，不是评论。

6）不难想象其他画家怎样描绘蝴蝶的到来。但说蝴蝶影响了他们的情绪，这听起来相当粗糙，是不是？即使格调问题能得到解决，还有两大困难。第一，看起来不像真有其事，尽管确有其事；真实的并不一定令人信服。第二，宽六厘米或八厘米的白蝴蝶停在长二十米、宽七米的木筏上，比例上确实很难办。

7）木筏如果在水下，你就没法画木筏。人物就都从海里冒出来，像一排从海中冒出的维纳斯。再说，不画木筏又带来形式上的问题：要是人人都站着，因为躺下就要淹死，你的画上就直统统都是垂直线；你得特别有灵气才行。还不如等木筏上再多死几个，等那木筏升出水面，等木筏平面全能看得见。

8）“阿尔戈斯号”轮上放下的救生船停靠在木筏一侧，幸存者伸出手臂爬上船，被救者和救援者双方情态形成凄楚的对照，一幅筋疲力尽和欢悦欣喜两相交融的场面——都很感人，毋庸置疑。籍里柯画了好几张得救时刻的草图。可以画出强有力的形象来，就是有一点……简单。

这些是他没画的东西。

那么，他画了些什么呢？好吧，看上去他画了些什么呢？让我们重新把自己的眼光想象成什么也不知道。我们不带任何法国海军史知识来审视《海难景象》。我们看到木筏上的幸存者向天边一条小船呼唤（我们不由自主地注意到，远处那条船比那蝴蝶大不了多少）。我们首先推测，这是看到来船的那一刻，因为有这一刻才有了救。这种感觉部分地来自对大团圆结局的执着偏爱，但也因为我们在意识的某一层面上为自己设下这么一个问题：如果木筏上这些人没有获救，我们怎么会知道他们的事情呢？

这一推测靠什么来支撑呢？船在天边；太阳也在天边（虽然看不到），把天边照得黄澄澄的。我们推断，日出和与之一起来临的船带来新的一天，带来希望和救援；头顶的乌云（很黑）很快就会消失。可是，要是换成日落又怎么样呢？黎明和黄昏很容易混淆。如果是日落，船即将像太阳一样消失，被遗弃的人们面临跟头顶乌云一般黑暗的无望之夜，如果是这种情况会怎么样呢？我们在茫然之中会去看那筏上的帆，看木筏是正被吹往还是吹离救援者，再判断那可恶的乌云是否正要被吹散；但我们得不到什么指点——画面上风不往上吹也不往下吹，而是从右向左吹，我们又受画框限制，不知道再往我们右边的天气如何。正在我们左右为难时，出现了第三种可能性：就算是日出，但救援船并不是朝着遇难者开来。这就是命运最无情的打击：太阳正在升起，但不是为了你。

无知的眼光很不高兴、很不情愿地让位给知情的眼光。让我们对照萨维尼和科里亚的记述来看《海难景象》。一眼就可看出，籍里柯画的不是招来最终获救的呼唤：那是另一种情形，双桅帆船突然出现在木筏跟前，众人欢天喜地。不对，这是第一次看到“阿尔戈斯号”在天边出现，撩逗了半个小时。把画和文字对照起来看，我们马上注意到，籍里柯没有画那个爬到桅顶、把拉直后再拴上手帕的桶箍举在手里的生还者，而是画了一个被托在桶顶上挥舞一大块布的人。我们细想一下这个改动就能体会其妙处：现实给他一个猴儿爬杆的形象，艺术则提供了一个更立体的焦点和一条特别的垂直线。

可是，我们不要操之过急，一下把什么都搞清楚。把问题交还给暴躁的无知眼光。别管那天气了；单从木筏上的那些人可以看出些什么呢？还不如先来数数人头。木筏上有二十个人。两个人起劲地挥手，一个人起劲地指点，两个人卖力地祈求，再加上一个人用力支撑在桶上的呼唤者：六个人心怀希望，欢迎救援。还有五个人（两个俯伏，三个仰卧）看上去不是死了就是快要断气了，再加上一个花白胡子的老者，背对着已进入视野的“阿尔戈斯号”，一副哀伤的姿态：六个人反对。在这两者之间（我们衡量空间和情绪两个方面）还有八个人物：一个人半是祈求半是支撑，三个人带着无所谓的表情看着呼唤者，一个人痛苦地看着呼唤者，两个人侧面，分别注视着已经过去的和正在过来的海浪，再加上画布最暗、损坏最严重的地方有一个模糊不清的人物，双手抱着头（挠头皮？）。六个、六个和八个：没有占总体的多数。

（二十个？知情的眼光问道。可是，萨维尼和科里亚说只有十五个幸存者。这么说来，那五个可能只是失去知觉的人肯定已经死了？是的。可是，这么一来，怎么解释发生了剔除伤残的事？最后十五个健康生还者把十三个伤病战友扔进了大海。籍里柯把他们当中的一些从大海深处拽回来，用以帮助完成构图。死者在希望对绝望的表决中就应该丧失表决权吗？技术上讲是这样，但在评估画作的基调时就不是了。）

所以，构图是平衡的，六个赞成，六个反对，八个不知道。我们的两种眼光，无知和知情的，眯缝着眼扫视。它们从显眼的注意焦点，桶上的呼唤者，逐渐移向左前方的哀伤人物，唯一对着画外朝我们看的人，他膝上撑托着一个年纪更轻的——我们断定他肯定死了。老者背对着木筏上所有的活人：他的姿势是一副认命、悲伤、绝望的模样，他的进一步标记是花白的头发和脖子上围着的红布。他可能来自别的画派——也许是普桑画作中的一个老者迷途而误入。（胡说，知情眼光斥责道。普桑？明明是盖兰和格罗。还有那死去的"儿子"？是盖兰、吉罗代和普吕东的混合物。）这位"父亲"在做什么？a）为膝上的死者（他的儿子？他的好友？）悲哀；b）意识到他们永远不会得救了；c）想着即使得救也没他妈的一点意思，因为他怀抱着的是死者？（顺便提一句，知情的眼光说，对无知的人来说确实有许多不利条件。举例说吧，你绝对想不到这圣父与圣子竟是人吃人主题的一个缩影，是不是？他们作为一组人物首先出现在籍里柯仅存的食人场面的画稿中；任何受过教育的当代读画者少不了会联想起但丁笔下的乌戈利诺伯爵在比萨斜塔上为身旁垂死的孩子们悲戚——他吃了他们。这下清楚了吧？）

不管我们认定那老者在想些什么，他在画面上占据的分量和那呼唤者一样重要。这种抗衡力量提示下列推理：画面描绘的是第一次看到"阿尔戈斯号"全过程的中点。那船在视线之内已经有一刻钟，还要待上十五分钟。有些人认为船还在向他们驶来；有些人则不确信，等着瞧下一步变化；有些人——包括筏上最有头脑的——知道那船正离他们而去，他们不会得救。这个人物促使我们把《海难景象》看作一幅希望受到嘲弄的图画。

那些在一八一九年美展看到墙上悬挂着的籍里柯画作的人几乎无一例外地知道，他们看到的是梅杜萨之筏上的幸存者，知道天边那条船确实救起了他们（即使第一次尝试没达到目的），还知道去塞内加尔远征途中出了政治大丑闻。但是，留存下来的画作已经超越了这段故事本身。宗教衰微，偶像尚存；故事已被淡忘，但其象征却仍具吸引力（无知的眼光获胜——这对于知情的眼光而言是何其严酷）。如今，当我们审视《海难景象》时，很难再有多少愤怒心情，愤恨远征舰队舰长于盖·迪罗伊·德·肖马雷，或者愤恨任命他为舰长的部长，或者愤恨那个拒绝统领木筏的海军军官，或者愤恨放掉拖绳的水手们，或者愤恨叛乱的士兵们。（事实上，历史赋予我们的人情味以更普通的意义。难道士兵们不是因为经历了战争而变得野蛮血腥？那船长不也是因为娇生惯养而被宠坏的吗？我们敢保证自己在类似情况下会有英雄表现？）时间把故事化作形式、色彩、情感。我们这些现代无知者重新想象这段故事：我们是赞成乐观的金光满天，还是赞成悲伤的花白胡子？或者，我们弄到最后两样都信？眼光可以从一种情绪，一种阐释，跳到另一种：原意就是这样吧？

8a）他差一点就画了下面这些。一八一八年的两幅油画习作是在构图上最接近定稿画面的预备性草图，画上有一处显著区别：被呼唤的船要贴近得多。我们可以看到船的轮廓、帆和桅杆。船以侧面画出，在画布的极右端，刚开始它那穿越画面水平线的痛苦旅程。很明显，船上的人还没看到木筏。这些预备性草图有一种更活跃、更具动态感的冲击力：我们似乎能感觉到木筏上那些人拼命挥手，在后面的几分钟内可能会有一些效果，画面也不再是时间上的一瞬，而是推进到自身的未来，提出这样一个问题：那船会不会驶出画布边缘还看不到木筏？对比之下，《海难景象》的最终版本稍逊活力，提出的问题也不够鲜明。信号手势显得更为徒劳无益，生还者命运所系的风险性更叫人提心吊胆。他们的得救机会有多少？沧海一粟。

他在画室里干了八个月。大约在这期间，他画了一幅自画像。画上的他直瞪着我们，目光忧郁，略带疑虑。画家们面对镜子时经常都带这种眼神。我们因为自责，觉得这不满情绪是冲我们而来，而实际上主要是反过来对准坐在镜前的画家自己。他的胡子很短，希腊式流苏帽罩住了剪短的头发（我们只听说他开始作画时把头剃光，但是八个月里头发可以长得很长：他后来又剃了多少次？）。他给我们的印象是一个凶恶的海盗式人物，执意要拿下，要登上他那硕大的失事船。顺带一句，他的油画笔出奇的宽。依他宽广的风格，蒙福尔推断籍里柯用的是很宽厚的油画笔；可是，跟别的画家用的笔比较起来，籍里柯用的比较小。小画笔，厚重速干的油画颜料。

我们要记住他是如何工作的。图式化是一种正常的诱惑。把八个月归纳为一幅完成的图画和一系列预备性草图。但我们必须抵制这种诱惑。他个子比较高，强壮精瘦，两条腿匀称漂亮，有人把它们与他画的《赛马》当中那个遏制马匹的男青年的双腿相比。他站在失事船前全神贯注地工作，需要绝对安静：椅子拖动一下就足以打断目光和笔端之间看不见的连线。他把很大的人物直接画在画布上，只借助一幅轮廓图。画作完成一半时，看上去像白墙上挂着一排雕像。

我们要记住他是关在画室里，在工作，在运动，在出错。我们知道他八个月的最终成果，因此他朝此目标的进展似乎是不可遏止的。我们以杰作为起点，倒回去看那些被遗弃的构思和偏差缺陷；而对他来说，这些被遗弃的构思起初都曾使他兴奋，我们一开始就认为理所当然的东西在他则是直到最后结束才看清楚。在我们看来，最后结果是必然的；而在他则并非如此。我们必须考虑到不定因素、偶然发现，甚至碰壁。我们只能用词语来解释，但我们也必须想办法忘掉词语。一幅画可以用标有1)至8a)的一系列决策来代表，但我们要懂得，这些只是对感觉的注释。我们必须记住神经紧张和情感波动。画家并不是顺流而下，直达最终画面那充满阳光的金色池塘，而是试图在回流密布的公海上保持航线。

开始肯定是忠实于生活；但一旦进入过程，忠实于艺术就成了更高的信条。这个事件根本不像描绘的那样；数字不准确；食人现象淡化成参考文本；圣父与圣子人物组的文献依据极为薄弱；木桶人物组则毫无依据。木筏已被清洁过，好像是为某个容易反胃的国王前来进行国事访问做准备：人肉条块已被清理掉，所有人的头发像画家新买的画笔那样光亮。

籍里柯接近最终画面时，形式成为最重要的问题。他聚焦，剪裁，调整。水平线抬高降低(呼唤者如果低于水平线，整个木筏被大海包围，格调阴暗；如果他突破水平线，这就像抬高希望)。籍里柯裁减周边大海和天空的部分，把我们拽上木筏，不管我们喜欢与否。他把遇难者和救援船之间的距离拉大。他重新调整人物位置。一幅画中这么多主要人物背对观众，这种情况有多常见呢?

而且他们的后背的肌肉如此强壮。我们在这一点上感到难堪，但我们不必如此。天真幼稚的问题往往正是核心所在。因此，我们径直去问而无妨。**这些幸存者为什么看上去这么健康?** 我们钦佩籍里柯找到“梅杜萨号”船上的木匠，让他做木筏的比例模型……但是……但是……如果他费心把木筏搞准了，那么，对木筏上的人，他为什么不能也这样做呢? 我们能够理解他为什么把呼唤者搞成另一条垂直线，他为什么加上一些多余的死尸来配合构图。可是，为什么所有的人——甚至死尸——看上去都这么肌肉发达，这么……健康? 哪里看得到伤口、伤痕、憔悴、疾病? 这些人喝过自己的尿，啃过帽子上的皮，吞食过自己的战友。十五个人中有五个获救后也没活多久。既然如此，为什么他们看上去好像是刚从健美班出来的?

电视公司拍摄有关集中营的纪实片时，我们的眼光——无知的或者知情的——总是被吸引到那些身穿囚服的临时演员身上。他们的头可以被剃光，弓着身子，指甲油全都抹掉，可是他们仍旧虎虎有生气。我们看他们在屏幕上排队领一碗稀粥，集中营看守还往那碗粥里鄙夷地吐一口唾沫，这时，我们想象到他们在屏幕以外在餐车用餐时狼吞虎咽。《海难景象》是不是这类反常现象的先导? 对于别的画家，我们或许会犹豫揣度，但对籍里柯则不会，他画的是疯狂、死尸和断头。有一次他在街上叫住一个患有黄疸的朋友，说他看上去实在是太英俊了。这样的画家不会在已忍受到极限的肉体面前退缩。

让我们来想象他没有画的东西——人物形容憔悴的《海难景象》。萎缩的肌肉，化脓的伤口，贝尔森纳粹集中营中囚徒的面颊：这类细节毫不费力就能让我们动恻隐之心。我们眼中会流淌咸水，来匹配画布上的咸水。但这么一来不免鲁莽：画作过于直接地作用于我们。被遗弃的人们枯萎衰弱，衣衫褴褛，跟那蝴蝶一样让情感表露，前者令我们轻易悲观，而后者令我们轻易乐观。这种伎俩不难奏效。

但是，籍里柯寻求的响应应该超越简单的怜悯和愤怒，虽然这些情感可以像搭乘者一般顺路带上。不管主题如何，《海难景象》充满了力量和活力。木筏上的人物像海浪一样：海洋的能量在他们脚下奔腾，也涌入他们全身。如果把他们画成逼真的筋疲力尽模样，他们就只是浮沫细流，而不是正式的主流。因为眼光被水冲到——不是哄逗，不是劝说，而是潮涌——呼唤者的浪巅，落到绝望老者的浪谷，再移至右前方横卧的死尸，连接并回流到真正的浪潮中去。正因为人物坚实，足以传递这种力量，所以画作在我们心中释放出更深沉的、潜伏的情感，能让我们经历一阵阵希望、绝望、兴高采烈、恐慌和认命。

发生了什么事？画作斩断了历史的锚链。不再是《海难景象》，更不是《梅杜萨之筏》。我们不只是想象那致命木筏上的凶残和悲惨；我们不只是变成受难者。他们变成了我们。画的秘诀在于其力量模式。再看一遍这幅画：看看由那些强健的后背构成的汹涌水柱，他们向那一丁点大的救援船伸出手去。所有这些努力——有什么结果？对画面上的主波没有任何正式的回应，就像大多数人类情感没有回应一样。不仅仅是希望，而且任何累赘的期盼都如此：抱负、仇恨、爱情（特别是爱情）——我们的情感多么难得撞上它们本应得到的对象？我们做信号手势如此无济于事；天空如此黑暗；海浪如此巨大。我们都迷失在茫茫的大海上，被海浪在希望与绝望之间冲来冲去，呼唤某个可能永远不会来搭救我们的东西。灾难变成了艺术；但这绝不是一个淡化过程。这是释放，放大，解释。灾难变成了艺术：说到底，本来就该如此。

那场更早的灾难——洪水——又如何呢？啊，军官阶级挪亚的偶像画开始就跟我们想象的一样。在基督教最早的十来个世纪里，方舟在图解手稿、着色玻璃窗和教堂雕像里随处可见（通常只被描绘成一只盒子或者石棺，点明挪亚得到拯救预示了基督脱离圣墓）。挪亚是个很受欢迎的家伙：我们可以在维罗纳圣齐诺教堂的青铜门上找到他，也可以在尼姆大教堂的西墙上和林肯纪念馆的东墙上找到他；他驾舟驶入比萨公墓和佛罗伦萨新圣玛利亚教堂的壁画里；他停泊在佛罗伦萨蒙雷阿莱洗礼堂和威尼斯圣马可教堂的镶嵌画里。

可是，由这些启发出来的名画巨作都到哪里去了？发生了什么——洪水干涸了？不完全是这样；倒是米开朗琪罗将洪水改道了。在西斯廷教堂里，方舟（这时样子更像浮动音乐台，而不像一条船）第一次失去了构图上的突出位置，一直推到画面的后部。前景挤满了那些生活在洪水之前的各种动物失魂落魄的身影，它们注定活不长久，被撇下等死，而上帝选定的挪亚及其家人得到了拯救。强调的是迷失的、遗弃的、废黜的孽种，上帝的垃圾。（我们自己可以把米开朗琪罗设想为理性主义者，为怜悯所动而对上帝的无情无义给予微妙的责难吗？抑或虔诚的米开朗琪罗履行教皇的约定，向我们昭示不改邪归正会有什么下场？也许是个纯粹美学意义的命题——画家选择了横遭天谴之辈扭曲的身躯，而不愿再次一本正经地描绘出又一条木制方舟。）不管出于什么考虑，米开朗琪罗赋予这个主题新的方向、新的活力。巴尔达萨雷·佩鲁齐跟他学，拉斐尔跟他学，画家和插图画家越来越集中地表现被抛弃者，而不是被拯救者。随着这一创新变成传统，方舟本身便越驶越远，向天边退去，就像籍里柯接近定稿画面时"阿尔戈斯号"向天边退去一样。风继续吹，潮继续涌：方舟最后抵达天边，然后越过天际而消失。在普桑的《洪水》里，压根看不到方舟；剩下的就只有一群饱受折磨的旱鸭子，最早是米开朗琪罗和拉斐尔把它们提携到显要位置。老挪亚驶出了艺术史。

对《海难景象》的三个反应：

a）沙龙评论家抱怨说，尽管他们对画作涉及的事件还算熟悉，但没有任何内在证据可用以确定遇难者的国籍、悲剧发生的地点和日期。这当然是点到了要害。

b）一八五五年，德拉克洛瓦回忆将近四十年前他第一次看到即将成画的《梅杜萨之筏》时的反应："它给我的印象非常强烈，我离开画室时猛跑起来，像个疯子似的一路跑回我当时住的拉普朗希街，圣日耳曼镇尽头的那条街。"

c）籍里柯临死前听人提及这幅画时答道："哦，小玩意儿！"

这就是展现在我们面前的——木筏上极度痛苦的瞬间，选做题材，经过改造，通过艺术演绎，变成一幅有力度和深度的图画，再上光，装帧，镶玻璃，悬挂在著名的美术展馆内，用于阐释我们的人类状况，固定不动，最终地，永远在那儿。这就是我们拥有的？不对。人会死；木筏会腐烂；艺术作品也不例外。籍里柯画作的情感结构——在希望和绝望之间的摇摆——通过颜料着色得到加强：木筏的明亮部分和最暗的色块形成了强烈的对比。为了使阴影尽可能黑，籍里柯用了大量的沥青以获得他所追求的昏暗发亮的黑色。但是，沥青具有化学不稳定性，自从路易十八审视这幅画之后，表面颜料不可避免地发生了缓慢而又不可复原的变质。福楼拜说："我们一来到这世界就开始一点一点脱落。"杰作一旦完成，并不就此停止不变：它继续运动，走下坡路。我们在研究籍里柯方面最有权威的专家确认，他的这幅画作"现已部分损毁"。毫无疑问，他们如果去检查那画框，就会发现有木蠹栖居其间。

6 山岳

咔，咔，咔，咔。嗒。咔，咔，咔，咔。嗒。听着像时钟在慢悠悠地乱走，时间变得神志不清。本来这倒很合适，上校思量着，但却不是这么回事。重要的是抓住你所知道的东西不放，坚持到底，特别是到最后。他知道不是这么回事。这不是时间，甚至连一个远处的时钟也不是。

在都柏林以外三英里，一座冷冰冰的正方形房子里，弗格森上校躺在冷冰冰的正方形卧室里，听着头顶上的嘀嗒声。这是一八三七年十一月一个无风的夜晚，时间已到凌晨一点。他的女儿阿曼达坐在他的床边，从侧面看，身板挺直，嘴唇噘起，读着什么教义经文。在她身旁，蜡烛的火苗纹丝不动，这比起那个名字后面跟着学位字母、头上冒汗的傻瓜大夫更能说明上校的心脏情况。

这是故意作对，没错，上校想。他这已经是死期临近，行将就木，而她还坐在那儿读着挪亚牧师最新的小册子。到了最后还在起劲地唱反调。弗格森上校早就放弃了弄清其中原委的努力。他最喜爱的孩子怎么会没继承他得来不易的本能或者观念？真叫人伤透脑筋。如果他本来就不喜欢她，那他把她当作轻信的低能儿也就罢了。可是，尽管这样，尽管遭遇这活生生有血有肉的反驳，他仍然相信这世界会向前发展，相信人类会进步向上，相信迷信会被击败。到最后还都叫人很难理解。

咔，咔，咔，咔。嗒。头顶上的咔嗒声还在继续。四五下咔咔响声，静一下，然后是一声较轻的回应。上校看得出来，那响声分散了阿曼达读小册子的注意力，但她不露声色。说起来很简单，这么多年来他一直跟她密切相处，这种事情他看得出来。他看得出来，她不是真的在埋头读亚伯拉罕牧师的书。要说他能看得出来，他对她这么了如指掌，这都是她的不是。当年那个他永远想不起叫什么的中尉向她求婚时，他叫她离家嫁人。为那事她也争辩过。她说，她爱她父亲超过那个穿军服的求婚者。他回答她，这个理由站不住脚，不管怎么说，他只会到死还拖累她。她哭了，说他不应该这样讲话。但是，他是对的，不是吗？他肯定是对的，不是吗？

阿曼达·弗格森这会儿把书放在膝上，惊慌地看着天花板。甲虫会给预兆。人人都知道，甲虫发出的声音预示年内屋里会有人死去。这是多年传下来的说法。她朝父亲看去，看他是否还醒着。弗格森上校闭着眼，鼻子向外平稳地呼出长气，像拉风箱似的。可是，阿曼达很了解他，疑心他可能在装相。他就是这种样子。他总是捉弄她。

就像那次他带她去都柏林，那是一八二一年二月里狂风大作的一天。阿曼达十七岁，到哪儿都带着写生簿，就像她现在总带着教义小册子。那一段时间里，她很激动，因为看到有关伦敦皮卡迪利布洛克埃及厅展出籍里柯先生名画的报道，说那幅画长二十四英尺，宽十八英尺，描绘在木筏上的法国炮舰“梅杜萨号”幸存的船员。门票一先令，说明书六便士，已有五万观众掏钱去看这幅新的外国艺术杰作，同时还展出布洛克先生收藏的洋洋二万五千件化石和他的野兽标本等永久性展品。现在，画作已到了都柏林，在圆形大厅展出：门票一先令八便士，说明书五便士。

阿曼达有五个兄弟姐妹，但因为她很小时便显露出水彩画方面的才能，所以被选中去看画——至少，这是弗格森上校为了又一次放纵自己的偏袒天性而搬出的冠冕堂皇的借口。但是，他们没有照讲好的那样去圆形大厅，而是去了同它唱对台戏的另一个游乐项目，那是在《桑德斯新闻通讯和每日广告》上做了广告的：实际上就是不想让籍里柯先生的名画像在伦敦那样在都柏林大获成功。弗格森上校带着女儿来到展出馆，观看马歇尔先生们的“梅杜萨号”法国炮舰遇难和致命木筏活动全景：前排座票一先令八便士，后座十二便士，前排儿童半票。“馆内有开放式暖炉，温暖舒适。”

圆形大厅展出的只是用颜料画成的二十四英尺长、十八英尺宽的静止画面，而他们在这里看到的却是将近一万平方英尺的活动画布。在他们眼前，一幅巨大的画面，或者一系列画面逐渐展现：不只是一个场面，而是整个海难过程在他们面前通过。一幕接一幕，彩色灯光同时打在展开的画布上，管弦乐队伴奏烘托事件的戏剧色彩。观众时常因受到景观的感染而鼓掌，弗格森上校在演到特别精彩之处会用肘重重地推一下女儿。到第六场，木筏上那些可怜的法国佬差不多是按照籍里柯先生最早描绘的那种姿态出现。可是，弗格森上校评论说，把他们的悲惨处境用活动的画面和彩色灯光加以表现，还有音乐伴奏，这样要壮观得多了，他还多此一举地向女儿点明那配乐是《亨利万岁！》。

“那才是发展方向，”他们离开展出馆时，上校激情昂扬地说，“那些画家可要小心他们的画笔了。”

阿曼达不搭腔。但等到下一周，她带上五个兄弟姐妹中的一个回到都柏林。这次，她去了圆形大厅。她在那儿尽情欣赏了籍里柯先生的画作。画虽然是静止的，但在她看来，蕴含着动感、光亮和以其独特方式表达的音乐——说真的，从某些方面看，画中蕴含的这些东西超过了俗气的活动画景。她回家后如实地告诉了父亲。

弗格森上校对这种冒犯和执拗从容地点点头，什么也没说。可是，到了三月五日，他得意扬扬地把《桑德斯新闻通讯和每日广告》上一则新广告指给他最宠爱的女儿看。广告上说，布洛克先生已把他静止画展的门票价格往下降——显然是被迫往下降，上校解释说——到只有十便士。到了月底，弗格森上校又传达消息，说圆形大厅的法国画展因为没有观众光顾而关闭，倒是马歇尔先生们的活动画景仍旧每天上演三场，观众因为开放式暖炉而感觉十分舒适。

“这是发展方向。”那年六月，上校自己去展出馆看了告别演出之后又重复了这句话。

“单单新奇并不说明有价值。”他女儿答道，那口气在她这小小年纪有些自命不凡。

咔，咔，咔，咔。嗒。弗格森上校原是假睡，现在变得更加烦躁不安。真见鬼，他想，这死的事情也没那么容易。他们就是不让你好好死，反正是不按你自己的意愿死。你只有照别人的意思死，这可真没劲，尽管你可能喜欢他们。他睁开眼睛，准备在他们共同生活中第几百次纠正他的女儿。

“这是求爱，”他突然说，“不是别的。”阿曼达凝视天花板的目光被突然打断，她噙满泪水的双眼向他看去。“这是报死窃蠹的求爱叫声，看在上帝的分上，孩子。就这么简单。把这些小东西放一个到盒子里，用铅笔在桌上敲，它的表现就跟这一模一样。它以为你是雌的，用它的头顶撞盒子，想靠到你那儿。说起这个，我那时叫你嫁给那个中尉，你为什么不干？就是该死的跟我对着干。”他把手伸过来，抓住她的手。

可是，他女儿不回答，还是泪水盈眶，头顶上咔嗒声继续响着。弗格森上校不到年底便下葬了。做出诊断的医生和预兆死期的甲虫这一回总算是不谋而合了。

阿曼达不但为父亲哀恸，还为他本体论的状态忧虑。他死不承认神的旨意——就是死到临头还滥用上帝的称呼。这是否意味着，他这会儿已被发配到黑暗的外部世界，到某个阴冷的没有暖炉供暖的地方？弗格森小姐知道，上帝是公正的，但也富于怜悯。按上帝训诫行事的人将不折不扣地按照律法审判，而黑暗丛林中从不知光明为何物的愚昧野蛮人会得到宽大处理和第二次机会。但是，这类愚昧野蛮人是否也包括都柏林以外冷冰冰正方形屋子里的居住者呢？不信上帝的人一辈子忍受着害怕死后被人遗忘的痛苦还不够，是否会因为否认上帝而要痛上加痛？弗格森小姐害怕事情可能是这样。

她父亲怎么会不认上帝，不认上帝的永恒旨意及其仁慈本质？上帝创造了自然供人享用，这就是上帝旨意及其仁慈的明证。这里面的用意并不像有些人所想的，是让人为了自己的需要而任意掠夺自然；事实上，因为自然是神的造物，所以更需要尊重。可是，上帝又造人又造自然，把人放入自然，就像手放入手套。阿曼达经常想着田野里的果实，它们如此丰富多样而又恰到好处地供人享用。譬如，长着能吃的果实的树木都很好爬，比森林中的树木要矮得多。成熟后变软的水果，像杏、无花果或桑葚，掉下来会摔破，因此长得离地面很近；而硬果不怕掉地砸坏，像可可、胡桃或栗子，长在相当的高处。有些水果——像樱桃和梅子——大小正好能进嘴；另一些水果——苹果和梨——可用手抓；还有一些，像甜瓜，就更大一点，可由一家人分食。还有更大的，像南瓜，整个邻里可以同享，而且这些较大个的果实表皮上很多都有竖直的分割线，便于切分。

凡是阿曼达在这世界上找到神的旨意、仁慈的秩序和严明的正义的地方，她父亲只看到混乱、危险和邪恶。但他们却在审视同一个世界。他们为很多事情争辩，阿曼达有一次在争辩中要他想想弗格森一家和睦相处的家庭气氛，要他断言这是否也是混乱、危险和邪恶的结果。弗格森上校很不忍心告诉他女儿，人类家庭起源于促使甲虫用头顶撞盒子四壁的同样的本能。因此，他只回答，他认为弗格森一家只是意外幸福的家庭。他女儿反驳说，这世上有这么多意外幸福的家庭，不可能都是偶然的。

在某种程度上，阿曼达想，问题全在你怎么看这些事情。她父亲把配上彩色灯光和颤音伴奏的俗气的幻影模拟看成海难大悲剧的真实写照；而在她看来，用颜料在画布上点缀出来的简单静止的画面最真切地反映了现实。主要问题还在于信仰。在他们去看活动画景的几周之后，她父亲有一天和她在相邻的F勋爵庄园里弯弯曲曲的湖上泛舟。他脑子里联想起什么来，于是就责怪她不该对挪亚方舟信以为真，他用讽刺的口气称挪亚方舟为洪水之谜。阿曼达并不因为受了指责而难过。她反问父亲是否相信布洛克先生在伦敦皮卡迪利埃及厅里展出的野生动物标本的真实性。上校在吃惊之余回答说，他当然相信。他女儿听了表现出带几分幽默的惊讶。她相信上帝的旨意是真实的，几千年来人们诵读的《圣经》里所记述的也是真实的；而他信以为真的是《桑德斯新闻通讯和每日广告》里面讲的东西，这些东西不到第二天早上就被人们忘了。她带着毫不减弱但又全是多余的嘲讽眼神说，她一定要弄明白，他们两个当中是谁更加轻信？

那是在一八三九年的秋天，经过长时间考虑，阿曼达·弗格森向洛根小姐提议长途旅行去阿古里。洛根小姐是个精力充沛、看起来讲求实际的女人，比弗格森小姐大十岁。她一直很喜欢上校，但从未有半点失检之处。更要紧的是，早几年前她在受雇于查尔斯·B勋爵时曾去过意大利。

“很遗憾，我对那个地方不熟，”洛根小姐在第一次会面时这么回答，“过了那不勒斯还很远吗？”

“是在阿勒山[1]较低处的山坡上。”弗格森小姐答道，“阿古里这个名字来自两个亚美尼亚语单词，意思是‘他种了葡萄’。挪亚在洪水

1 阿勒山：位于土耳其东部，据《圣经》记载，大洪水后挪亚方舟停靠于此。

过后就是回到那里做农夫的。老祖宗亲手栽下的一根葡萄藤还长得很旺盛。”

洛根小姐听了这番奇谈怪论之后掩饰住自己的惊讶，但觉得有必要追问下去：“我们为什么要去那儿呢？”

“为了超度我父亲的亡灵。那座山上有一个修道院。”

“那可远着呢。”

“我认为应该去。”

“我知道了，”洛根小姐先是沉默，但接着就来了兴致，“那我们就可以喝那儿的葡萄酒了？”她还记着她的意大利之行。

“那是被禁止的，”弗格森小姐答道，“传统不允许这样。”

“传统？”

“那就说天国吧。天国不允许这样，因为要记住葡萄诱使老祖宗犯下的过错。”洛根小姐很乐意别人读《圣经》给她听，但不勤于自己翻阅书页，这时表现出短暂的困惑。“醉酒，”弗格森小姐解释说，“挪亚喝醉了。”

“是啊。”

“阿古里的僧人可以吃葡萄，但不能用它酿酒。”

“我知道了。”

“那儿还长着一棵古柳树，是从挪亚方舟的一块木板上长出来的。”

“我知道了。”

于是就这么定了。她们要在春天出发，好躲过后面几个季节中暴发疟疾的危险。每人要带一个便携式床架、一个充气床垫和一个枕头；她们还要带一点奥克斯利姜精、一点上等鸦片、奎宁和沸腾散，便携式墨水台、火柴盒和德国火绒，遮阳伞和夜里防止胃痉挛的法兰绒腹带。她们经过商量之后决定不带便携式坐浴器和连续式咖啡壶。但是，在她们认为必不可少的东西中包括一对顶端包铁的手杖、折刀、遇上狗群可以用来驱赶的粗壮的狩猎鞭，还有一盏警察用的小提灯，因为有人警告她们，土耳其纸灯碰到飓风就派不上用场了。她们带了雨衣和厚大衣，料定玛丽·沃特丽·蒙塔古夫人[1]梦中的常年日照对小人物旅行者来说是难以企及的。洛根小姐知道，土耳其农民最喜欢别人送火药，而上等阶级则想要书写纸。还有人告诉她，平常那种指南针盒会讨穆斯林的喜欢，因为可以指出礼拜的朝向；可是，弗格森小姐不愿帮助异教徒的荒谬崇拜。最后，两位妇人往行李中塞进两个小玻璃瓶，打算将挪亚葡萄园里的果实榨成汁后灌进瓶里。

她们搭乘政府的蒸汽邮船从法尔默思坐到马赛，后面就只有坐法国船了。五月初，她们在君士坦丁堡受到英国大使的接见。在弗格森小姐解释她们此行的去向和目的时，外交官仔细打量了她：刚步入中年的女人，深颜色头发，向外突出的黑眼睛，相当饱满、略微泛红的脸颊使她的嘴唇向前噘起。但她毫无轻佻之处：她的自然表情看起来是拘谨和自信的混合，这种表情让大使变得冷淡起来。他大致听懂了她说的意思，但从没有集中注意力听她讲话。

“啊，”临了他说，“几年前有传言说某个俄国人最后爬到了山顶。”

1　玛丽·沃特丽·蒙塔古夫人（1689—1762）：英国女作家、女权论者、旅行家，以《寄自东方的书信》著称。

"帕罗特[1]，"弗格森小姐一脸严肃地答道，"我想不是俄国人。弗里德里克·帕罗特博士。多帕特大学的教授。"

大使歪过头点一下，好像对本地的事比他懂得还多是有失礼数的。

弗格森小姐接着说："登上方舟停靠过的山顶的第一个旅行者的名字正好是一种动物的名字，在我看来这是合情合理的。这毫无疑问是上帝为我们大家所做的宏伟安排的一部分。"

"毫无疑问。"大使附和着说，掉过眼来看洛根小姐，想从她这里找到一点有关她雇主品性的线索，"毫无疑问。"

她们在土耳其首都待了一周，这么点时间根本不足以使洛根小姐习惯于在吃和菜时被众人用粗俗的眼光盯着。在这之后，两位女士就去搭法瓦伊德伊奥斯曼尼耶公司的船，这是一家开汽船到特拉布宗的土耳其公司。船上床位很挤，洛根小姐还从来没见过这么脏的。第一天早上，她到甲板上去转转，不是一个，而是三个想献殷勤的男人向她搭讪，个个都是鬈发，散发着一股很冲鼻子的香柠檬味。打这以后，洛根小姐再也不出船舱一步了，虽然她是因为有经验而受雇的。弗格森小姐装作不在意这些麻烦，倒是对船上三等舱旅客的混杂喧闹颇感兴趣；她偶尔回舱发表一番评论，或者提一个问题，有心让洛根小姐从闷闷不乐的精神状态中振作起来。洛根小姐的雇主想知道，为什么土耳其妇女的舱位全都安排在后甲板的左侧？这种定位的背后是否有某种社会和宗教的目的？洛根小姐答不上来。她们已经把那不勒

1 原文为"Parrot"，即鹦鹉。

斯甩在身后很远了，她心里越来越不踏实。只要闻到一点点香柠檬味道，她就打战。

洛根小姐答应随主人去土耳其的亚洲地区旅行时，她低估了弗格森小姐的顽固。不告而别的赶骡人、宰客骗钱的旅店主人，还有心术不正的海关官员都同样领教了她那百折不挠的意志。洛根小姐记不清她们的行李被扣押了多少次，也记不清她们有多少次被告知她们已经搞到手的许可证还不够，还要有buyurulda，即特别通行证；但是，弗格森小姐在一个向导（这向导刚开始有一点自己的独立见解就早早地被打发了）的帮助下软磨硬争，终于取胜。她愿意不厌其烦地以当地的方式来谈论事情；譬如，和房东一起坐下来，回答这样的一些问题，如英格兰是不是比伦敦小，二者中哪一个属于法国，土耳其海军比英法俄三国海军加在一起还要大多少，等等。

洛根小姐还以为她们这次旅行虽然最终目的是虔诚祈祷，但也会有惬意的写生机会，正是这后者最早将雇主和伴侣联系在一起。可是，文物古迹对阿曼达·弗格森毫无吸引力；她压根不想去细看崇拜奥古斯都的异教圣殿和据说是为纪念叛教皇帝尤里安而立的廊柱的残迹。至少她对自然景观还表现出兴趣。她们从特拉布宗向内陆骑去，随时准备用狩猎鞭驱赶意料之中的狗群。她们一边骑，一边看着山坡上的马海毛山羊、矮橡树、暗黄色的葡萄藤、茂盛的苹果园；她们听到蚱蜢的叫声，听起来比英国的同类叫得更加尖锐刺耳；她们还见到了最罕见的紫红色的日落。她们还看到田野里的玉米、鸦片和棉花；怒放的山杜鹃和黄杜鹃花；红腿鹧鸪、戴胜鸟和蓝乌鸦。在泽加纳山区，大个的红鹿怯生生地在远处用温和的眼光和她们凝眸对视。

在埃尔祖鲁姆，洛根小姐说服她的雇主去了基督教堂。这一开始算是个让人愉快的主意，因为弗格森小姐在坟地里发现了凯尔特风格的墓碑和十字架，由此联想起她爱尔兰故乡的墓碑和十字架，她那张毕恭毕敬的脸上掠过一丝赞许的微笑。可是，这种意料之外的宽和心境并不长久。离开教堂时，两位女士注意到一个年轻农妇朝大门边上的缝隙里放进一件还愿物。看得出来，那是一颗人的牙齿，毫无疑问是她自己的牙齿。再仔细一看，发现那缝隙里填满了发黄的门牙和年代已久的磨牙。弗格森小姐就民间迷信和教士责任发表了自己措辞强硬的意见。她认为，对那些发布上帝旨意的人，应该按照上帝的旨意来审判，如果发现有欠缺，应该得到更加严厉的惩罚。

她们进入了俄罗斯，在边境哨卡雇用了一个新的向导，是个长胡子的大个子库尔德人，自称很了解外国人的需求。弗格森小姐对他讲的话在洛根小姐听来是把俄语和土耳其语混杂在一起。洛根小姐纯熟的意大利语能为她们派上用场的日子已经过去很久了；旅行开始时她还是向导和口译，现在她觉得自己已经降到只是个拖累了，地位不比被打发走的向导和刚雇来的库尔德人高多少。

他们三个往高加索进发，一路惊起成群的鹈鹕，它们在地上时相貌很不起眼，一飞上天就奇迹般地变了样。弗格森小姐因埃尔祖鲁姆那件事引起的恼火开始平息。过了阿拉盖茨山东面的山嘴以后，大阿勒山宽广的身躯慢慢展现在眼前，他们目不转睛地注视着它。顶峰看不到，它被笼罩在阳光下闪闪发亮的白云之中。

“山顶有光环，”洛根小姐惊呼，“像个天使。”

“你讲得不错，”弗格森小姐答道，还略点了一下头，“像我父亲那样的人就不这么想了。他们会对我们说，这类比喻都是吹牛。他们真的就这么说。”她噘嘴微笑，洛根小姐用疑问的眼神引她继续往下说。“他们会解释说，由云构成的光环完全是自然现象。夜里和黎明以后的几个小时里，山顶一直可以看得很清楚，但是，早晨太阳一晒，平原温度升高，热空气向上升到一定高度变成蒸汽。一天结束后，一切又冷下来，光环就消失了。这些都是很平常的……科学。”她用不买账的口气强调了最后一个词。

“这是一座神奇的山。”洛根小姐评论道。

她的雇主纠正了她。“这是一座神圣的山。”她不耐烦地叹口气，“什么事情看起来都有两种解释。这就是给我们自由意志的道理，为了让我们选择正确的解释。我父亲不明白，他的种种解释跟我的一样，都是基于信仰。他的信仰是什么都不信。在他看来，一切都是水蒸气、云、上升气流。但又是谁创造了水蒸气，谁创造了天？谁在所有的山岳中唯独让挪亚的山上每天都有云的光环熠熠生辉？”

“一点不错。”洛根小姐说，她并不完全同意。

那一天，她们遇到一个亚美尼亚牧师。他告诉她们，她们正要去的那座山还从没有人爬上去过，而且永远也不会有人爬上去。当弗格森小姐彬彬有礼地提出帕罗特博士的名字时，牧师断定是她弄错了。说不定她是把迈西斯——他这么叫大阿勒山——和南边远处一座土耳其人称为西潘达的火山搞混了。挪亚方舟在到达最终停靠处之前曾经撞上西潘达山顶，把山上的顶盖撞开，地球内部的火焰便冒了出来。他知道，人可以爬上那座山，但爬不上迈西斯。基督徒和穆斯林在别的方面都可以有分歧，在这一点上却看法一致，而且，牧师接着说,《圣经》里不也是这样讲的吗？她们面前的这座山是人类的出生地；他虽然以讨好的一笑为自己提及这么不文雅的话题表示歉意，但还是向两位女士介绍了救世主对尼科迪默斯[1]一番话的威力，那一番话讲的是，人不能第二次进娘胎再出生一次。

他们分手时，牧师从口袋里掏出一个小小的黑色护身符，护身符历经很多个世纪之后已经磨光了。他说这是一块沥青，当年肯定是挪亚方舟船身的一部分，在辟邪祛祸方面有很大的价值。由于两位女士对迈西斯山表现出如此的兴趣，那么也许……

弗格森小姐对提出的交易做了礼貌的答复。她指出，如果真的上不了山顶，那么，要她们相信这护身符是老祖宗方舟上的一块沥青就没那么容易了。但那亚美尼亚人却看不出他的那两种说法之间有什么抵触。说不定是一只鸟把它带下来的，就像鸽子衔橄榄枝一样。或者有可能是天使带来的。有一种古老的说法，说圣詹姆斯三次想登上迈西斯，第三次登山时有个天使告诉他这是不允许的，可那天使给了他一块方舟上的木板。圣詹姆斯修道院就是在他接过木板的地方建的，不是吗？

他们没达成交易便分手了。洛根小姐因为上帝对尼科迪默斯讲的一番话而难为情，于是转而想那沥青：画家不就是用这种材料把画中的阴影部分涂黑吗？弗格森小姐则不同，她只是为这事发火：第一是冲着恣意乱改经文的释义；第二是因为那牧师厚颜无耻的经商行为。她还没领教过东方的教士，他们不但纵容对人齿魔力的迷信，甚

1 尼科迪默斯（1748—1809）：希腊正教修士。

至自己还从事假冒宗教文物的交易。太可怕了。他们要因此受到惩罚。这是毫无疑问的。洛根小姐忧心忡忡地注视着她的雇主。

第二天，她们越过一片一望无际的平原，到处长满芦苇和茅草，只有成群的鸨和库尔德部落的黑帐篷使她们稍觉轻松。她们在一个小村子里过夜，那儿乘车到山脚还要一天的路程。吃了一餐奶酪和格克猜河的腌马苏大马哈鱼之后，两个女人站在散发着杏香味的夜色中遥看挪亚的山岳。她们面前的山脉有两个各自独立的高峰：大阿勒山有魁梧的身躯，宽厚的肩膀，像是带扶壁的穹顶；而小阿勒山则要低将近四千英尺，呈雅致的锥形，侧面平滑整齐。弗格森小姐认为，如果把这两座阿勒山不同的形状和高度看作人类两性最原始区别的体现，不能算是牵强附会。她没把这种想法告诉洛根小姐，后者对超自然现象一直持漠然态度，令人沮丧。

似乎是为了证实她的思想平庸无奇，洛根小姐这时说她从小就纳闷那方舟怎么能停在山顶上。是不是山尖冒出水面，扎穿龙骨，从而把船扦住了？因为如果不是这样，洪水退走之后，方舟怎么没有一头栽下山去？

“在你之前，别人也有过这种想法，”弗格森小姐显然是没好气地说，“马可·波罗坚持说山的形状像个立方体，这样当然就好解释了。我父亲要是关注这件事的话，他多半会赞同马可·波罗的说法。可是，我们可以看出不是这么回事。那些登上大阿勒山顶的人告诉我们说，下面紧挨着山顶有一个坡面平缓的山谷。它的大小，”她详细解释，似乎不这样，洛根小姐就听不懂，“差不多是伦敦格林公园的一半。在这里登岸，既自然又安全。”

"这么说，方舟并不是停在顶上？"

"《圣经》里没这么说。"

她们走近阿古里，那地方海拔在六千英尺以上，气温变得更加温和宜人。在村庄以下三英里的地方，她们见到了挪亚老人的第一个神圣的种植园。葡萄藤刚开完花，枝叶间零零星星悬挂着颗粒很小的深绿色葡萄。一个农民放下粗笨的锄头，将这不请自来的一班人引见给村子的长老，后者接过她们送上的火药，郑重致谢，但没有感到丝毫意外。洛根小姐有时对这类客套感觉厌烦。长老的架势让人觉得老是有成队的白种女人向他送上火药。

弗格森小姐则还是那副一本正经、干练麻利的老样子。安排是这样的，下午晚些时候带她们去圣詹姆斯修道院；当晚她们在村里留宿，第二天再回到教堂做礼拜。

修道院位于一条大峡谷底部的阿古里山涧一侧，那条大峡谷差不多一直延伸到山的最顶端。这是一所十字形的教堂，建材用的是岩浆硬化形成的石块。靠侧墙盖着各式各样的小房间，像母猪身边一窝猪崽。她们一行走进院子时，一个中年牧师正站着等她们，身后高耸着圣詹姆斯教堂的穹顶。他身穿带有尖角风帽的蓝色哔叽便袍；胡子很长，已见花白；脚上穿着波斯羊毛袜和普通便鞋。他一手拿着念珠，另一手折在胸前做出欢迎姿态。洛根小姐不知受什么东西驱使，想在挪亚教堂的牧师跟前下跪，但因碍于弗格森小姐在场且颇不以为然，所以只好作罢，后者把一大类宗教行为斥为"天主教式的"。

那院子看上去不太像修道院，更像个农庄。靠墙散乱地堆放着大袋子玉米；从附近牧场上转悠进来的三只羊还没被赶走；脚下有一股腥臭味。修道院长笑着把她们请到自己的房间，实际上就是紧靠教堂外墙而建的那些小房间中的一间。在他引领她们走过那十来码的距离时，院长好像触摸了弗格森小姐的臂肘，算是有礼节的引路，但严格讲来没有必要。

修道士的住处四周是坚实的黏土墙，灰泥屋顶靠中间一根牢固的支柱撑托着。草荐之上悬挂着某位无法辨认的圣人的粗糙画像；院子里的臭味一直飘到这里。在洛根小姐看来，住处简陋得令人起敬；而在弗格森小姐眼里则很邋遢。院长的表现也引起不同的理解：凡在洛根小姐认为是和善坦诚之处，弗格森小姐只看到狡猾谄媚。在洛根小姐看来，她的雇主也许在去阿勒山的漫长旅途中已把全部礼数耗尽，现在已经退化到麻木不仁了。院长提议两位女士或许愿意在修道院过夜，弗格森小姐一句话就回绝了；院长好客地继续挽留，弗格森小姐则应对粗鲁。

院长仍旧微笑，他的态度在洛根小姐看来依然通情达理。这时，一个仆人端着一个粗糙的托盘进来，托盘上放着三只角质酒杯。洛根小姐想这大概是阿古里山涧的水，要么就是她们这一路上已经好多次从友善的牧羊人那里接过的酸牛奶。可是，那仆人再转回来时又带来一个酒皮囊，并按照示意将囊中的酒倒入角质酒杯里。院长朝妇人们举起自己的杯子，然后一饮而尽；随后，他的仆人替他再续上一杯。

弗格森小姐呷了一口。接着，她向院长连连发问，使得洛根小姐极度不安。因为还要等着向导翻译，感觉就更糟糕。

“这是葡萄酒？”

“是的。”牧师微笑着，好像在鼓动女人们尽情品尝本地佳酿，这滋味在她们远方的家乡肯定还无人体验过。

“是用葡萄制成的?”

“你说得很对,小姐。”

“告诉我,做这酒的葡萄长在哪儿?”

院长摊开两手画一个圈,表示周围乡间。

“从上面采下葡萄的那些藤又是谁第一个栽下的?”

“我们的老祖宗,老前辈,万人之父,挪亚。”

弗格森小姐把这一段问答归纳起来,尽管在她的伴侣看来是多此一举。“您给我们上的酒是用挪亚栽种的藤上的葡萄酿制的?”

“这是我的荣幸,小姐。”他再次微笑。他似乎有所期待,即使得不到特别的谢意,至少会有一些惊讶的表示。可是,弗格森小姐站起身来,从洛根小姐手里取过还未品尝的酒,将两只杯子一并退还给仆人。她一声不吭地离开院长的房间,一阵风似的走出院子,那架势使得三只羊本能地跟在她身后,然后朝山下走去。洛根小姐对牧师做了几个意义含糊的手势,随后就朝她雇主去的方向追踪而去。她们经过茂盛的杏园时一句话也不说;一个牧羊人端出一碗羊奶给她们,她们也不理睬;她们一言不发地回到村里,弗格森小姐这才捡起刻意装出的礼貌,问那长老是否可以立即为她们提供住宿。长老建议她们就住在他自己的屋子里,那是阿古里最大的房子。弗格森小姐谢过他,又送他一小袋糖作为报答,糖被郑重地收了下来。

那天晚上,饭菜就摆在她们房间里一张只有琴凳那么点大的矮桌上。给她们上的是losh,一种当地的薄面包,切片冷羊肉,去壳后切成两半的水煮蛋,还有野草莓。没有给她们上酒,可能是因为这家的规矩如此，也有可能因为她们去修道院的情况已经报知了长老。她们喝的又是羊奶。

“这是亵渎，”弗格森小姐临了说道，“亵渎神明。在挪亚的山上。他过着农民一样的日子。他邀女人们和他住在一起。他用老祖宗的葡萄酿酒。这是亵渎。”

洛根小姐知道还是不要搭腔为妙，更不会为和善的院长说好话。她记得她们造访时的情景使她们失去了一次机会去细看从挪亚方舟的木板上长出的古柳树。

“我们要上山。”弗格森小姐说。

“可我们不知道怎么个上法。”

“我们要上山。罪恶必须用水来清洗。世界的罪恶是用洪水来清洗的。那修道士犯下的是双重亵渎罪。我们要用圣山上的雪灌满我们的瓶子。我们来寻找的挪亚葡萄纯汁已经被玷污。我们只好带净化水回去。只有这样才算没有白跑一趟。”

洛根小姐点点头，是出于惊愕的默认，而不是赞同。

公元一八四〇年六月二十日上午，她们从阿古里村出发，只有她们的库尔德向导一人陪同。长老遗憾地向她们说明村民们都相信这山是神圣的，谁都不应该上到比圣詹姆斯修道院更高的地方去。他自己也和村民们一样相信。他不想劝阻他们上山，但他却坚持要借给弗格森小姐一把手枪。她把手枪挂在腰带上，虽然她不打算用它，也不知道怎么用。洛根小姐提着一小袋柠檬，这也是按吩咐行事。

两位女士骑马上路，打着白色阳伞，遮挡上午的太阳。弗格森小姐抬头看时，观察到山顶周围已开始形成云的光环。每天都出现的奇迹，她对自己说。好几个小时过去了，他们好像没走多少；他们正通过一片不毛之地，满目细沙和黄黏土，夹杂着几棵矮小多刺的灌木。洛根小姐看到几只蝴蝶和许多蜥蜴，但是暗自感到失望，因为从方舟下来的动物只有这么几种还在此地出没。她暗自承认，她曾傻乎乎地把这山坡想象成一种动物园。可是，动物们被告知要继续繁衍生息。它们肯定照做了。

他们下到岩沟里，但没有一条沟里能找到哪怕一条小溪。看来这是一座干旱的山，跟苏塞克斯的白垩一样干。然后，到稍高一点的地方，突然展现出绿色牧场和开着粉红色小花的蔷薇丛，使她们感到惊奇。他们转过一个山嘴，来到一个小营地——三四个简陋的帐篷，四壁和黑色篷顶都是用山羊毛编织的。突然冒出这帮游牧民，山坡下面可以看到他们的羊群，洛根小姐略觉惊恐，但弗格森小姐却骑着马直奔他们而去。一个一脸凶相的男人，头发蓬乱得跟他自己的帐篷顶一样，给她们端过来一只粗糙的碗。碗里是掺了水的酸牛奶，洛根小姐有点紧张地喝下去。她们点头微笑，又继续上路。

“按你的判断，那是自然的好客姿态吗？”阿曼达·弗格森突然问道。

洛根小姐考虑了一下这奇怪的问题。“是的。”她答道，因为他们在此之前见过很多次类似的事。

“我父亲会说，这只是一种动物式的讨好，用以平息陌生人的怒气。这种想法在他就跟一条教规一样。它会说，那些游牧民就像甲虫一样。”

“像甲虫一样？”

"我父亲对甲虫感兴趣。他告诉我,如果你把一只甲虫放进盒子里,然后在盒盖上敲,甲虫会回敲,把你当成另一只求婚的甲虫。"

"我不认为他们的举止像甲虫。"洛根小姐说,同时谨慎地以她说话的音调表明这只是她的个人意见,绝没有任何贬低弗格森上校的意思。

"我也不这样认为。"

洛根小姐不完全明白她雇主的心境。这么远道而来是为了超度她的父亲,而她现在倒似乎老在跟他的阴影争辩。

到大阿勒山的第一道陡坡时,她们把马系在一棵山楂树上,把马脚也拴好。后面她们得徒步行进了。弗格森小姐头顶上撑着阳伞,腰带上挂着手枪,迈着坚定正直的步伐走在前头;洛根小姐拎着一袋柠檬很费劲地跟在后面,因为地形变得更陡峭了;她们的库尔德向导背负行李走在最后。他们要抵达雪线就得在山上过两夜。

他们艰苦攀登了一下午,快到七点钟时,天上呈现柔和的杏红色,他们在一块悬岩上歇脚。开始,他们辨不清那是什么声音,或者那声音有什么意义。他们只感到有一种沉闷的轰隆声,一种岩石的轰鸣,但搞不清这声音来自哪里,是上面还是下面。接着,他们脚下的大地开始晃动,又传来打雷般的声音——是一种压抑在内部的可怕的雷声,像远古的地神要挣脱地底的幽禁而发出的咆哮。洛根小姐恐惧地看了她雇主一眼。阿曼达·弗格森正用望远镜对着圣詹姆斯修道院观望,脸上带着故作庄重的喜悦表情,使她的伴侣为之震惊。洛根小姐近视,因此是通过弗格森小姐的脸部表情来掌握正在发生的事情,而不是通过自己的观察。等到望远镜终于传到她手里,她才看真切,修道院教堂和他们当天早上刚离开的小村庄的所有房顶墙壁都叫剧烈的震荡摧垮了。

弗格森小姐站起身来,精神抖擞地开始继续向上攀登。

“我们不去救援幸存者?”洛根小姐迷惑不解地问。

“一个也不会有的。”她的雇主答道,并用尖刻的语气加上一句,“这是他们早该料到的惩罚。”

“惩罚?”

“因为违抗了天意。因为用挪亚栽种的葡萄酿酒。因为建了教堂而又在教堂内渎神。”洛根小姐小心翼翼地看着阿曼达·弗格森,不确信应该怎样表达她的看法。在卑微无知的她想来,这惩罚似乎太过分了。“这是座圣山,”弗格森小姐冷冰冰地说,“挪亚方舟停靠过的山。小罪恶在这个地方就是大罪恶。”

洛根小姐噤若寒蝉;她只是尾随她的雇主,后者正顺着一道岩沟向前奋力攀登。爬到顶后,弗格森小姐等着她,然后掉转身来对她说:“你以为上帝会像伦敦的大法官一样。你以为会有长篇演讲来解释一通。此山之神就是当年在整个世界中只救出挪亚和他一家的那个上帝。记住这一点。”

洛根小姐听了这番话内心非常不安。弗格森小姐是把摧毁阿古里村庄的地震比作那场大水?她是把两个白种女人和一个库尔德人得救跟挪亚一家得救相提并论?在准备这次旅行时,有人告诉她们,磁铁指南针在这样的山上没有用处,因为山上的岩石含铁质。有一点似乎很清楚,在这里,即使有指南针,你也会因其他原因而迷失方向。

她在挪亚的山上干什么?跟着一个由朝圣者变成的狂热分子,还有一个她没法与之交谈的大胡子农民，而他们脚下的岩石在轰鸣，就像他们路上带的讨好当地首领的火药爆炸了一般。一切都在催促他们下山，而他们却仍旧往上爬。地面刚开始晃动时，她以为那库尔德人会拔腿逃跑，但他还是和她们待在一块。说不定他是想等她们睡了再割她们的喉咙。

他们歇了一夜，太阳一出来又继续爬山。在险峻的山势衬托下，她们的白色阳伞显得鲜明突出。这里只有光秃秃的岩石；寸草不生；一切都干燥透顶。他们简直是在月球表面。

他们一直爬到第一片积雪跟前才停步，雪覆盖着山侧一长条阴暗的凹坡。他们离顶峰有三千英尺，正好在环绕大阿勒山峰的冰檐底下。平地上的上升空气就是在这里变成雾气，形成奇迹般的光环。他们头顶上的天空开始变成明亮的绿色，已经看不到什么蓝色了。洛根小姐觉得非常冷。

两个瓶子灌满雪以后交给向导保管。直到后来，洛根小姐还会去想象他们往山下走时她雇主脸上那出奇的恬静及其从容的仪态；她一副近乎做作的满足的神情。他们还没有走上几百码——库尔德人打头，洛根小姐殿后，正通过一段很难走的碎石坡，要说下坡危险还不如说是很费劲，突然，弗格森小姐摔倒了。她向前倾并往一侧倒下，顺坡滑了十来码才被库尔德人拉住。洛根小姐停住脚步，开始是出于惊讶，因为看起来，弗格森小姐居然在一小段本不应有什么危险的坚实的岩石上失足了。

等他们到她跟前时，她在微笑，显然并不在意流血。洛根小姐不愿让库尔德人替弗格森小姐包扎；她接过他用自己的衬衫扯成的布条包扎伤口，但又坚持要他转过身去。差不多半个小时以后，他们两个让他们的雇主站了起来，于是他们又上了路。弗格森小姐倚在向导的臂上，有一种不同于往常的满不在乎的神情，好像是让人带着看一处大教堂或者一个动物园。

在那天余下的时间里，他们只走了不长的一段路，因为弗格森小姐时常要停下来休息。洛根小姐计算着她们离拴马的地方还有多远，结果并不令人鼓舞。快天黑时，他们走到两个小洞穴前，弗格森小姐把小洞穴比作上帝在山的侧面摁下大拇指。库尔德人小心翼翼地进了第一个小洞穴，嗅嗅有没有野兽气味，然后招呼她们进去。洛根小姐铺好床，又用了些鸦片；向导做了些她莫名其妙的手势之后就不见了。一个小时后，他带回来几棵从岩石里拔出来的小灌木。他生了火；弗格森小姐躺下，喝了点水，便睡了。

她醒来后说自己很虚弱，还说她身上骨头僵硬。她既没有力气，也没有胃口。他们在洞穴里挨了一天，指望到第二天早上弗格森小姐的身体状况会好起来。洛根小姐开始回想自她们上山以后她的雇主身上发生的变化。她们到这儿来的目的本是为了超度弗格森上校的亡灵。可是她们到现在还没做过祈祷；阿曼达·弗格森看来还在跟她的父亲争辩；而她热衷于赞美的上帝听起来不像是会轻易饶恕上校顽固对抗光明的罪孽。弗格森小姐是不是认识到，或至少是断定，她父亲的灵魂已无可挽救，被放逐，被诅咒了？这是否就是已经发生的情况？

夜幕降临时，弗格森小姐叫她的伴侣到洞穴外面去，她有话要跟向导说。这好像是多此一举，因为洛根小姐一点不懂土耳其语、俄语、库尔德语，或者他们两个交谈时用的随便什么混合语言；但她还是按吩咐做了。她站到外面，抬头看一轮乳白色的明月，害怕蝙蝠之类的会飞到她的头发里。

“你们把我移到能让我看到月亮的地方。”他们轻轻地抬起她，好像她是个老太太，把她放在比较靠近洞口的地方。“明天你们天一亮就动身。你们回来不回来都不要紧。”洛根小姐点点头。她不争辩，因为她知道自己争不过；她不哭，因为她知道那样会受到斥责。“我会记起《圣经》，等待上帝的旨意。在这座山上，上帝的旨意是再明白不过了。我想不出还能从哪个更幸福的地方被召去见上帝了。”

那天夜里，洛根小姐和库尔德人轮换照看她。近乎圆满的月亮照亮了阿曼达·弗格森躺着的山洞底面。“我父亲会要求配音乐。”在某一刻，她说了这么一句。洛根小姐微笑着附和，却惹得她雇主不快活。“你不会知道我指的是什么。”洛根小姐赶紧再一次附和。

然后是一阵沉默。空气寒冷干燥，带一股烧木头的烟味。“他认为画面应该移动。要配上灯光音乐，还有开放式暖炉。他认为那就是未来。”洛根小姐还是跟先前一样，没听懂多少，觉得还是不答话最保险。“可是，未来不是那样。看那月亮。月亮不需要音乐和彩色灯光。”

洛根小姐确实赢了最后一个小小的争辩——不是靠言语，而是靠有力的手势，两瓶雪水都留给了弗格森小姐。她还收下了两个柠檬。破晓时分，洛根小姐腰带上挂着手枪，和向导一起下山。她内心感觉坚定，但不能确定下一步该怎么做。譬如，她想象，如果阿古里的居民地震前都不愿上山，那么，幸存下来的人现在就更不会上山了。她也许只能到更远的村庄里去求救了。马已不见了。库尔德人喉咙里发出一阵悠长的声音，她猜想这是失望的表示。拴马的树还在，可马都不见踪影了。洛根小姐想象，大地在它们的脚下咆哮时，那些马恐惧惊慌，奋力挣脱，拖着拴绳逃下山去。再往后，当她步履踉跄地跟着库尔德人走向阿古里村时，洛根小姐又想到另一种解释：第一天早上遇见的那些好客的游牧民把那些马偷走了。

圣詹姆斯修道院全被震毁了，他们经过时没有停步。等他们接近阿古里村的废墟时，库尔德人示意让洛根小姐等着他，他自己到村里去察看。二十分钟后，他返回来，摇摇头，这是到处都通用的示意动作。他们绕过残垣断壁，洛根小姐不由自主地暗自思忖，地震让所有的居民丧生，但葡萄树却安然无恙，而后者——如果相信弗格森小姐说的——正是使他们受到诱惑和惩罚的根源。

他们走了两天才到达有人住的地方。在西南面的一个山村里，向导把她送到一个法语还说得过去的亚美尼亚牧师家里。她说需要组织一支急救队赶回大阿勒山，牧师回答说，库尔德人这会儿肯定正在组织救援。从他的举止可以看出，他可能并不完全相信她已经差不多爬上迈西斯的说法，因为农民和神职人员都知道那山是上不去的。

整整一天，她等着库尔德人回来，但他没有回来。第二天早上她问起来，别人告诉她，他把她带到牧师家里几分钟后就离开了这小镇。洛根小姐对这种犹大式的行为感到既恼火又懊丧，于是就这事对亚美尼亚牧师措辞强硬地表明了自己的看法。牧师点点头，表示愿为弗格森小姐祈祷。洛根小姐接受了这种表示，但不知道在一个人们把牙齿作为还愿奉献物的地方，就这么平平淡淡地祈祷又有多大效果。

直到几周之后，她从特拉布宗搭乘一条污秽的汽船，躺在船舱里透不过气来时，她才想起，库尔德人和她们待在一起的全部时间里，对弗格森小姐的命令都是不折不扣、毕恭毕敬地执行；再说，她无从知道最后那天夜里他们两个在山洞里说了些什么。说不定弗格森小姐在关照向导把她同伴带到安全的地方后就悄悄地离开。

洛根小姐还回想起弗格森小姐的跌跤。他们正通过碎石坡，有很多松散的石头，不容易站住脚。可是，在那一刻，他们走过的山坡肯定是比较平缓的，她的雇主摔倒时实际上是站在一块平坦的岩石上。这是一座有磁性的山，指南针在这里用不起来，所以很容易迷失方向。不对，不是这个原因。她在回避的问题是，弗格森小姐会不会是自己一头栽下去，为了达到或证实她想达到或证实的什么目的。她们第一次站在这光环围绕的山前时，弗格森小姐讲过，凡事都有两种解释，每种解释都要借助于信仰，给我们自由意志就是为了让我们在两者之间选择。以后的许多年里，洛根小姐对这道难题百思不得其解。

7　三个简单的故事

I

我十八岁，在这个年龄的人中算是正常的：自闭，拘谨，从没出过远门，凡事看不上眼；良好的暴力教育，糟糕的社会意识，容易冲动。至少，我认识的其他所有十八岁的人都是这样，我由此推测这是正常的。我等着升入大学，刚找到一份学龄前儿童家庭教师的工作。我看过的小说把我的工作角色形容得光怪陆离——在古老的石砌宅邸里做家庭教师，那儿有孔雀在紫杉树篱中栖息，封闭的藏身洞里发现白垩似的尸骨；一个轻信的天真少女来到威尔士边境一处古怪的私家大院，里面一屋子喝得醉醺醺的彪形大汉和鬼鬼祟祟的色鬼。还有毛手毛脚的姑娘和无动于衷的管家。你知道这类故事的社会寓意：知识精英势利熏心。

现实要褊狭得多。我在离家半英里的一个补习班教了一学期。但不是和可爱的孩子们一起打发慵懒的时光，碰到什么无休无止的游乐日子，花粉飞扬，孩子们的母亲戴着活泼的帽子，面带微笑，屈尊俯就，还加几分轻佻。我的时间都用来陪当地一个书商的儿子（他把自行车借我，我把它摔坏了）和郊区一个律师的女儿。对从没出过门的人来说，半英里也算是不小的距离；在一个十八岁的年轻人看来，中产阶级社会里最不起眼的等级变迁也够令人激动和畏怯的了。这个学校连带着一户人家，这家人住在一幢房子里。这里的一切都是异样的，因此也就更好：直挺挺的黄铜水龙头，楼梯扶手的雕纹，真迹油画（我们也有一幅真迹油画，但没有那么逼真），满满一屋藏书的图书馆，老得已生蛀虫的家具，对继承财产的漫不经心。厅里挂着一片残缺不全的桨叶：黑色水铲上用金字铭刻了大学校队八个人的名字，他们每人都获得这样一个战前阳光灿烂的年代的奖品；那玩意看上去奇异得没谱，不知道是从哪儿冒出来的。前花园有一个防空洞，这要是在家里会看着难受，得用多年生耐寒植物拼命遮掩住，而在这里只让人感到有趣和自豪。这户人家和房子很般配。父亲是个间谍，母亲是个演员，儿子穿的是垂片领和双排扣背心。我还用多说吗？我那时如果已经看了很多法国小说，就会知道应该期待些什么了。当然啦，我在这里第一次恋爱。可那是另一个故事了，或者至少是另一章。

建这所学校的是祖父，他还住在校园里。虽然已经八十五六岁了，他只是不久前才被我的某个狡猾前任挤出了课表。偶尔能看到他在屋里转悠，穿着乳白色亚麻外套，带着学院领带——冈维尔和凯厄斯，你应该知道的——和扁平帽（在我们家，扁平帽很平常；在这里却算时髦，多半说明你时常去猎兔）。他是在找“他的班级”，可总是找不到。他还谈论“实验室”，那只不过是后厨房加上本生灯和自来水。天气暖和的下午，他会坐到前门外面，带一个罗伯特便携式收音机（我得知，全木构造发出的音质优于我喜欢的塑料或金属外壳晶体管收音机)，收听板球评论。他名叫劳伦斯·比斯利。

除开我的曾祖父，他是我所见到过的最老的人了。他的年纪与地位使我很自然地产生敬畏和无礼混合在一起的情绪。他的老朽——衣服常年沾满污迹，下巴挂着蛋清似的口水——让我心里冒出一种年轻人对生活及其不可逃脱的临终状态的普遍反感；这种感觉自然转化成对身处这种状态的那个人的忌恨。他的女儿给他吃罐头婴儿食品，在我看来，这又一次证实生存只是一场酸溜溜的玩笑，证明这老头特别招人嫌。我过去常常把编造出来的板球得分告诉他。他常在纤细的紫藤下打瞌睡，我走过时就大声喊，“两个出局积八十四分，比斯利先生。”我用托盘给他送去婴儿正餐时还坚持对他说，“西印度群岛队三个出局积七百九十分叫停。”我告诉他还没有打，根本不会打的比赛得分，胡编乱造的得分和荒诞无稽的得分。他会点头作答，我就偷偷溜走，窃笑自己的小恶作剧，为自己全然不是他想象中的好小伙子而得意。

在我见到他之前五十二年，劳伦斯·比斯利曾经是“泰坦尼克号”首次航行的二等舱乘客。他那时三十五岁，刚辞去达利奇学院理科老师的职务，正横渡大西洋，为的是——至少是按照后来家里人的说法——半心半意地追一个美国女继承人。“泰坦尼克号”和冰山相撞之后，比斯利搭乘人不算多的十三号救生船得以逃生，后来被“喀尔巴齐亚号”轮救起。这位八十多岁的幸存者保存在自己房间里的纪念物中有一条毛毯，上面绣有救援轮船的船名。家里有些抱更多怀疑态度的人认为，那船名绣上去的时间要比一九一二年晚多了。他们还从这样一种推测中取乐，即他们的这位老前辈是穿着女人的衣服从“泰坦尼克号”上逃生的。最早的获救人员名单上不是见不到比斯利的名字吗？而在最后的伤亡人员公告中，在那些淹死的人当中不是倒有比斯利的名字吗？这些都毫不含糊地证实了一种假设，即这位由错认的死尸而摇身变成的神秘幸存者穿起衬裙，压尖嗓子，直到安全抵达纽约之后才在地铁的厕所里将那累赘的伪装偷偷地脱去，难道不是这样吗？

我乐于赞同这种理论，因为它证实了我对这世界的看法。那年秋天，我在学院宿舍的镜子上嵌进一张纸条，上面写着这样几行字："生活是一场骗局，一切都在证明。过去我只是猜想，现在我已确定。"比斯利的例子提供了确证："泰坦尼克号"的英雄在毛毯上作假，是个异装骗子；这么看来，我报给他虚假的板球得分是很合适而有理的。从更大范围上讲，理论家们认为，生活的本意是适者生存：比斯利的虚伪难道不是证明了“适者”只不过是最狡猾的人吗？英雄们、具有卫士美德的坚贞可靠的人们、具有良好家世和教养的人们，甚至船长（特别是船长）——都高尚地与船同沉大海；而懦弱胆怯的、惊慌失措的、欺诈蒙骗的都能找到理由躲进救生船里。这难道不是典型地证明了人类的基因库是如何不断地恶化，坏血统如何排挤好血统？

劳伦斯·比斯利在他《“泰坦尼克号”的沉没》一书中没有提及女式服装。美国出版商霍顿·米夫林把他安顿在波士顿一个居家俱乐部里，他用了六个星期把书写成；在书中描写的沉船事故发生后不到三个月就出了书，从那以后隔一段时间就重印。比斯利因为这本书而成为这场灾难中最有名的幸存者之一，在五十年时间里——一直到我遇见他的时候——时常有航海历史学家、电影制作研究人员、新闻记者、纪念品追猎者、百无聊赖的人、阴谋论者，以及令人厌烦的讼棍向他讨教。别的船被冰山撞沉后，记者们也会急切地打他的电话，要他推测遇难者的命运。

在他逃生四十多年之后，他被聘为电影《冰海沉船》的顾问。该片在派恩伍德拍摄，很多片断是等到天黑以后拍的，用一个相当于原船一半大小的复制模型和黑色天鹅绒折皱成的大海摆出沉船的场面。比斯利连着几个晚上带女儿去看拍电影，下面写的这些是依据他女儿讲给我听的故事。比斯利对复活而又再度颠簸摇摆的"泰坦尼克号"很感兴趣，本来也不足为奇。但他偏偏很想做一个群众演员，跟其他群众演员一起在沉船时绝望地挤向栏杆——你可以这么说，他很想经历另一种不同版本的虚构历史。而电影导演也同样打定了主意，这个顾问没有必需的演员工会卡，不能让他出现在影片里。比斯利惯于急中生智，做了一张能让他登上"泰坦尼克号"模型的假通行证，穿上那个年代的服装（一件事能通过再现而证实其真实性吗？），就在那帮群众演员中站住了脚。摄影灯光点亮，导演向这帮群众演员交代他们将如何很快葬身于黑色天鹅绒褶皱之中。就在最后一分钟，摄影机就要开始转动时，导演发觉比斯利已经暗自移身到船栏杆的边上；他抓起麦克风，明令那业余骗子乖乖地下船。于是，劳伦斯·比斯利发现自己一生中第二次赶在"泰坦尼克号"下沉之前离船而去。

作为一个受过暴力教育的十八岁青年，我很熟悉马克思对黑格尔的阐释：历史经常重演，第一次是悲剧，第二次则是闹剧。但在此之前，我还没遇到过这一过程的范例。多少年过去了，我还没找到一个比这更好的例子。

II

约拿好好的干吗跑到鲸鱼的肚子里？这故事不太可靠，也许你也会这样想。

故事是从上帝叫约拿去劝诫尼尼微城居民开始的。上帝毁灭邪恶城市的纪录算是很可观的了，可这尼尼微城不知为什么还顽固不化地坚持罪恶。约拿因为不得而知的原因不喜欢这项任务，也许是怕寻欢作乐的尼尼微城居民用石块把自己砸死，就逃之夭夭。到了约帕，他上了一条船，开往已知世界的尽头：西班牙的他施。他当然不知道，上帝完全清楚他在那里，而且能够在东地中海兴风作浪。一场罕见的大风暴席卷而来，海员们都是些很迷信的家伙，便用抽签的办法来确定是船上哪个人引来了这场灾祸。约拿抽到了那根短签，或者是缺损的多米诺骨牌，或者是黑桃皇后。他即刻被扔下船去，又即刻被上帝特意安排在水里的鲸鱼吞到肚子里。

约拿在鲸鱼肚子里向上帝祈祷了三天三夜，信誓旦旦往后一定唯命是从，上帝于是叫鲸鱼把忏悔者吐出来。等到下次上帝派他去尼尼微城，约拿理所当然地遵命前往。他到那儿谴责了罪恶的城市，说它要像东地中海其他所有罪恶之城一样面临灭顶之灾。于是，寻欢作乐的尼尼微城居民就像约拿在鲸鱼肚子里一样萌生忏悔之念；于是，上帝最后还是决定赦免这座城市；于是，约拿极为恼火，这在他也是正常的，他费了那么大的工夫才把劫难的消息传达到，而那上帝素有捣毁城市的嗜好是出了名的，这回却掉转身来改了主意。好像这样还不够，上帝总是不厌其烦地要证明自己是主宰，这会儿他编造出一个奇特的寓言来耍他的奴才。他先是叫一棵葫芦长起来为约拿遮阴（我们应该把这“葫芦”理解为蓖麻一类的植物，或者是棕榈科，叶子生长迅速，遮天蔽日）；然后，只要丝手帕一舞，他就派一条蛆虫把那葫芦给毁了，让约拿经受暴晒和酷暑。上帝对这一小幕街头演艺是这样解释的：你不会因为这葫芦没帮你忙就惩罚它，对不对；同样道理，我不会去惩罚尼尼微城。

这算不了什么故事，对不对？就像差不多整本《旧约》的内容一样，哪儿也不见自由意志，简直害死人——连自由意志的幻觉都没有。上帝把所有的牌都抓在手里，不管玩什么花招都是他赢。唯一不确定的是上帝这次准备怎么打：先出王牌小二，一路打到A；还是从A开始，一直往下打到小二；或者全部混合起来打。既然碰上妄想型精神分裂症患者，你什么也说不准，那么，有这一条，故事就有点来劲了。可我们又怎么看那葫芦的故事呢？从逻辑上看，这种论点不太令人信服：谁都能看出来，一棵蓖麻和一座十二万人口的城市之间是天差地别的。当然，如果想表达的就是这个意思，那又另当别论。如此说来，东地中海的上帝把他的造物看得一点也不比植物更有价值。

如果我们不是把上帝看作故事里的主角和道德上的恶霸，而是作为故事作者来看待，那么，我们倒要为他的情节、动因、悬念和性格刻画提上一笔。但是，在他那例行而又颇招人厌的道德说教中却冒出一个耸人听闻的奇特故事——那只鲸鱼的故事。从技术上来说，鲸鱼这方面的文章根本就没作好：这动物跟约拿一样，明摆着都是走卒；水手们正在把约拿从船上抛下海去，上帝安排鲸鱼就在这时出现，犹如突然冒出的解围之神。这情节太牵强了。这条大鱼在故事中的作用一旦完结，上帝就草草把它打发走。连那葫芦的境遇都比鲸鱼强，鲸鱼只不过是一座水上囚牢，约拿在那儿关了三天，清洗他的藐视法庭罪。上帝用指头将那鲸鱼监狱到处乱拨，俨然一个舰队司令在实战演习中将他的舰队在海图上来回调动。

但是，且不说这一切，鲸鱼还是风光占尽。我们忘了故事的寓意（巴比伦吞没桀骜不驯的以色列），我们不太经意尼尼微城是否被保住，或者被吐出的悔过者又凶吉如何；但我们却都记住了鲸鱼。乔托[1]画中的鲸鱼正在咀嚼约拿的大腿，只剩下膝和打连枷一般摆动的脚还没吞下。勃鲁盖尔、米开朗琪罗、柯勒乔、鲁本斯和达利都用浓墨重彩渲染这个故事。在吉达，有一扇彩绘玻璃窗，画的是约拿正从鱼嘴里出来，像一个徒步乘客跨出汽车渡船的出入口。约拿（画成从肌肉发达的牧神到胡须飘逸的老者，应有尽有）的画像从源远流长到形式多样都会令挪亚羡慕不已。

约拿死里逃生的故事中是什么使我们惊呆？是被鲸鱼吞下的那一刻？在那一刻，我们在危险与拯救之间摇摆，我们以为自己奇迹般地获救而免于葬身大海，不料却又陷于被鲸鱼生吞的厄运。是在鲸鱼肚子里的三天三夜给我们的那种封闭、窒息、活埋的形象？（我有一次坐夜班火车从伦敦去巴黎，发现自己在一个闭锁的卧铺间里，卧铺间又在闭锁的车厢里，车厢又在一条海峡渡轮的闭锁的船舱里，船舱在水线以下；我当时没有想起约拿，但我的恐惧大概和他的有关系。是不是还牵涉到一种由教科书引发的惧怕：看到脉动的鲸脂会不会产生又被带回母腹的恐怖感？）或者，是否故事中第三个要素，即解救使

1　乔托（1267—1337）：意大利文艺复兴初期画家、雕塑家和建筑师。

我们最受感动？这种解救证明在我们的炼狱禁闭之后会有拯救和正义。我们都像约拿一样，在生活的海洋里经受狂风恶浪的颠簸，有时似乎死到临头，甚至完全隐没掩埋，但继而达到迷眼炫目的起死回生，汽车渡轮的门豁然大开，我们又被送回光明世界，感受上帝的关爱。是不是因为这个，神话故事得以在我们的记忆中游荡？

也许是，或者，也许根本就不是。电影《大白鲨》拍成后，很多人试图解释这部电影何以对观众有如此的吸引力。它是否借助了某种原始的隐喻，某种全球通晓的梦幻原型？是否利用了陆地和水之间的冲突要素，抓住我们对两栖性概念的焦虑借题发挥？是否在某种方面与这样一种事实有关，即几百万年前，我们还长着鳃的祖先爬出了池塘，自那以后我们一想到要回归池塘就四肢发软？英国小说家金斯利·艾米斯对这部电影及其可能的阐释做了这样的结论："它讲的是人们怕被那该死的大鲨鱼吃掉而吓得要死的故事。"

说到底，这就是约拿和鲸鱼的故事之所以能支配我们的力量：害怕被一只大动物吞掉，害怕被咀嚼，咂吧咂吧地咬烂，咕噜咕噜地含漱，用一大口盐水冲下，再来上一群鳀鱼清清口；害怕变瞎、失明、窒息、溺毙、鲸脂盖顶；害怕丧失感觉，我们知道这会使人发疯的；还有害怕死。自从某个虐待狂的海员为了吓唬新来的服务生而编造了这么一个故事以后，历代的人们都怕得要死，我们也不例外。

当然，我们看得出来，这故事不可能有任何事实根据。我们老于世故，知道现实与神话之间的区别。鲸鱼可能会吞下一个活人，不错，我们承认有这种可能性；可是，那人一旦进入鱼肚就别想活了。首先，他会淹死，不淹死也窒息了；十有八九，当他感觉那张大嘴为他洞开时就心脏病发作而死了。所以,人在鲸鱼肚子里是不可能存活的。我们知道怎样区分神话和现实,因为我们老于世故。

一八九一年八月二十五日,“东方之星号”船上三十五岁的水手詹姆斯·巴特利在福克兰群岛海域被一条巨头鲸吞吃:

> 从我掉下船去,感觉两腿撞到什么软东西的那一刻起,我的记忆非常清楚。我朝上看,发现一个巨大肋拱支撑的浅粉红色和白色的顶盖对着我压下来。接着,我感觉自己被往下拽,两脚先下。我意识到,我是被一条鲸鱼吞了。我越来越被往下拖,肉壁四面包裹着往里压,但那压力倒没有痛感,我只要稍微一动,那肌肉就像橡胶一样轻易让开。
>
> 突然,我发现自己在一个大袋子里,那袋子比我的身体要大得多,但是里面一片漆黑。我触摸四周,我的手碰到好几条鱼,有些好像还活着,因为它们在我手指间蠕动,又滑回我的脚。很快,我感到剧烈的头痛,呼吸变得越来越困难。与此同时,我感到热得难受,热度越来越高,好像要把我烧掉。我的双眼成了头上两只燃烧着的煤球,我每时每刻都认为自己注定要死在这鲸鱼肚子里了。我受到难以忍受的折磨。同时,在这恐怖的囚牢里,令人畏惧的静寂使我心情沉重。我想起身活动手脚、叫喊。到这时,什么动作也做不出来了,但我的脑子却似乎异常清醒;我完全明白了自己悲惨的命运,到最后便失去所有知觉。

后来，这条鲸鱼被杀死，并被拖到“东方之星号”旁边。船员们不知道他们失去的伙伴此刻已近在眼前，把白天剩下的时间再加上夜里一段时间都用来割鲸鱼的油脂。第二天早上，他们把吊钩穿在鱼肚子上，把鲸鱼吊上甲板。鱼肚子里好像有一阵阵轻微的活动。水手们以为有一条大鱼或者鲨鱼之类，便把鱼腹割开，于是发现了詹姆斯·巴特利：他不省人事，脸、颈和手都被胃液漂白了，但还活着。此后两个星期，他处于昏迷状态，然后开始恢复。他后来完全康复，只是暴露部位的皮肤色素都叫胃酸给清除了。他一直到死都是个白化人。

一九一四年，《论坛报》科学编辑德·巴尔维先生对此做了研究，断定船长和船员提供的报道“具有可信度”。现代科学家们告诉我们，巴特利在鲸鱼肚子里存活不会超过几分钟，更不用说船上不知情的水手们用了半天甚至更长的时间才救出这位现代约拿。可是，我们相信现代科学家吗？他们谁也没有真的进到鲸鱼肚子里去。我们当然可以接受专业人士的怀疑论点，但不排除气潭的可能性（鲸鱼是不是跟大家一样患有肠气？），或者鲸鱼因有某种疾病而使其胃液功效减弱。

如果你是个科学家，或者受到胃液怀疑论的影响，那就这样来看这件事。很多人（包括我）相信巴特利神话，就像千百万人相信约拿神话一样。你可能不相信它，但实际情况是，这故事一讲再讲，又修改，又更新，搞得离我们更近了。因为巴特利就是现代的约拿。有一天，会发生一个水手从鲸鱼嘴巴里进，又从肚子里出的事情，连你都会相信。也许不是在肚子里待上半天，可能只是半个小时。这么一来，人们就会相信由约拿神话而引发的巴特利神话了。关键的问题是：

神话并不是叫我们对某个经过集体记忆而添油加酱、改头换面的事件追根究底；而是叫我们向前看那种将会发生而且一定会发生的事情。神话会变成现实，不管我们持什么样的怀疑态度。

III

一九三九年五月十三日，星期六，晚上八点，“圣路易斯号”班轮驶离始发港汉堡。这是一艘游轮，在这次横渡大西洋的航班订了舱位的九百三十七个乘客中大部分持有签证，被确认是“为娱乐目的的旅游者”。但是，这些都是遁词，正如他们的航行是为了逃遁一样。他们除了少数几个，都是犹太人，纳粹国家的难民。纳粹国家打算剥夺他们的财富，把他们赶尽灭绝。事实上，很多人已被剥夺财富，因为离开德国的移民名义上只允许随身携带不超过十个帝国马克。这种强行造成的贫困使他们更容易成为宣传机器的攻击目标：如果他们离去时带的钱没超出允许范围，就可以把他们形容成穷苦潦倒的贱民，像老鼠一样逃窜；如果他们蒙骗官方居然得逞，那么，他们就是携赃而逃的经济罪犯。这一切都是正常的。

“圣路易斯号”轮上挂的是纳粹旗，这是正常的；船员中包含六七个盖世太保侦探，这也是正常的。船运公司指令船长为这次航行储备比较廉价的条块肉，船上的售品部要清除奢侈品，公共房间里要除去免费明信片；但是，船长对这些指令大多阳奉阴违，决定这次航行应跟“圣路易斯号”历次航行一个样，尽可能保持正常。所以，当犹太人从一个对他们进行鄙视、有组织有计划的污蔑和监禁的大陆来到这条船上时，他们发现，尽管从法律上讲这条船还是德国的一部分，船上挂着纳粹旗，公共房间里有大幅希特勒画像，但和他们相处的德国人都很有礼貌，殷勤专注，甚至恭敬顺从。这不正常。

这些犹太人中——半数是妇女儿童——谁也没有在不久的将来再回德国的打算。尽管如此，按照船运公司的规定，他们全都被迫买了回程票。他们被告知，回程票的钱是用于应付“不测事件”。难民们抵达哈瓦那之后，汉堡—美洲船运公司会给他们开一张路费节余的收据。钱已存入在德国的一个特别账户：他们只要回到那里，就可以领回去。有些犹太人放出集中营是有严格条件的，就是要立即离开“祖国”。就连他们也被迫支付了来回路费。

除了船票，难民们还从古巴移民总监那里买来入境证。总监亲自保证，他们进入他的国家不会有任何麻烦。就是他把他们划为“为娱乐目的的旅游者”；在航行过程中，有些乘客，特别是年轻一些的，居然由原先受人鄙视的贱民转变为寻欢作乐的游客，这种转变真是太大了。也许，他们逃离德国就和约拿逃离鲸鱼一样给人一种神奇的感觉。每天都是吃、喝、跳舞。虽然盖世太保小组警告船员们不得违反《保护日耳曼血统和荣誉法》，性交往活动在航行中照样进行，从没间断。穿越大西洋的航行快要结束时，举行了传统的化装舞会。乐队演奏格伦·米勒的音乐；犹太人化装成海盗、水手和夏威夷舞蹈者。有些很有兴致的女孩装扮成穆斯林妻妾，穿着用床单做成的阿拉伯裙服——这种改头换面在船上比较正统的人看来不成体统。

五月二十七日，星期六，“圣路易斯号”轮停泊在哈瓦那港口。凌晨四点，电喇叭鸣响起床号，半小时后，早餐锣声敲响。小船向游轮靠过来，有的载着卖椰子香蕉的小贩，有的载着亲戚朋友，他们对着船栏杆上面呼喊名字。游轮挂着检疫旗，这是正常的。船长要向哈瓦那港医务官员证明，船上没有人“白痴，或者精神失常，或者患有讨厌的疾病或接触性传染病”。这件事做完之后，移民官员开始处理乘客，检查证件，指示在码头上领取行李的位置。最前面五十个难民集中在梯子顶端，等着坐船上岸。

移民入境跟移民出境一样，在此过程中，金钱的重要性一点不亚于原则或法律，经常还比后面两者都更管用。金钱让东道国——或者，以古巴而言，过境国——放心，新来的人们不会成为国家的负担。金钱也可以用来贿赂那些必须做出这一决定的官员。古巴移民总监从过去整船整船的犹太人那里赚了一大笔钱；古巴总统还没从他们身上赚够。于是总统在五月六日发布命令，如果遇到旅行的真正目的是为了移民的情况，则旅游签证一律作废。这一命令是否适用于“圣路易斯号”上的人？船是在法律颁布后驶离汉堡的；但从另一方面看，入境证在此之前就签发了。在这个问题上，大有文章可作，钱也要花上一大笔。总统令的编号是九百三十七，相信迷信的人可能会注意到，这也是“圣路易斯号”离开欧洲时船上乘客的数目。

他们开始拖时间。十九个古巴人和西班牙人被放下船去，外加三个有正规签证的乘客；其余九百来个犹太人等待谈判的消息。各级参与谈判的人当中包括了古巴总统、古巴移民总监、船运公司、本地救援委员会、船长，以及从联合分派委员会纽约总部飞来的一名律师。这些谈判持续了好几天。需要考虑的因素包括金钱、自尊、政治野心和古巴的公众舆论。“圣路易斯号”的船长虽然对当地政客和他自己的船运公司都不信任，但至少确信一件事：那就是，如果古巴进不去，美国肯定会在许诺的日期之前接受他的乘客，他们中的大多数都有在美国的最终入境权。

搁在船上的乘客当中有些人没那么有信心，因为前途未卜、拖延时间和天气炎热而感到懊丧。他们为了到达一个安全之地费了这么多时间，现在又离得这么近了。亲戚朋友们还乘小船围在游船四周；有一只提前从德国带过来的猎狐狗，被人用船载来，再抱起来对着船栏杆和远离它的主人。乘客委员会组织起来，船运公司向他们提供免费发报设施；请求干预的电报发给了有影响的人士，包括古巴总统的夫人。在这段时间里，有两个乘客企图自杀。一个用针筒注射镇静剂，另一个则割破手腕，跳入大海；两个人都没死。从那以后，为了防止再有人企图自杀，夜里有保安巡逻；救生船随时待命，船上用泛光灯照明。这些措施使有些犹太人想起他们刚离开不久的集中营。

“圣路易斯号”本来就不打算扔下九百三十七个移民之后空船离开哈瓦那。另外有大约二百五十个乘客买好了回程票，经由里斯本去汉堡。有一种建议是，至少可以让二百五十个犹太人下船，给岸上那些乘客腾出地方来。可是，你又怎么挑选出二百五十个准许走下方舟的人来？谁来分开洁净的和不洁净的？抽签吗？

“圣路易斯号”面临的困境并不是一个无人关注的局部问题。德国、英国和美国报界都在报道这次航行。《先锋报》评论说，如果犹太人选择返回德国，就应该把他们安顿在达豪和布痕瓦尔德。与此同时，在哈瓦那港，美国记者设法登上他们戏称为“让世界丢脸的船”。他们这样叫也许过于随便。这类宣传不一定是帮难民们的忙。如果丢脸的是整个世界，那么，为什么动不动就指望某个特定国家——该国已经接受了很多犹太难民——来承担呢？看起来，这世界对自己的耻辱的自觉还没强烈到促使其慷慨解囊的程度。因此，古巴政府决定不让移民进入，命令“圣路易斯号”离开这个岛国的领海。总统补充说，这并不意味着他已关闭了谈判的大门。只是要等到船驶离港口之后，他才会考虑进一步的建议。

难民值多少钱？这要看他们处境多么危急，他们的庇护人有多富裕，他们的东道主多么贪婪。在这个入境证和恐慌的世界中，免不了是卖方市场。开价是随心所欲、投机取巧而且出尔反尔。联合分派委员会的律师开始提议为犹太人安全登陆付五万美元，得到的回答是，三倍于这个数目倒可以考虑。可是，如果能涨到三倍，为什么不再涨三倍？移民总监——他对不管用的入境证已经每个人头收了一百五十美元——向船运公司提出再收费二十五万美元以设法取消第九三七号令。一个号称是总统手下的调解人似乎认为，给一百万美元，犹太人就可以登陆。最后，古巴政府确定，每个犹太人要交五百美元的保证金。这个价作为每个入境的正式移民必须交纳的担保金有一定道理。于是，船上这些已经付了来回双程路费，买过入境证，又按官方规定每人身上只剩下十个马克的九百零七位乘客，合计要付四十五万三千五百美元。

游船的发动机起动时，一群妇女冲向舷梯，但被带手枪的古巴警察赶了回去。在哈瓦那港停泊的六天时间里，“圣路易斯号”已变成一个旅游景点，起航时前来围观的人群估计达到十万。船长从汉堡的上司那里得到许可，船可以开到任何会接受他的乘客的港口。开始他驾船悠闲地转着越来越大的圈子，等待着被召回哈瓦那；然后掉头向北，开往迈阿密。船抵达美国海岸时，一艘美国海岸防卫快艇迎了上来。可是，这貌似欢迎，实际上是回绝：快艇在那儿的目的是不让“圣路易斯号”进入领海。国务院已经决定，如果古巴拒绝接受这些犹太人，那就不准他们进入美国。金钱在这里倒不是最直接的因素：高失业率和可以利用的排外倾向就是充分的理由。

多米尼加共和国表示可以按每个人头五百美元的市场标准价接受这些移民；可这只不过是照搬古巴的收费价目。委内瑞拉、厄瓜多尔、智利、哥伦比亚、巴拉圭和阿根廷都去过了，但都拒绝独自承担全世界的耻辱。迈阿密移民检查官宣布，不允许“圣路易斯号”在美国的任何港口停靠。

既然整个美洲大陆都不让进入，游轮只好继续向北航行。船上的人心里清楚，他们正在接近那一刻，到时只能掉转船头向东，无可奈何地折回欧洲。到了六月四日，星期天下午四点五十，收到一条新闻快讯。古巴总统看来已经允许犹太人在曾经是监禁地的派恩斯岛登陆。船长掉转“圣路易斯号”的方向，再一次向南航行。乘客们把行李搬到了甲板上。那天晚上吃晚饭时，化装舞会当晚的气氛又重现了。

第二天早上，离派恩斯岛还有三小时航程，船上收到一份电报：允许下船的消息还没有得到证实。乘客委员会在整个危机过程中一直在发电报给有名望的美国人，请求他们干预，到这会儿也想不出还有什么人可以联系了。有人提到密苏里州圣路易斯市市长，认为名字谐音弄不好会引发同情心。于是就发了一份电报。

古巴总统要求每个难民交五百美元保证金，外加一笔附带的食宿保证金，用于支付在派恩斯岛上过境期间的吃住开销。美国律师表示（按照古巴政府的说法）愿出总数为四十四万三千美元的一笔钱，但又补充说明，这笔钱不只是用于“圣路易斯号”上的移民，还要包括另外两条船上的一百五十个犹太人。古巴政府认为无法接受这种反提议，便撤回了自己的提议。联合委员会的律师答复全部同意古巴原先的要求。古巴政府回答表示遗憾，其提议已经终止，现在已无法重新生效。“圣路易斯号”轮掉转方向，又一次向北航行。

船开始返航欧洲的时候，向英国和法国政府做了非正式的试探，打听这两个国家是否会接受犹太人。英国的回答是，他们更倾向于在总的欧洲难民形势这个大背景之下看待目前的困难，不过，在犹太人回到德国之后，他们有可能会考虑准许这些犹太人进入英国的可能性。

还有一些未经证实或者无法实施的提议，来自洪都拉斯的总统、美国的一位慈善家，甚至巴拿马运河区的一个检疫站。船继续航行。乘客委员会向整个欧洲的政界和宗教界领袖发出了请求；不过，这时的电报只能更简短了，因为船运公司已经撤回了免费发报设施。此时，有人提议，应该让水性最好的犹太人每隔一段时间跳下船去，以此迫使“圣路易斯号”停船掉头。这样就会放慢船向欧洲航行的进程，可以有更多的谈判时间。这个提议没有被采纳。

德国电台宣布，既然没有一个国家接受这一船犹太人，德国只好收容和供养他们。不难猜出会把他们供养在哪里。再说，如果“圣路易斯号”轮被迫将船上的堕落者和罪犯卸回汉堡，这就证明全世界的所谓关切只是虚情假意。没有人要这些穷困潦倒的犹太人，因此，不管德国怎样迎接这些肮脏的寄生虫的归来，谁也没有权利提出批评。

就在这时，一帮比较年轻的犹太人试图劫船。他们冲上驾驶台，但在船长的劝说下没有采取进一步的行动。而在船长这一头，他想出个计划，等"圣路易斯号"靠近比奇赫德时点火烧船，迫使救援国收下他的乘客们。这个绝望的方案就差真的付诸实施了。到了最后，很多人已不再抱希望，游轮正在靠近欧洲，就在这时，比利时政府宣布可以接收两百个乘客。此后，荷兰同意接收一百九十四人，英国三百五十人，法国二百五十人。

在航行了一万英里之后，"圣路易斯号"停靠在安特卫普，距离它的始发港三百英里。来自四个有关国家的救援人员已经碰头，决定如何分派这些犹太人。船上大多数人具有到美国的最终入境权，因此在美国的配额表上已经挂了号。看得出来，救援人员争着要编号数字小的乘客，因为这些难民会最早离开过境国。

在安特卫普，一个亲纳粹的青年组织散发了传单，上面印着："我们也想帮助犹太人。如果他们光临我们的办事处，每个人都可免费得到一段绳子和一根长钉子。"乘客们下了船。由比利时接收的那些乘客被装上火车，车上的门加了锁，窗子都钉死；他们被告知，这些措施是必要的，是为了保护他们。由荷兰接收的乘客被立即转移到一个由铁丝网和警卫狗包围的营地。

六月二十一日，星期三，"圣路易斯号"的英国分队停靠在南安普敦。他们回想起来，他们已经在海上漂游了整整四十个日夜。

九月一日，第二次世界大战开始，“圣路易斯号”上的乘客们陷入和全欧洲犹太人同样的命运。他们的运气是好是坏取决于他们被分派到哪个国家。有多少人活下来，各种估测莫衷一是。

8 逆流而上！

明信片

由丛林转交

亲爱的：

只有写明信片的时间了——我们半个小时后出发。昨晚我们把约翰尼·沃克威士忌都喝光了，从现在起只有本地烈酒，要不什么也没有了。记住我电话上讲的别把头发剪得太短。爱你。你的马戏团大力士。

第一封信

我的亲爱的：

刚坐了二十四小时的汽车，车上的仪表盘盖满了圣克里斯托弗或这一带本地版本的不知什么东西。司机要是来点更厉害的巫术本来也无所谓——古老的基督教对他似乎没什么作用，他爱怎么开就怎么开。每次过一个狭窄的弯道都叫你紧张一回，如果不去想这事，沿途风光倒是漂亮极了。参天大树，山脉——诸如此类，我弄到一些明信片。摄制组成员这会儿都有点过度兴奋——如果我再听到“我回加拉加斯了”[1]这类玩笑，我想我会掐死哪一个。不过，做我们这样的事，那也是正常的。不是说我从前真的做过这样的事，但这应该很有趣。要不就对不起他们给我打的那么多针，以防我得脚气病之类。

离开那些能认得出你的人也是件让人感到轻松的事情。你知道，在加拉加斯，就是戴上胡子和眼镜，他们还是能认出脸来。当然是在机场，但不管怎么说，那是正常的。不对，是很好玩。猜猜他们在哪部片子里看到我？不是你那部用品特的剧本拍成、得了金棕榈奖的高品位忧虑片，这跟那片子毫不相干。那是我为哈尔败事佬演的那部糟糕透顶的美国肥皂剧短片。这儿还在放映呢。街上的孩子们走过来说：“嘿，里克先生，你好吗？”这味道怎么样？这里的贫穷又是另一码事了。不过，去过印度以后，就见怪不怪了。你现在把头发做成什么样了？我希望你没有去折腾你的头发，就因为我走开而这样来报复。我知道你们女孩子怎么回事，你说你就想把头发剪短，看看会变成什么样子。然后你说美发厅的佩德罗这一段时间不让你蓄长头发，然后你说你要打扮起来去参加某人的婚礼之类，你不能披头散发地去，所以最后头发又长不起来。我如果不是每星期提到这事，你就以为我开始喜欢这样，如果我每星期提到这事，你就认为我唠唠叨叨，于是我

1　此句原文为“I was going Caracas back there”，是双关语，因为“going Caracas”与“going crackers”（发疯了）谐音。

就不提这事，真是拿你没办法。要说这是因为那胡子，也不公平，因为那胡子不是我的错，在丛林里，不管我们到那里时正好赶上哪个世纪，他们就是不刮胡子，我很明白我蓄胡子还嫌早，但我就是那样，我喜欢尽早进入角色。你知道德克说些什么，说他如何从穿鞋开始，只要鞋穿对了，他就知道角色的其余部分是什么样了，而在我则要从脸开始。如果你早上看到的第一件东西就是胡子，那就抱歉了，但也不是每个人都会说他一直和一个耶稣会会士睡在一起。而且还是个很老的耶稣会会士。天气非常热，我怕洗衣服要成问题。还在吃那些胃药。和维克讲起剧本，他说不用担心，但他们在这个阶段都这么说，是不是？我把电话上对你说的那些对他讲了，就是他应该再多一点明显的人情味，因为这年头牧师不是很卖座，维克说我们还是快到那时候再说。和马特处得不错——很明显，我们一旦开始工作就会有一些竞争，但他远没有我原先想象中的那么病态多疑，喜欢拍人肩膀，但我想美国佬就是那样。我把我知道的瓦奈萨故事讲给他听，他把他的讲给我听，都是我们以前就听到过的！在城里最后一夜我们在一起喝得烂醉，最后在餐馆里跳祖尔巴舞！马特摔盘子玩，但他们说这不是本地风俗，把我们赶了出去！还叫我们付盘子钱。

你知道他们在这里把邮局叫作什么？叫“我们的通信夫人”。你要想翌日送达多半得下跪才行。这不是说我们走了好几英里后就找到邮局了。天晓得我能不能在《丛林》开拍前把这封信寄出去。说不定我们会撞上一个友好的土著人带着木叉正往那方向走，我会给他一个大银幕上的微笑，把信交给他。(开玩笑)不要为我担心。爱你。

查利

第二封信

亲爱的：

如果你翻看你的影集，找我们满屋子烟雾腾腾的派对的照片，你会发现少了什么东西。别担心——在我这里。就是你做金花鼠鬼脸的那张。你这张照片在这里有点受潮——两天前下了一场倾盆大雨——但并不妨碍我在晚上睡觉前吻你一下。再往里走，你这张照片会起点皱，因为我们有一段时间没住酒店了。现在完全是童子军的一套，宿营，帐篷。但愿我能得到我需要的睡眠。只睡两三个小时很难满负荷地工作。不管怎样，我们的《丛林》现在已经拍了不少了。拖拖拉拉的。老是那一套——你安排好某一天，你会带那么多人和那么多行李过来，他会把你们载到下一站。等你到那儿，他装作情况有变，你说的不是五十而是十五，反正价钱提上去了。这样该死的把戏没完没了，直到他得到他想要的回扣。天哪，发生这类事情时，我就想用很大的嗓门喊"我要干活"。有一天我就这么做了，因为碰到的事情比往常更麻烦，走到那个想宰我们的敲诈者跟前，可以说是跟他胡子碰胡子，冲着他的脸喊"我要干活，看在基督分上让我干活"，可是维克说这样做没用。

后来。马特对着河里撒尿时，一个无线电报务员走过来对他说这样做不好。显然，他们这儿有这么一种很小的鱼，受到热或者不管什么的吸引，在你撒尿时会顺着你的尿游上来。开始听起来不像是真的，但我觉得你应该想想鲑鱼。然后，它就一直游进你的××里，一进去就向两侧挺出一对刺来，就这么停在那里。最起码叫你痛得直叫唤。无线电报务员说你没办法把它搞出来，它就像一把伞在那儿打开，你非得到医院把那整个东西剁下来。马特不知道该不该信他，可你能冒这种风险吗？反正这会儿没人往河里撒尿了。

后来。下午晚些时候，我们向河上游漫无目的地航行，太阳开始从那些巨树后面落下。一群大鸟，苍鹭之类的，就跟什么人说的像粉红色海上飞机一样飞起来，第二助理突然站起身喊叫起来，这是天堂，这是他妈的天堂。说真的，感觉有点压抑，亲爱的。对不起，对你讲这些，我知道这样不公平，因为等你收到这封信，我多半什么事也没有了。该死的马特让我难受。他就想着自己。你会以为除了他别人都没有拍过电影，你看得出来，他巴结摄制组，这样在他上镜头时他们会帮着他一点，使他看上去年轻五岁，而我却落得个油光鼻子。老实说，维克干这事还不够强硬。要是有人问我，我就说咱们需要的是一个会驱使人们干苦活的老派制片老板，而不是一个敏感的大学毕业生，就因为喜欢安东尼奥尼片子里的云彩而干上电影这一行，然后把自己变成新潮朦胧德国派，狂热地崇拜纪实电影。我告诉你，我们四十个人艰苦跋涉进丛林都是因为我们信了他的话，说什么需要通过我们的努力获得对两个死透了的耶稣会牧师的真实体验。我真弄不懂这怎么也能跟摄制组挂上钩，但我可以想见维克对此也有他的一套说法。我们徒步进去，然后把设备空运进去，简直乱七八糟。他连无线电话都不让我们用，等我们到达会合地点之后才能用。调焦师的女友要生孩子，他想打电话到加拉加斯总部看看有没有什么消息，可是维克说不行。

该死的天气。一直热得要死。出汗出得像头猪，真像一头猪。我还是担心那剧本。我想我得把自己的角色改写一下。洗衣服就根本不要指望了，除非我们遇见一帮洗衣女在一个那种白铁皮小棚子外面等生意，像我们在普罗旺斯的那个村庄里见到的，你记得吗？今天早上看到贸易站挂一块该死的可口可乐白铁皮招牌。我告诉你，这里从随便什么该死的地方来都要走几百英里才会到达，而可口可乐销售代表竟赶在你前面已经来过，还糟蹋了风光。或者是马特的哪个好友把它放在那儿，让他感觉像在家一样。写这一堆，不好意思。

爱你的查利

第三封信

嘿，真漂亮！

上一封信最后大发牢骚，不好意思。现在一切都好多了。别的先不说，我们都又开始往河里撒尿了。我们问那个我们叫作“小鱼”的无线电报务员，他怎么知道鱼会顺着你的尿游上来，他说他看到电视里有个胖子探险者就是这么说的，听起来挺像那么回事。可是，等我们再往下问，他就犯了致命错误。他说，这个探险者说他请人做一些特别的内裤，穿着可以让他安全地往河里撒尿。他搞来一个板球保护套，报务员说，把前面削掉一点，塞进一个滤茶器。我倒要问你是否在撒谎，是的话，就不要搞得太复杂，这是规矩，懂吗？做布丁时蛋不要加太多。所以，我们都把报务员笑话了一通，人人都把前裆拉链拉开，不管想不想尿都对着河里撒起尿来。只有“小鱼”一个人没尿，他要保住面子，坚持说这是真的。

你可以想象得出来，那使我们振作了一点，但真正让我们兴奋起来的是和印第安人接头。我是说，如果以到这里一路上遇到的敲诈者来推论(如果你想查看学校发的地图册,“这里”是指靠近莫卡普拉的某个地方),我们怎么能指望印第安人说话算数呢?马特事后说,他几乎认定这件事终归徒劳,我告诉他我的想法也和他一样。可是,他们如约而来,一共四个,就在他们说好的地方,在河转弯处的一块平地上,率性而为地全身赤裸,直挺挺地站着,即使这样也没见个子多高。他们毫无畏惧地看着我们,也不带任何好奇心,那样子有点好玩,怪怪的。你以为他们会来捅捅你之类的。可是,他们就在那儿站着,好像奇怪的是我们,而不是他们。你要是好好想一想,还真是这么回事。他们看着我们把所有的行包都解开,然后,我们就上路了。他们也不提议帮我们搬东西,这有点出乎意料,但我想他们又不是舍帕人,对不对?看起来,差不多要走上两天才能见到他们的部落和我们要找的河流。我们一点也看不出来他们是在沿着什么路线走——他们在丛林里一定有不可思议的方向感。我可以告诉你,小天使,你在这里会迷路的,特别是考虑到你没有警察护送都不知道怎样从谢泼兹布什去哈默史密斯。*我们走了大约两个小时,然后停下来过夜,吃印第安人在等候我们的时候从河里抓来的鱼。人很累,但这一天还真不寻常。吻你。

*开玩笑(不是认真的)。

后来。走了整整一天。亏得我在健身房里受过那些训练。摄制组里有几个走上半个来小时就气喘吁吁,这也不奇怪,因为他们一般情况下仅有的运动就是把脚伸到桌子底下,把他们的猪嘴对准喂食槽。哦,对了,还有就是抬起手来再叫一瓶酒。马特身体还算好(本来他应该更好才对),这是因为他拍了那么多户外电影,他们在他的胸肌上抹橄榄油。我们俩给摄制组出了点难题,说工会准则在丛林里不管用，诸如此类的。他们当然不想被甩在后面！“小鱼”报务员自从我们拆穿了他的故事之后有点垂头丧气，开始把印第安人叫作什么坐牛[1]和托恩托[2]之类，他觉得这样好玩极了。他们当然不懂，我们其他人反正也不去睬他。反正没什么好笑。这些印第安人真叫人不敢相信，一丝不挂地在森林里走，身子矫健不凡，从不感觉疲倦，而且能用一根吹管打死树上一只猴子。他们把那只猴子当美餐吃了，我们当中有些人也吃了，挑剔的就吃一罐咸牛肉。我吃了猴子。味道有点像牛尾，只是颜色要红得多。有点带筋，但很有滋味。

星期二。只有上帝知道这邮政系统怎样运作。我们眼下就是把它交给罗加斯——他是第四助理，是个本地人，被指定为邮递员。这里面的全部意思就是，他把信放进一个塑料袋，这样就不会被甲虫或蛀虫之类吃掉。然后，等我们遇到直升机，他就把信送走。所以，只有上帝知道你什么时候才能收到这封信。

想你（我在做马戏团大力士的喊叫时停下来）。我们今天本该见到部落的其他人，但我们身体没那么棒。我打赌，摄制组里有些人以为，车轮子会一直开进丛林，每隔几英里路就停着餐车，他们可以吃到汉堡包和土豆片，送餐的姑娘脖子上戴着花环。音响师胖子迪克多半把一件夏威夷衬衫打进了行李带在路上。

从某个方面说，你不得不佩服维克。摄制组人数和经费预算之间的比例是多年来最小的。我和马特自己做自己的特技动作（老家伙诺曼在这一条上真能抠我的钱）。连每天看样片都不能——直升机每隔

1　坐牛（1834—1890）：北美苏人印第安人首领。

2　托恩托：电影《孤胆巡警》中的主人公，得克萨斯州巡警约翰·里德的印第安同伴。

三天才进来一次，因为维克认为，这会分散我们的注意力，要不就肯定是比这更能显出他智慧过人的什么名堂。实验室报告用无线电话，样片用直升机。制片厂全都依了他。不可思议，是不是？

不，没什么不可思议，你知道得很清楚，亲爱的。制片厂把维克当天才，一味迁就他，直至做保险的对主演名角掉下独木舟的事采取了强硬立场，查了一遍名单，找到两个电影业丢了也不觉可惜的家伙为止。*这么说来，我有时是不听招呼，但是他们推测，我在丛林里没法走人不干。马特脾气不好，也就是说，他们若不给他一篮子白面他是不会好好做事的，不过，他好像已经戒了毒瘾，再说到了这里也没有那么多贩毒的像人猿泰山一样在林中穿梭。我们同意维克的条件，因为我们该死的没有办法，再说从内心讲，我们多半也认为维克是个天才。

*开玩笑。嗯，有一点吧。没有真正的危险，我肯定。

我在想昨天晚上吃那猴子是不是个错误。我今天肯定是被它搞得有点提不起劲来，马特也是老往灌木后面躲。

后来。对不起，是星期三。遇到了部落。这是我一生中最伟大的一天。当然是除了遇见你，亲爱的。我们翻过一座小山，看到下面有条河，突然看到他们就在那儿。消失的河和消失的人们并排在一起——真不可思议。他们个子很矮，你会以为他们长得丰满，实际上那全是肌肉，而且是一丝不挂。女孩子们也很漂亮（不用担心，我的天使——她们身上全是病）。说来奇怪，好像看不到什么老人。或许他们把老人留在身后什么地方了。但是，我们以前都以为整个部落是一起行动的。搞不懂。还有，我对付蚊子的东西已经用完了——反正真正管用的已经用完了。给蚊子咬了好多处。维克说不用担心——问我是不是以为那么多年以前费明神父就有驱虫剂？我说，效果逼真是一回事，但是，崇拜我的影迷们真的想看到我在银幕上满脸都是一英尺的斑？维克对我说，我要为自己的艺术吃苦。我叫维克滚开。该死的纪实电影。

星期四。我们现在已经在河岸上建起了营地。实际上是两个营地，一个是白人的（他们大多已变成褐色，又带红色斑点），一个是印第安人的。我说，看在基督的分上，我们干嘛不搞一个大营地。摄制组有些人持反对意见，因为他们怕自己的手表被偷（你怎么想），有些人赞成，这样他们就可以把那些女人看得更仔细（你怎么想）。维克说，他觉得建两个营地是个好主意，因为当时就是两个，这样可以让印第安人扮演老祖宗做好心理上的准备。我说，这只是精英思想的一种自圆其说。反正争得很起劲，最后派一个向导过去和印第安人谈，回话是他们无论如何也不会和我们合住一个营地，这在我看来很好笑。

直升机来了，我就写到这里。

爱你的查利

第四封信

亲爱的皮普斯：

第一次会合！他们用直升机运进摄影架和其余设备。大家都兴高采烈（印第安人例外，他们不闻不问）。食物、香烟。机上没有带对付蚊子的东西——你能相信吗？还有一件事——维克不让他们带报纸进来，我很火。我是说，我们又不是小孩，对不对？读一份两周前的《独立报》总不至于破坏我的演技，对不对？或者还真会这样？我很惊讶，维克居然让我们收信。给查利的一封也没有。我知道，我叫你除非紧急情况不要写信，但那不是我的真心话。但愿你猜到了。

星期五。要说起来，我知道你不想谈论这事，但我认为，这样分开一段时间对我们很有好处。在许多方面，真的。反正我已经过了胡闹的岁数了。**“我胡闹的日子已经过去了。”电视“调皮鬼”查利说**。爱你。

皮帕亲爱的，我真的认为这是因为印第安人的缘故(啊，星期六了)。他们这么开放，这么直爽。他们是怎样就怎样，一丝不挂，想说什么就说什么，想做什么就做什么，饿了就吃，把做爱当成世上最自然不过的事情，*到了生命的尽头就躺下死去。这实在了不起。我的意思不是说我自己也能这么做，不能说做就做，我只是说我有一种和这些人志同道合的强烈感觉。我简直觉得，叫我到这里来是为了让他们给我上一堂人生哲理课。这有没有道理？没关系，亲爱的，我回来时不会有一根骨针刺穿鼻子，但是我回来时脑袋瓜里可能会少一点骨头。有关琳达的那档子事情——我知道我们讲好不谈它了，但我在这里感觉很不好受。不说真话会伤害你。到了这里，消失的河从我脚边淌过，我学着叫小鸟的名称，而我连它们的英文名称都叫不上来。我觉得我们俩挺好的。

*并不是亲身经历。查利是洁身自好的。

星期日。不仅仅是离得越远越有魅力之类的。这有点身临其境的味道。你还记得那些美国宇航员，记得他们怎样去了月球，回来就整个变了样，因为看到地球跟别的古老行星没什么两样，又小又远？我好像记得他们当中有一些信起教来或者变傻了，但是关键在于他们回来以后都变了样。我就有点像那样，只不过我非得在时间上倒回去，而不是进入未来的技术时代。实际上，我也不真是这个意思，即在时间上倒回去。这里摄制组的人都认为印第安人原始得出奇。就因为他们没有收音机。我认为，正因为他们没有收音机，他们先进成熟得出奇。他们正在教育我，但他们自己没有意识到这一点。我开始对各种事物之间的关系看得清楚多了。我对琳达那件事实在是感到抱歉。

星期一。费了好长时间才准备就绪，然后就下起雨来。有一个女孩子教我语言。别担心，小松鼠，肯定浑身都是病。*想搞懂他们怎样称呼自己，也就是部落的名称。你猜怎么着，**他们自己连个名也没有!!!** 他们的语言也没有一个名称。这才叫不可思议!! 成熟得令人难以置信。这就像是把民族主义扫地出门。

*差不多成了摄制组的口头语。如果有人谈起性爱或是看着印第安女人，就会有人说："肯定浑身都是病。"在伦敦多半就没有这么好笑。

星期二。我们现在开始拍摄，感觉真好。大家齐心协力。没有那一套傻得要死的工会规则。人人都出力。我肯定这是因为印第安人的影响。事情本来就应该这样。

星期三。我觉得自己的发音有进步了。有一种类似大白鹳的鸟叫作thkarni。我想，写下来应该是这样。反正鸟飞起来或降落在水面上我就说thkarni，印第安人觉得这很好笑。他们笑得前俯后仰。可是，他们要说起查利来也好不到哪里去。

星期四。没什么事。被八十万亿个蚊子叮咬。马特乱开玩笑。

你要是仔细看，他是罗圈腿，我可以发誓。

星期五。想起来叫人觉得不可思议。这里有一个印第安部落，完全无人知晓，自己连个名都没有。两百多年前，两个耶稣会传教士想找到回奥里诺科河的路，正好撞上了他们，让他们做一个木筏，然后撑着木筏把这两个传教士往南送了几百英里路，而这两个传教士则向他们传播福音，并试图让他们穿上牛仔裤。就在他们快到目的地时，木筏倾覆，传教士差一点淹死，印第安人无影无踪。他们融入了丛林，没有人再见到他们，直到维克的研究人员一年前找到他们的踪迹。两百多年以后，他们现在正帮我们做着完全相同的事。我最想知道的是，这部落是不是能记得？他们有没有歌谣，讲述把两个穿得像女人一般的白人一直送到南边巨蟒似的大河，或者随便他们是怎么个讲法？要不就是白人从部落的记忆里完全消失，就像在白人看来部落完全消失一样？有那么多东西可想。等我们走了又会怎样呢？他们会不会再次消失两三百年呢？或者永远消失，被某种致命病菌消灭，仅仅留下一部他们在其中扮演自己老祖宗的电影？我不敢肯定我的脑子能否转得过来。

请接受我的祝福，女儿，不要再犯罪。*

爱你的查利

*开玩笑!!!

星期天或星期三都没有收到你的任何东西。但愿罗加斯明天会有什么东西。我的意思并不是说，不管我说什么你都不要写信。反正会发这封信。

第五封信

亲爱的：

在所有为丛林旅行而设计的服装当中，没有比这身牧师服更叫人穿着难受的了。让你出汗出得像头猪，真像一头猪。我自问，老费明牧师是怎样维持他的尊严的呢？按我的想法，你可以这么看，他是为他的宗教吃苦受难，就跟我为艺术而吃苦受难一样。

星期日。天哪，你猜怎么了？音响师胖子迪克昨天夜里正对着河里撒尿，一个印第安人很激动地来到他跟前，大大比画了一番，做手势，有点像是用手游水之类的。迪克不懂他的意思——事实上，他以为这家伙是想跟他交结相好。你要是看到了印第安女人，就知道这有点可笑。直到后来，这个印第安人跑去找来一个叫米格尔的向导。做了更多的手势和解释之后，迪克很机警地拉上裤子拉链。你猜怎么了？那印第安人是在告诉他河里的那种小鱼——其余的你都能猜到了!!! 要说这个部落的这个成员正好和"小鱼"报务员在同一天晚上收看英国电视，恐怕不会这么巧。要说"小鱼"学了很多本地话，够他耍上这么一招，可能性也不大。所以，我们只好承认他一路过来都是对的！这家伙，最后还是他赢了。

星期一。有一件好玩的事。虽然印第安人看来大致懂得我们在做些什么——他们很高兴做重拍动作，而且一点也没有因为这个大大的眼睛对准他们而觉得不自在——但他们好像不领会表演的概念。我是想说，他们当然是在表演他们的老祖宗，他们也很乐意（以交换一些米老鼠礼物）为我们造木筏，再用木筏送我们逆流而上，同时被拍成电影。但是他们不肯做别的事。维克要是说你能不能换一种样子站着或者像这样用撑杆，再试着做示范动作，他们就是不干。一口拒绝。我们就是这样撑木筏，不会因为一个白人透过他们奇妙的机器看着，我们就要做得有什么两样。还有一件事更令人难以置信。他们真的认为，马特和我只要打扮成耶稣会会士，我们就真的是耶稣会会士！他们认为，我们走开了，而这两个穿黑衣服的家伙冒了出来！对他们说来，费明牧师就和查利一样是个真人。不过，我要高兴地说，他们更加喜欢查利。但是，你没办法向他们说通正在发生什么事情。摄制组的人认为他们这样子很笨，但我觉得这没准是出奇地成熟。摄制组的人认为，他们的文明太原始，甚至还没有认识到表演。我觉得没准应该反过来，他们是一种后表演文明，或许在地球上是第一家。好像他们不再需要它，也就把它给忘了，不再知道它是怎么回事。想得多妙啊！

星期三。本该多说点工作的事。进行得还不错。脚本不是我原来记得的那个，要说向来也都是这样，通常是因为他们已经改动过了。马特不算太难共事。我叫化妆师给他加几个蚊子叮咬的包，但他断然拒绝了。说他要改变一下，这回做个漂亮的。这真好笑——我是想说，很明显，他骨子里认为自己很漂亮！我想我还是不要向他提起你说过他的脸看上去像是用腌牛肉刻出来的。

星期四。发生了可怕的事情。太可怕了。一个印第安人掉下木筏淹死了。就这么被冲走了。我们盯着滔滔波浪，等着印第安人浮出水面，但他再也没有浮起来。很自然，我们说，今天的工作要停下来。你猜怎么样？印第安人完全不理会。他们实在是老派的实干家！

星期五。还在想着昨天发生的事故。我们为这件事而难受的程度远远超过印第安人。我是说，他肯定是什么人的兄弟或丈夫之类的，可是没有人哭喊。我估摸着等到晚上扎营时会有某种仪式——我不懂，烧一堆衣服或者不管是什么。他们没这么做，还是跟往常一样过着老一套的营火生活。我觉得没准他们不喜欢那个掉下木筏的家伙，但这样也太露骨了。也许他们在某些方面不分生和死。也许他们并不像我们这样认为他已经"去了"——或者至少不是彻底去了。到河的更好的一个地方去了。我想试探一下马特的想法，他说："嘿，伙计，我还不知道你有嬉皮情结。"马特不完全属于你见到过的最有灵气和成熟老练的人。他的信仰是按自己的方式生活，走路挺胸抬头，说话直来直去，用他自己的话说，和女孩子尽情交欢，要是有人跟你过不去，直接朝他脸上唾过去。反正这些就是他的全部生活哲学了。他认为，印第安人就像逗人喜爱的小孩，他们还没发明录像机。我不得不说，像他这样一个家伙竟然演起一个在雨林中为教义而争的耶稣会牧师，倒是很滑稽的。事实是，他是一个十分精干的美国演员，他的演艺生涯是由他的形象设计师决定的。我建议他告假六个月到外地去演剧，目的是再回味一下现场表演和现场观众。他做出的反应就像我是在告诉他我精神病发作了。你想说什么就说什么，但我认为，戏台上才是你学表演的地方。马特可以把自己的脸随便朝哪一边，歪过来扭过去，可以挤眉弄眼，明知他的未成年女影迷们会呆坐在那儿弄湿裤子。但他会用身体表演吗？你可以说我是老掉牙，但我觉得，很多美国演员只会摇首摆尾，仅此而已。我试着把这些解释给维克听，他说，我做得不错，马特也做得不错，他认为，我们在银幕上会配合默契。有时候我真希望他能好好听我说。邮件来了，应该说是直升机来了。

还没收到你的任何东西。

爱你的查利

第六封信

皮帕,亲爱的:

我知道,我们说过不再谈这件事,也许这不公平,因为我不知道你收到这封信时会是什么情况,可是,我们干吗不索性搬到乡下去生几个孩子呢? 我没有掉到河里什么的。你不会知道我在这儿有多快活。我午饭后不喝咖啡了,几乎完全不吸烟了。要说印第安人就不吸烟,不是吗,我对自己说。印第安人不用支持弗吉尼亚里士满菲力普·莫里斯的庞大公司。碰到事情不好办时,他们有时咀嚼一小片绿叶。我猜想,这在他们就相当于我们碰到导演犯傻时偶尔抽一支烟。所以,干吗不像他们一样把它戒了? 还有琳达那桩事情。我知道你多半不想再听到她的名字,如果你要这样,我保证做到,但这都和伦敦有关,对不对? 实际上跟我们根本不相干。就是该死的伦敦,加上它的污垢,肮脏的街道,还有酒。我们在城里这种活法,不是真正的生活,对不对? 而且我认为,城市使人尔虞我诈。你认为这有可能吗? 这些印第安人从不撒谎,就跟他们不知道怎样表演一样。他们从不装腔作势。在我看来,这一点也不原始,我觉得是特成熟。我肯定,这是因为他们住在丛林之中,而不是住在城里。他们始终处于大自然的包围之中,有一件事大自然是不做的,那就是撒谎。它只会径直向前,要做什么就做什么,像马特说的那样。走路挺胸抬头,说话直来直去。它有时可能不太和善，但它不说谎。就因为这样，我认为乡村和孩子是问题的答案。我说的乡村并不是指一个紧靠汽车道的村庄，到处是像我们这样从当地酒贩子那里买澳大利亚夏敦埃葡萄酒的人，只有在你躺在浴缸里听《阿切尔一家》[1]时才会听到呜呜啊啊的口音。我是指真正的乡村，隐蔽在某个地方——也许是威尔士或者约克郡。

星期日。关于孩子的事。这和印第安人在某种有趣的方面联系上了。你知道吗？我说过他们都出奇地健康，但看不到有什么老人，尽管我们以为他们是成群结队一起行动。到最后，我叫米格尔跟他们谈起这事，结果发现，看不到有什么老人的原因在于他们差不多只活到三十五岁左右。这么看来，我以为他们出奇地健康，以为他们体现了丛林的优点，是搞错了。实际情况是，只有出奇健康的才能活得下来。事情正好倒了过来。但关键在于，我现在的岁数已经超过部落里大多数人能活到的岁数，这叫人感到心寒。我们要是住在乡村，那就不会是我每天晚上筋疲力尽地回家，想得到照顾，但却有一个哇哇大哭的婴儿。如果我只接大角色，不去拍这些破烂电视片，我就只是外出拍电影，等我在家时，我就会真正在家。懂了没有？我就可以为他做一支玩具笔，给他买一个那种大的用木头做的方舟，上面有各种各样的动物，我还可以搞一个把小孩放在里面到处背着走的袋子，像印第安人几百年来用的那种。我还会大步走过荒野，让你清静清静，你觉得怎么样？顺便带一句，我真的为打了加文感到抱歉。

星期一。有一点压抑，亲爱的。为了一句台词跟维克没名堂地

1 英国广播公司第四台每天播出的一个广播节目，讲述一个虚构的农家日常生活故事。

拌嘴。就六个该死的词，但我知道费明不会说这些词。我是说，到现在我已经进入这个角色三个星期了，维克倒开始教我怎样讲话？他说，好吧，改写这几个词。于是，我就耽搁了一个小时，临了他说他仍不确信。我们还是试了一试，因为我执意要这么做，你猜怎么样？该死的马特也是说不服。我说他连一行台词和一粒可卡因都分不清，再说他那张脸就是用腌牛肉刻出来的，他威胁要揍我。这部电影真够蠢的。

星期二。还是热得要命。

星期三。神奇的事情。你知道我说过印第安人不懂表演。这两天，费明和安东尼奥情绪越来越敌对(按查利和马特眼下相处情况而论，这也不难做到)，你真的能感到印第安人也加入进来了，他们在木筏上自己的那一侧注视着事态发展，好像这一切将决定他们的生活——我想在某个方面也确实如此，因为我们正在争论他们是否有权接受洗礼，使他们的灵魂得到拯救。我不知道他们是怎么感觉到这一点的。反正我们今天要拍的镜头是马特差不多半是无意地用桨打到了我。当然是用最好的白塞木，印第安人不知其中原委，但我像挨了一斧头似的就势倒了下去，马特开始假装这是场意外事故。印第安人按要求应该旁观这一幕情景，把这两个穿裙服的白人当傻瓜看。已经告诉过他们要这样做。但他们不干。他们一大帮子人冲到我跟前，开始抚摩我的脸，把我的额头搞湿，发出一种哭腔，然后他们当中的三个对着马特发怒，表情真的很凶。令人难以置信！再说，他们本来要伤着他了，亏得他赶紧扒下他那身黑袍子，再变回马特，这才让他们平静下来。不可思议！这只不过是老马特，那个坏牧师安东尼奥已经消失了。接着,我慢慢站起身来,他们都快活地笑起来,好像我最后还是没死。好在维克一直在开机,所以我们一样也没漏拍。这会儿他觉得可以把这一段用到电影里,我感到开心,因为如果印第安人对我和马特是这样的反应,那么,或许可以从中看出影迷们日后会怎样反应。

星期四。维克说,昨天那一段混战的实验室报告不太合适。肯定是该死的马特到他那儿捣了鬼——多半是知道摄影机拍到他脸上吓得半死的镜头。我说我们还是等着看印出来的效果怎样,维克同意了,但我觉得没劲。纪实片就这么回事:他们拍到了又不用。

星期五。我认为这脚本不够水准,整个预算也太低,但我觉得有一样可以称道,那就是它有一定的内容。我是说,它不回避大的问题。大多数电影空洞无物,不是吗,我看到这样的越来越多。"两个牧师进丛林"("小鱼"报务员时不时用《夕阳红帆》的调子这么唱)——不错,但它讲的是每个时代、每种文明都有的贯穿于人类生活的那种冲突。克制和宽容的冲突。按法律条文办事和按法律精神办事的冲突。手段和目的。错误动机办好事和好的动机办坏事的冲突。像宗教这样的伟大理念如何受官僚机制所困。基督教如何以和平宗教开始,但最后像其他宗教一样陷入暴力。关于共产主义或其他任何东西,任何大的理念,你都可以这样讲。我想,这部电影在东欧可能真的很有颠覆性,而且不是因为它讲的是牧师的事。他们会不会发行这部片子就是另一码事了。我对"小鱼"说,这部电影对工会也有教益,如果他们能找到的话。"小鱼"说,他会留意去看。皮帕,亲爱的,想想小孩的事,好吗?

你的查利

又及：今天发生了奇怪的事情。不算严重，但让我对印第安人感到疑惑。

又及：想不出来你为什么还不写信。

第七封信

最亲爱的皮帕：

该死的丛林。实在是没完没了。该死的成群成群的苍蝇、叮人的和嗡嗡叫的不知叫什么的东西。开始两星期里，你觉得这么新奇，被叮也没什么关系，别人也一样被叮，除了马特，他有美国政府航空航天局发的个人用驱蚊剂和腌牛肉脸蛋防护剂。可是，它们就一直叮，该死的叮个没完。过了一段，你就想着要丛林歇它一天。得了，丛林，今天是星期天，歇歇吧，你想这么喊，因为它一天二十四小时折腾个没完。我不知道。也许这不是丛林，是电影。你能感到紧张程度在加剧。马特和我无论在镜头内外关系都更加紧张。电影整个地弥漫到其他时间里。就连印第安人似乎都不那么肯定我一直都不是费明，马特不是安东尼奥。他们似乎认为，我实际上是费明，只不过有时假装成这个叫作查利的白人。整个颠倒了过来。

星期日。关于印第安人的那件事。实话告诉你，我刚弄清这件事时有点来气，但现在我开始按照他们的观点来看待它了。我对你讲过，我在学他们的语言——她真的很可人，而且一丝不挂，但我说过，不用担心，小天使，浑身是病，我能肯定，别的就不用说了，我是这个意思。结果发现，她教我的那些词有一半都是错的。我是说，确实有这些词，只不过用得不对。我学的第一个词读起来差不多是thkarni，意思是——她说这个词的意思是——我们时常见到的一种白鹳。于是，我们一见到一只白鹳拍翅掠过，我就会大叫thkarni，印第安人就全都大笑起来。结果发现——我不是从米格尔那里知道的，而是我们的第二个向导告诉我的，他一路上大部分时间不多说什么——thkarni是印第安人的叫法，准确地说，是他们许多种叫法中的一种——叫什么你是知道的。Thkarni就是指你一不留神，河里的小鱼就会游进去的那个东西。我向那调皮的小姑娘学来的词语中差不多有一半都是这个意思。我想我总共学了大约六十个词语，当中有一半是假冒的——不正经的词或者意思根本不相干的词。你可以想象，我当时很不高兴，但我想，这正说明印第安人有很棒的幽默感。于是，我打定主意让他们看到我是开得起玩笑的。等到下一次大白鹳飞过时，我装作不知道怎么叫它，就问这女孩子。Thkarni，她一本正经地说。我做出很纳闷的样子，起劲地摇头，说不对，这不可能是thkarni，因为这才是thkarni（我并没有把它掏出来或什么的——只是指一下）。这下，她知道谜已拆穿，咯咯笑起来，我也跟着笑，以示没有任何恶意。

星期一。到现在差不多快完了。只剩下大场面没拍了。先休息两天。我觉得维克这个决定很傻，但我想他受到了工会的压力。他说，拍大场面之前先充充电是个好主意。我觉得，如果你事情进展顺利，最好是接着干下去。没关系，亲爱的，我没有真的这样讲，我这么做是去刺激马特，但通常起不了作用，因为他皮这么厚，以为别人反正都像这样讲话，所以，我这么做想来只是自娱自乐罢了。“嘿，马特，”我对他说，“我们进展不错，还是接着往下干吧。”他像《十诫》里的某个老先知似的点点头。反正计划是今明两天休息，然后排练两天木筏倾覆，接下去星期五大干。也许说到底维克还是对的，我们确实需要进入最佳状态。不单是要做对，还要考虑到各个角度。按照合同，我们身上要系上绳子，以防万一。不用担心，亲爱的，不是真的有危险。我们在一段有一些湍流的河面上拍一些剪接镜头，而实际的木筏倾覆场面说是在这儿发生，却并不真的在这里拍。摄制组有两台机器可以把水搅得白沫飞溅，他们把一些石头固定在河底，波浪冲上石头，看起来就像真的一样。所以不用担心。我很急切地等着拍片，但很自然，我们在几个问题上又跟以前一样争起来。事情是这样的，两个牧师都要掉入水中，其中一个头撞在石头上，另一个去救他。要害在于，谁来做什么？我是说，这儿有两个人，逆流而上一路拼命争斗，在对基督教义的理解上又有这样重大的分歧摆在面前，二者当中一个非常专制强硬（我），另一个则对印第安人宽容温柔（马特）。人们一般以为那个说起来强硬顽固的牧师会让另一个淹死，但实际上，他却把另一个给救了起来，尽管他认为另一个牧师对印第安人的看法和他计划在抵达奥里诺科后给他们洗礼的想法都是亵渎神明；如果按这样处理，在我看来，效果会好得多。但不行，非得由马特来救我。维克说，历史上的情况就是这样。马特说，还在北达科他州花花公子城或不管他住的什么地方时，他读的脚本里就这样写的，他就要按这样去演。“没有人救马特·斯米顿。”他说。他真是这么说的，你能想象得出吗？“没有人救马特·斯米顿。”我说，等哪一次我发现他只靠一只脚指头倒挂在滑雪缆车的缆索上时，我会记住这话的。这下，就只有全部按照脚本办了。

星期二。又歇一天。

后来……

后来……

后来……

爱你的查利

第八封信

天哪，皮帕。天哪。上一封信我就是写不下去。每天拍电影都有一点快活的消息。那封信写不下去了，发生了那样的事之后就写不下去了。不过，我很好。我真的很好。

后来。可怜的老马特。真见鬼，他是个好伙计。不错，他会惹你发火，但换上阿西西[1]的圣方济各[2]来做这件事也会这样的。他会把时间全用来观察丛林中该死的鸟儿，而不去读他的分镜头提示卡。对不起，亲爱的。格调很糟糕，我知道。就是不知道该怎么讲才好。很压抑。可怜的老马特。我不知道你听了这消息会怎样想。

天哪，那些操蛋的印第安人。我觉得我要死了。我连这支笔都握不住了。汗淌得像头猪，真像一头猪。上帝啊，我真的爱你，皮帕，我坚守着。

C

1 阿西西：意大利翁布里亚区城镇，以圣方济各的诞生地而闻名。

2 圣方济各（1182—1226）：天主教方济各会及方济各女修会创始人，意大利主保圣人，规定修士恪守苦修，麻衣赤足，步行各地宣传“清贫福音”。

第九封信

我拿出你那张金花鼠脸蛋的照片，吻它。你和我，还有生孩子。这是最重要的。我们生孩子吧，皮帕。你妈会高兴的，对不对？我对“小鱼”说你有小孩吗，他说有，他们是我的宝贝。我用手搂着他，就这么拥抱了他。就是像这样的一些东西才使一切得以继续下去，对不对？

他们说得不假。进了丛林，你才真正搞懂人们是什么样子。维克很会啰唆，我以前就知道。就那破烂电影整天啰唆个没完。我说别担心，你总能把回忆录卖给报社的。他听了很不高兴。

他们为什么这么做？他们为什么这么做？

爱你的C

又及：但愿你已经写信了。要是现在收到你的信就好了。

第十封信

弄不好本来是我。就那么简单，说不定原本就是我。由谁来定？嘿，你高高在天上，有人在家吗？

我整天一直在想着这个。我对老“小鱼”说你有小孩吗，他说有，他们是我的宝贝，我们就当着众人的面拥抱了起来，从那以后我就一直在想这是什么意思。我的宝贝。这是什么意思？你说这样的话，人人都知道这是什么意思，但看着这些词，你就不懂了。电影也像这样，整个旅行也像这样。你一路走，认为自己每样东西都很清楚，然后你停下来看，就完全不对劲了，你想起初有道理可能只是因为大家假装它有道理。这讲得通吗？我是说就像印第安人和那使波浪往上冲的假石头。他们看那石头，再看那石头，越看越搞不懂。他们开始时知道那是石头，最后是什么也不知道了。你能从他们的脸上看出来。

这会儿我要把这封信交给罗加斯了。他几分钟前走过去，说今天你这已是写了第三封信了，你干吗不把它们装到同一个信封里省点邮费？我站起身来，你知道，我发誓我那一会儿变成了费明，我说："听着，我们的通信夫人，我高兴每天写几封信就他妈的写几封，你就得发他妈的几封。"讲起来费明当然不会说"他妈的"，但他的腔调就是这样。好像只要这世上有哪一点不完美，他就拉下脸来，怒气冲冲。哦，对了，还是去道声歉，要不他会把那些信全给扔了。

爱你的C

第十一封信

等待直升机

皮帕，亲爱的：

等我们出来以后，我要做下面这些事。到加拉加斯找他妈的最大杯的苏格兰威士忌喝。用加拉加斯最大的浴缸洗他妈的一回澡。给你打一个最长的电话。我觉得已经听到你接电话的声音，好像我去店里买香烟回来迟了。然后，我要去英国大使馆拿一份《每日电讯报》，就是几个星期的老报纸我也不在乎，我要看一些我通常从来不看的东西，像自然笔记之类，如果报上有的话。我想听到有人说家燕在做窝，或者是你碰得巧会看见一只獾。一天到晚发生的平常事情。我要看板球得分，假装我是来自英国中部的一个老球员，身穿带条子的运动上衣，手里抓一杯粉红色杜松子酒。也许我还要看出生广告栏。埃玛和尼古拉斯生一女，名苏西，兄长为亚历山大和比尔。我会说，亚历山大和比尔老兄，这下你们有一个小苏西玩了。你们要待她好，你们要一辈子保护她，她是你们的小妹妹，你们要把她当作你们的宝贝。上帝啊，我哭了，皮帕，泪水正顺着我脸颊往下淌。

爱你的C

第十二封信

七月二十一日于加拉加斯

亲爱的皮帕，我不相信这是真的，我是说我就是不相信。我们终于到达我们笑称为文明的世界，我们终于找到一部能打跨大西洋电话的电话机，我排队，终于轮到了，终于接通了家里，而你却不在家。“此号无人回话，先生。”再试一次。“此号还是无人回话，先生。”再试一次。“好的，先生，此号还是无人回答。”你在哪里？别的人我都不想打。我不想打给你妈，说我们有一点麻烦，但现在我们回到了加拉加斯。马特死了，是的，你在新闻里听到了，但我不想谈这事。我只想跟你谈，亲爱的，但没办法。

又试了一次。

又试了一次。

行了，我这儿搞到一瓶苏格兰威士忌，卖到差不多五十镑，如果制片厂不付这个钱，我就再也不给他们干了，还有这一大堆薄薄的酒店信笺。别人都到城里去了。我受不了。我老记着我们原先在这里的最后一晚——也是这酒店，一样也没变——马特和我怎么出去，一起灌得酩酊大醉，最后跳起祖尔巴舞，被人扔出去，马特指着我对侍者说，嘿，你们难道认不出这是帕克威半岛的里克先生？他们认不出，还叫我们付盘子钱。

我们休息了几天，就剩下三天的活了。第一天早上，我们在白浪滔滔的水里排练，小心翼翼，这么说我也没什么好介意的。维克和摄制组在岸上，马特和我在筏上，还有十来个印第安人划桨撑篙。为保险起见，我们在筏上拴了一根长绳子，绑在岸边一棵树上。这样，如果印第安人失去控制，绳子会拽住筏子停下来。马特和我按合同上讲的身上扎好绳子。我们早上过了一遍，没什么问题，下午就在浅水区用搅水器。我觉得我们不必再排一天了，但维克坚持要这么做。于是，第二天早上，我们又全部出动，只是这一次还带上无线话筒。维克还没决定是不是用配音。绳子在树上拴好，摄制组在岸上布置停当，我们准备好在摄像机前过三四遍，马特和我只顾争论给印第安人洗礼的事，我们看不到身后的危险，而观众在一边看得清清楚楚。那之后发生的事我已经想过千万遍了，但还是找不到答案。事情发生在我们过第三遍的时候。我们看到开机的手势，便开始我们的争执，然后发觉有点不对劲。筏子上本来应该有十来个印第安人，可是只剩下两个，在筏子后面各撑一杆篙。我想我们是以为维克一定是说了就这样试一下，因为马特和我已经开始争起来。他照常进行，这说明他是不折不扣专业水平。讲起来我也是照常进行。再往下去，镜头结束时，我们发现印第安人不是按他们平常那样把篙扎到河底停下筏子。他们还在不停地撑篙，马特喊道："嘿，伙计们，停。"但他们毫不理会。我记得我当时以为他们大概是要试试那绳子是不是管用，马特和我在同一时刻掉转身来，看印第安人把我们带到哪里——直往一堆岩石和浪花飞溅的水里冲去，我知道那绳子肯定是断了之类的。我们叫喊起来，但因为水的噪声，而且我们根本不懂他们的语言，所以毫无用处，接下去我们就在水里了。我们翻下水时，我想到你，皮帕，我真的想到你。就看到你的脸，努力去想你。然后，我试试能不能游水，但是水流很急，再加上该死的黑长袍——接着，我的肋骨受到猛烈一击，好像有人踢我一样，我以为自己完蛋了，我想那肯定是块岩石，我也不挣扎了，大概是昏过去了。实际情况是他们绑在我身上的绳子突然拉紧。别的我什么也记不得了，直到我在岸上把水吐出来，在泥里呕吐，音响师一边在我背上敲，用他两只拳头压我的肚子。我的绳子拉住了，马特的绳子断了。就这样，算我命大。

大家都很震惊，你可以想象得出来。摄制组有些人试着沿岸察看——你知道有时会在下游一两英里处发现有人紧紧抓住悬挂在河上的树枝。可是情况不是这样。那种事情只有电影里才有。马特走了，反正摄制组的人离他们摄影位置走出去不会超过二十或三十码，因为丛林里根本就没有纤路。"为什么就只剩下两个？"维克一遍又一遍地问，"为什么就剩两个？"他们四下寻找帮他们放置摄影器材的印第安人，可是找不到。然后，他们回到营地，那儿只有翻译米格尔一个人，他一直在和一个印第安人谈天，谈了很久。他一转身，发现其他所有印第安人都跑了。

在这之后，我们去看拴在树上的绳子是怎么回事，但什么也没剩下，就这么不见了。这很奇怪，因为打的是一种很特别的结，根本就拉不开的。毫无疑问是按合同来的。该死的，真可疑。我们又跟米格尔谈，结果发现那个印第安人开始跟他长谈完全是在我们的事故发生之前。这么推测，他们知道将要发生什么事情。等我们察看营地时，他们把什么都拿走了——衣服、食物、设备。他们把衣服拿去干什么？他们连衣服都不穿的。

我可以告诉你，我们等直升机，真他妈等得太久了。印第安人把无线电话机都拿走了（他们要是有吊车，连发电机也会带走），加拉加斯以为它们又出了故障，所以也没有觉得什么不正常。等了两天，就像等了该死的两个月。我觉得我多半染上了什么糟糕的热病，预防针也不管用。看来，他们把我从河里拉上来，把我肚子里的水压出来之后，我醒来说的第一句话就是："浑身都是病，我敢肯定。"摄制组的人歇斯底里般地大笑开了。记不得了，但听上去像是查利。觉得我可能要染上脚气病之类的。我想，肯定要痛得哇哇叫。

他们干吗要那样做？我老是回过头来想这事。为什么？其他人大多认为，他们这么做是因为他们不开化——你知道的，他们不是白人，决不要信任土著人，诸如此类的话。这说不通。我从来就不认为他们不开化，他们总是说真话（除开他们教我语言的时候），远远比和我们一起做事的一些白人更值得信赖。我首先想到的是我们在不知不觉中冒犯了他们——严重侮辱了他们的神明之类的。但我就是什么也想不起来。

按我对这件事的看法，要么是和两百多年前发生的事有什么关系，要么就是没有关系。也许只是一场巧合。原先翻了木筏的印第安人，他们的后代正巧也撑着另一条木筏，在河流的同一地点又倾覆了。或许这些印第安人就只能撑着耶稣会会士们逆流而上到这么远，然后就本能地神经崩溃而变得凶神恶煞，把他们推下筏子。不太可能，对不对？或者，这两次事故之间有某种联系。反正我是这么想的。我觉得，印第安人——我们的这些印第安人——知道这么多年前发生在费明神父和安东尼奥神父身上的事情。这种事情在妇女们舂木薯根之类的食物时就会往下传。那些耶稣会会士在印第安人的历史上多半还算是件大事呢。想想这故事一代一代往下传，每传一次都经过一番添油加酱，更加绘声绘色。然后我们来了，又是一帮白人，当中也有两个家伙穿着黑长袍，也想叫人把他们逆流而上撑到奥里诺科。当然有所不同，这些人有这么个单眼的机器和诸如此类的东西，但基本上还是一回事，我们甚至告诉他们最后结局也一个样，筏子倾覆。我是说，很难想出一种同等的情况来，但这么说吧，你把自己当作二〇六六年黑斯廷斯的居民，有一天你来到海滩，这些长条船向你开过来，船上冒出很多戴盔披甲的人，说他们是为黑斯廷斯之战而来，你能不能把哈罗德王找来，他们好对着他的脑门就是一枪，你只要这么做，这里有满满一大包的钱给你。首先，你可能会很想这么做，对不对？在这之后，你就会想他们为什么要你这么做。你可能想到的一种事情——这只是我的念头，维克对此不那么确信——就是他们（即我们）出于某种对他们那个部落事关重大的原因，回来把当年那一幕再重新演一遍。也许印第安人以为这是一件宗教上的事情，类似某个大教堂建成五百周年大典之类的。

还有另一种可能性——印第安人实际上一直在留意耶稣会会士之间的争论，心里比我们明白得多。他们——马特和我——争论的是关于给印第安人洗礼的事，在筏子倾覆时，正好看起来像是我在争论中占上风。说到底我是年长的牧师，而我反对洗礼——至少要等印第安人行动起来，停止他们的一些恶劣做法。所以，也许印第安人明白这一点，掀翻了筏子，因为他们是想害死费明牧师（我！），这样安东尼奥牧师就会活下来给他们施洗礼。这怎么样？只不过第一次印第安人见费明活了下来，他们便跑开了，因为他们害怕，第二次他们看到自己害死了安东尼奥，对他们来说结果全搞错了，所以他们跑开了，因为事情全搞错了。

是不是这样？我只知道它比报纸上怎么讲都要来得更加复杂。好莱坞要是派飞机来轰炸印第安人，因为马特的死而惩罚他们，我也不会大惊小怪。或者是再拍一次——对了，该死的，这更有可能。谁接过马特演的角色？这是什么职业机会。你说说看。

好像被困在这里差不多有一个星期了。该死的制片厂和制片厂那些该死的律师。看来这部电影只好以某种方法正式取消了，而这需要时间。

这封信要交给我们的通信夫人，还要作为快件寄出。我要改变一下，把信交给真正的邮递员。

全心爱你的，查利

第十三封信

天哪，你可别对我这样，我是说再也不要这样了。我在丛林里差点送命，现在走出这该死的丛林才两天，你就挂断了我的电话。是这样，我本想向你解释，她到这里来做事，完全是巧合。我知道我表现得像头猪，真的像一头猪，有那么一点，可是请你读一读我在丛林里写的所有这些信，你会看到我变了个人。琳达和我之间的事全结束了，我走之前就对你说了。这女人在哪里做事我可管不了，不是吗？不错，我是知道她会在加拉加斯，我是没有对你说，不错，这样不对，可是，我如果对你说了，就会好一些吗？你到底是怎么知道的？她不在这儿了，据我所知，或者按我想来，她在西印度群岛。看在上帝的分上，皮帕，我们别抛弃这五年的感情。

你的查利

又及：准备以快件寄出这封信。

又及：加拉加斯跟垃圾堆一般。在这儿至少要待到四号。

又及：爱你。

电报

请尽快打电话给洲际饭店查利。爱你的查利

电报

看在上帝分上打电话到洲际饭店，要尽快谈。爱你的查利

电报

星期四按你的时间[1]中午会打电话给你,要谈很多事。查利

电报

该死的,接电话或打电话给我,皮帕。查利

第十四封信

亲爱的皮帕:

因为只有你自己最清楚的原因,你看来是不理睬我的电报了,所以我现在写信告诉你,我不会马上就回家。我需要时间和空间,不仅是要摆脱发生在我身上的这些可怕的事情(你对这些事情似乎没有多少兴趣),还要想清楚我们俩目前的处境。要是说不管发生什么事我都爱你看来毫无意义,因为这样似乎只会激怒你,只有你自己最明白这是为什么,而且你既不想解释,又不愿表态。等我把所有这一切理出个头绪来再跟你联系。

查利

又及:我用快件寄这封信。

又及:要是这里头有哪一点跟那个讨厌鬼加文沾上边,我就亲手

1 此时写信人妻子在英国,拍摄地在委内瑞拉,两人之间存在时差,故有按你的时间之说。

将他那该死的脖子拧断。我本来就该更狠地揍他才是。就怕你还没有注意到,他根本就不会表演。没有才气。没有勇气。

第十五封信

圣卢西亚

该死的某一天

听着,贱货,你干嘛不滚到一边,别再碍我的事,干脆滚开,滚到一边去。你总是把事情搞得一团糟,不是吗,这是你的一大能耐,把事情搞得一团糟。我的朋友们说,她是祸根,我最不该做的是让她钻进来,我是个该死的傻瓜,不听他们的话。妈的,你要是认为我自私,你应该用镜子照照自己,宝贝。当然我是喝醉了,你怎么想,这是不让你在我脑子里烦我的一种办法。我这会儿要喝他个该死的酩酊大醉。酒后他妈的吐真言。

"无法无天"的查利

又及:我要用快件寄这封信。

电报

十五日,星期一回伦敦。请在此之前连人带东西搬出公寓。留下钥匙。结束了。

插曲

我来给你讲讲她的一些事情。时间是在半夜里，窗帘不透一点光线，街上寂然无声，只听到一位热恋男子夜归的哀怨声，鸟儿们还没开始它们例行的欢唱。她侧身躺着，背朝着我。黑暗里我看不见她，但听着她安静起伏的呼吸声，我可以为你描绘出她的体形。她高兴时可以一睡几个小时，一动不动。在黑洞洞、静悄悄的深夜，我观察过她，我能保证她一动不动。当然，这也许只能归结于消化良好和梦寐恬淡，但我认为这是一种幸福的征兆。

我们两个夜里睡觉是不一样的。她像是随着温馨的潮汐轻柔摇曳而安然入睡，又满怀信心地漂游到天明。我可不那么甘愿睡着，而是奋力劈波斩浪，要不是为舍不得一个好日子离我而去，就是为一个倒霉日子耿耿于怀。我们无意识的那段时间里各自涌动着不同的意识流。我时常发现自己因为害怕岁月流逝和死亡而滚下床，因为一阵空虚袭来而惊慌失措；我醒来后双脚沾地，两手抱头，徒劳地（不善言辞很窝囊）大喊“不，不，不！”这么一来她只好抚慰我，让我平息下来，好像是在清洗一条刚从肮脏的河流中一路狂吠着回来的狗。

她的睡眠被打断的次数比较少，有时她睡到一半会尖叫起来，这就轮到我怀着护卫之心急切不安地翻到她那一侧。我彻底醒了，而她却透过睡意蒙眬的嘴唇向我吐露她失声叫喊的起因。“一只很大的甲虫。”她会说，好像要不是那么大，她就不会找我的麻烦了；或者“台阶很滑”；或者“很讨厌的东西”。（这在我听来莫名其妙，说了等于没说。）然后，因为赶走了这只湿漉漉的癞蛤蟆，从她的系统内清掉了这污泥浊水，她叹口气，又回到洁净的睡眠。我躺着睡不着，手抓一只黏糊糊的两栖动物，一把烂泥碎渣在两只手上翻来掉去，又惊吓又钦佩。（顺带一句，我的意思并不是说，我做的梦更加了不起。睡眠使恐惧民主化。在这里，丢一只鞋或没赶上火车的恐怖和游击队进攻或核战争的恐怖在分量上是一样的。）我钦佩她，是因为我们所有的人每天夜里都要睡觉，没完没了，一直到死，而这件事在她调理得比我要强多了。她搞得好像是个老练的旅行家，一个全新的机场对她来说全然不在话下。而我夜里人躺在床上，却像持一本过期护照的人，推着一辆轮子吱吱作响的行李车走向错误的行李转盘。

不管怎么说……她睡着了，侧着身子，背朝着我。常用的办法加上调整睡姿都没法让我入睡，于是我决定让自己偎依着她柔软身躯的曲线。我移动并把小腿紧靠着她在睡眠中肌肉放松的小腿肚，她感觉到我在做什么，半睡半醒之中举起左手将披在肩上的头发撩到头顶上去，裸露出颈背让我偎依。每次她这么做，我都为这种从不走样的睡眠礼遇感受到爱的震颤。我两眼噙泪而刺痛，强制自己不要把她弄醒，向她表白我的爱。在那一刻，她无意识地触到了我对她的感情的某个隐秘的支点。她当然并不知道；我从来没告诉过她夜里这个微小精细的愉悦。不过，我想我此刻是在告诉她了……

你认为她这么做时实际是醒着的？要我说，这听起来像是一种有意识的客气——一种表示好意的动作，但不能以此证明爱在意识表层的下面扎了根。你持怀疑态度是有道理的：我们对相爱者的沉湎应当适可而止，他们在追慕虚荣这方面可以赶上政客。不过，我可以提供更多证据。你知道，她的头发一直披到肩膀。但在几年前，他们向我们保证夏天会大热好几个月，她就把头发剪短了。她的颈背暴露在外，可以整天地吻。黑暗中，当我们躺卧在一条床单下，我会像卡拉布里亚人一样出汗，此时夜晚中间的一段变短了，但还是有些难挨。这时，我把身子转向她朝我一侧成放松的S形的身体，她就会发出一声喃喃细语，要把那已经剪去的头发从她的颈背往上推。

“我爱你，”我悄声对睡眠中的颈背说，“我爱你。”所有的小说作家都知道，他们的艺术讲究婉转而忌讳直露。如果受到了说教方法的诱惑，作家应该想象一个潇洒的海船船长注视着眼前的风暴，忙着操纵镶有金边的把手转轮上的一个个仪器，顺着传声筒往下发出简练的命令。可是甲板下什么人也没有，引擎室从来就没有安装，船舵几百年前就断了。船长可以做得像模像样，不但做得让自己相信，甚至连一些乘客也信以为真；但是，他们的漂浮世界能否脱险不是取决于他，而是取决于狂风怒涛、冰山暗礁。

即使这样，小说作家有时对小说中的拐弯抹角感到不耐烦也是正常的。埃尔·格列柯在托莱多的《奥尔加斯伯爵的葬礼》下半部分画了一排面容瘦削的、戴着又硬又宽的皱领的悼亡者。他们朝这边、朝那边凝视，做出一副悲伤的样子。他们当中只有一个径直往画外看，他用一种阴郁反讽的眼光盯着我们——而且是一种不带一点得意的眼光，我们会不由自主地注意到。传统认为这个人物就是埃尔·格列柯自己。这是我干的，他说，这是我画的。应由我负责，所以我就面对着你们。

同散文作家相比，诗人写爱情好像更加容易。首先，他们拥有灵活变通的“我”（我一说“我”，你就会想在一两段文字里搞清楚我是指朱利安·巴恩斯，还是指哪个凭空造出来的人；诗人可以在两者之间摆动，在深厚感情和客观性两方面都讨巧）。还有，诗人好像能把糟糕的爱情——自私的、龌龊的爱情——变成好的爱情诗。散文作家就没有这种巧妙的不诚实的变换能力：我们只会把痛苦的爱情写成描述痛苦爱情的散文。所以，在诗人对我们谈爱情时，我们很艳羡（也有点不信任）。

他们写起所谓爱情诗之类的东西。还收集成册，叫作《大情人圣瓦伦丁世界爱情诗大全》之类的。还有情书，也收集成册，叫作《金鹅毛笔情书宝库》（可以邮购）。可是，没有一种样式可以冠以爱情散文的名称。听着就不对劲，简直就自相矛盾。《爱情散文：苦干家手册》。要到木工专业书柜去找。

加拿大作家梅维斯·加兰特这样写道：“关于夫妻实情的奥秘几乎是我们仅剩的真正的谜，如果连这个谜也被我们穷尽，就再也不需要文学了——真是那样，也不需要爱情了。”第一次读到这里，我在页边做了一个国际象棋的记号“！？”，表示一步棋虽然有可能是个妙招，但多半不太牢靠。可是，这一观点越来越让我信服，那记号就变成了“！！”。

“我们留存后世的是爱情。”菲利普·拉金[1]的诗《阿仑德尔之墓》最后以这一句谨慎地结束。这一行诗让我们感到吃惊，因为诗人作品中多半是挤出来的表现理想破灭、哗众取宠而又毫无意义的诗句。我们愿意受感召而振作起来；但我们应该先做出一个散文式的愁眉苦脸，对这一华彩诗句设问：这是真的吗？我们留

---

1 菲利普·拉金（1922—1985）：英国诗人，编有《牛津英国诗选》（1973）。

存后世的是爱情吗？这么想倒不坏。如果我们死后，爱情依旧是发光的能源，这倒使人欣慰。早期的电视机在你关机时会在屏幕中央留有一个光斑，开始有一个弗罗林金币那么大，慢慢变小，最后消失在一点上。我小时候每天晚上都要看这个过程，心里有几分想要挡住它（而且以少年的忧郁眼光，把它看作人类生存的微点无可挽回地消失在黑暗的宇宙之中）。爱情会像这样在电视机关掉后再亮一会儿吗？我自己看不到：一对恩爱夫妻中仅存的一个如果死去，爱情也就死了。我们死后如果还能留存什么东西的话，那多半是别的什么东西。拉金身后留存的不会是爱情，而是他的诗：这是很明显的。我每次读到《阿仑德尔之墓》的结束句，总是会想起威廉·赫斯基森。他是个政治家和金融家，在他那个时代很出名；但是，我们现在之所以还记着他，是因为一八三〇年九月十五日，在利物浦至曼彻斯特的铁路通车时，他成了第一个被火车轧死的人（他成为了，被变成了这个）。他爱过吗？他的爱情长久吗？我们不知道。他死后留存的只是他最后不当心的一刻；死亡把他凝固为一个浮雕像，昭示文明进步的实质。

“我爱你。”首先，我们最好将这几个词束之高阁；放进玻璃板后面的方盒子里，那玻璃板我们非得用臂肘才能击碎；放到银行里。我们不应该把这几个字眼像一管维生素C一样在屋里到处乱放。如果词语信手可得，我们就会不假思索地使用；我们就抵挡不住。哦，我们说是抵挡不住，但是我们可以做到。我们可以喝醉，或者寂寞，或者——最有可能——干脆来它个见鬼的满怀希望，这样一来，这些字眼就消失、耗尽、染污。我们觉得自己可能在爱，我们试着用这些字眼，看看是否贴切。在没听到自己说些什么之前，我们怎么能知道自己在想什么？别来这一套，那是站不住脚的。这些是堂皇的字眼，我们必须确保自己配得上它们。再听听这几个词：I love you。主语、动词、宾语：朴实无华，蕴意无穷。主语是一个短小的词，喻示爱者的自谦。动词较长些，但不带歧义，在传递心声的瞬间，舌尖急速从腭部弹开以发出元音。宾语和主语一样，没有辅音，发音时嘴唇向前突出，好像要接吻。“我爱你。”听起来多么认真，多么厚重，多么意味深长。

我想象世界上各种语言在发音方面有某种巧合。它们共同决议，这句话必须永远听着让人为之努力，为之奋斗，受之无愧。Ich liebe dich：深夜，嘴里含着香烟，说悄声话，主语和宾语正巧押韵，十分悦耳。Je t'aime：则是另一种程式，把主语和宾语先放到一边，这样就可以充分体味表明爱慕之心的长元音。（语法上也是叫人放心的：宾语放在第二，被爱者不至于突然变成另一个什么人。）Ya tebya lyublyu：宾语又一次放在令人宽慰的第二位置，但是这一次——虽然主语和宾语有押韵的意思——喻示着困难，有障碍要克服。Ti amo：也许听起来有点过于像开胃酒，但在结构上却充满了说服力，主语和动词，执行者和行为，都包含在同一个词里。

请原谅这种业余的分析方法。我会很乐意将这项研究工作交给某个致力于扩展人类知识总量的慈善基金会。让他们委托一支研究队伍仔细分析世界上所有语言的这一句话，看看有什么变化，找出其发声对听者有什么意义，调查幸福尺度是否随措辞的丰富程度而改变。听众席有一个提问：有没有这样的部落，他们的词汇里没有我爱你这几个词？或者这些词都消亡了？

我们务必将这些词保存在玻璃后面的盒子里。我们取出它们时务必小心。男人会说“我爱你”，用意是叫女人上床；女人会说“我爱你”，用意是叫男人娶她们；二者都会说“我爱你”，目的是为了抵御恐惧，为了通过语言使自己相信真有其事，为了使自己确信做出的许诺已经实现，为了欺骗自己以为许诺还没消失。我们要留心这类用法。我爱你不应该弥漫世间，成为通货和股份交易，为我们获取利润。如果我们允许，它就会这么做。还是把这句很好用的话留着对颈背轻声呼唤时用，颈背上本来就没有头发，但她仍用手做了一个推开头发的动作。

眼下我没和她在一起，你可能已猜到了。横跨大西洋的电话发出一种戏仿的、无所不晓的回声。“我爱你”，还没等她回答，我听到另一个金属的我在回应，“我爱你”。这样不好：发出回声的词语已经公布于众。我再试一次，结果一个样。我爱你，我爱你——这变成了某首尖着嗓门唱的流行歌曲，唱红一个月之后沦落到夜总会歌舞厅，那儿的摇滚歌手头发油亮，嗓音中充满欲望，唱着这歌让懒洋洋坐在前排的女孩子解除戒备。我爱你，我爱你，领头弹吉他的在一旁咯咯笑出声，击鼓手咧开的嘴里露出湿润的舌头。

我们对爱情及其语言和动作要一丝不苟。如果要爱情来挽救我们，我们就必须清醒地看待爱情，就像我们应该学会清醒地看待死亡一样。学校里应不应该教授爱情？第一学期：友情；第二学期：柔情；第三学期：激情。为什么不呢？他们教孩子们怎样烹饪，怎样修车，怎样性交而不怀孕；我们推测，这些孩子在所有这些方面比我们那时要强多了，但是，如果他们不懂得爱情，所有这些对他们又有何益处呢？他们要靠自己对付着走过去。大自然也会接管过来，就像飞机上的自动导航仪。但是，我们只要有什么搞不懂的就把责任归咎于自然，那么，把自然设成自动就不太妙了。听天由命的童男处女经人撮合成婚，关灯之后从来没有从自然那里找到所有的答案。听天由命的童男处女被告知，爱情是许诺之地，是一条两人借以逃脱洪水的方舟。也许是一条方舟，但却是一条流行食人肉的方舟，一条由某个花胡子昏老头掌管的方舟，这老头用歌斐木手杖敲你的头，说不定什么时候就把你扔下船去。

让我们从头说起。爱情使你幸福吗？没有。爱情使你所爱的人幸福吗？没有。爱情使一切变好？确实没有。当然，我曾经相信这一切。谁又不是呢（谁在心灵深处不是一直在相信）？我们所有的书和电影里都是这样；千千万万的故事都是这样的美好结局。爱情如果不能解决一切还要它干什么？单凭我们渴望爱情的热切程度，我们就可以肯定地推断，一旦获得爱情，日常的痛苦即可化解，不费吹灰之力便可收到除忧祛痛之效。

夫妻相爱，但并不幸福。我们的结论是什么呢？说他们中有一个不是真正爱另一个；说他们相爱只到一定程度，还不充分？我不同意这个真正；我不同意这个充分。我一生已爱过两次（这在我看来够多的了），一次幸福，一次不幸福。正是那次不幸福的爱给了我最多有关爱情实质的启示——但不是在当时，而是在很多年之后。日期和细节——你看这怎么好就怎么往里加。我那时在恋爱，爱了很长时间，好多年。起初，我无所顾忌，尽情快乐，带着一股自我陶醉的牛气；但大部分时间里，我还是不幸福，令我百思不得其解，为此百般烦恼。我爱她还不充分？我知道我爱得很充分——为了她我舍弃了自己未来的一半。她爱我还不充分？我知道她爱得很充分——为了我牺牲了她过去的一半。我们相依为命许多年，为我们发明的公式不灵验而烦恼。相爱并不带来幸福。我们却顽固坚持相爱会带来幸福。

后来，我认清了我所认为的爱情到底是什么。我们把它当作一种活力。我的爱情促使她幸福；她的爱情促使我幸福：这还能有错？就是错了；这样就造成一种错误的观念模式。这就寓意着，爱情是一根魔杖，能解开错综复杂的死结，能让大礼帽里填满手帕，能在空中变出翩翩的白鸽。但是，这种模式不是来自魔术！而是来自粒子物理。我的爱情没有，也无法使她幸福；我的爱情只能释放出她内心感受幸福的能力。这下事情好像就比较好懂了。为什么我不能使她幸福，为什么她不能使我幸福？很简单：你期待的原子反应没有发生，你用来轰击粒子的射线的波长搞错了。

但是，爱情不是原子弹，我们还是做一个更平常的比喻。我正在密歇根一个朋友家里写这些。这是一个普通的美国住宅，里面有靠技术才能发明出来的各种玩意（独缺制造幸福的玩意）。他昨天驾车把我从底特律机场接到这里。我们转进房前车道时，他把手伸进手套袋里去取遥控器，熟练地按一下，车库门就翻卷上去。我建议的就是这种模式。你快进家门了——或者以为是这样，快到车库时，你试着做例行的魔术。一样也不动；门还是关着。你再来一次。还是一样不动。你坐在车道里，发动机还开着，开始时纳闷，然后是焦急，再往下因为想不通而发火；你坐在那里几个星期，几个月，年复一年，等着门打开。但你身在一辆错误的车里，停在错误的车库前，等在错误的住宅外面。这么多的麻烦当中有一项是：心脏不是心形的。

W.H.奥登写道："我们必须相爱，否则只有死亡。"此话引来E.M.福斯特的一番宣言："因为他曾经写过'我们必须相爱，否则只有死亡'，他可以命令我跟随他走。"可是，奥登并不满意这行写于"一九三九年九月一日"的著名诗句。"那是该死的谎言！"他评论说，"反正我们注定要死亡。"所以，等到再印这首诗时，他把这一行改为更合逻辑的"我们必须相爱，而后死亡"。后来，他索性把这一句全部删掉。

由否则改为而后，这是诗坛最有名的修改之一。我第一次见到这一修改时，很赞赏作为评论家的奥登修改诗人奥登时所表现出的坦诚和严厉。如果一行诗听来悦耳但不真实，那就删去——这种做法一扫作家群中常见的自我陶醉，令人振奋。现在我就没那么肯定了。我们必须相爱，而后死亡当然有自己的逻辑性；就人类状况这一命题而言，其意义和警觉性也就类似于我们必须收听无线电广播，而后死亡或者我们必须记得给冰箱除霜，而后死亡。奥登对自己的措辞存有疑虑自有其道理；但是，因为我们免不了一死（或者因为那些不爱的人并不马上断气），就说我们必须相爱，否则只有死亡这一句不真实，则是抱了一种狭义或健忘的观点。对否则这一句有同样合乎逻辑的几种解读方法，而且更具说服力。第一种很明白的解读是这样：我们必须相爱，因为如果不这样，我们很可能以互相残杀而告终。第二种解读是：我们必须相爱，因为如果不这样，如果我们的生活失去了爱情的动力，那么，我们还不如死去。如果说，那些从别的东西中获得最大满足的人过的是空虚的生活，是装腔作势的寄居蟹，用不属于自己的贝壳包裹着在海底招摇过市，这种说法肯定不是什么"该死的谎言"。

这是难以对付的领域。我们必须精确，绝不能感情用事。如果我们要把爱情和类似权力、金钱、历史与死亡这些狡诈的、强硬的概念对立起来，那么，我们一定不要退缩自守，自鸣得意，或者故弄玄虚。爱情的笼统主张，它所具有的孤立主义强大功能，都能为它的敌人所利用。那么，我们该从何处做起呢？爱情可能会带来或者可能不会带来幸福；不管结果是否带来幸福，其首要作用是提供活力。你何时像初恋时那样能说会道，不需太多睡眠，急切地再度做爱呢？贫血者开始容光焕发，而正常健康者则变得精力过剩。其次，爱情给人昂首挺胸的信心。你感觉自己有生以来第一次挺身站立起来；只要这种感觉还在，你就无所不能，你可以对付整个世界。（我们能否明确这点区别：爱情增强信心，而性占有只是扩张自我？）再者，爱情让人看得更清：它是眼球的雨刮器。你何时像初恋时那样看东西都看得清清楚楚呢？

我们观察自然界时，是否看到爱情是从哪里来的？没有真正看到。有少数物种显然是终身配对的（可是，想想在那长途迁徙遨游和夜间飞行中有多少淫乱的机会）；但是总体而言，我们只看到人们在使用强权、施行统治和寻求性安慰。女权主义者和大男子主义者对自然界有不同的解释。女权主义者在动物王国里寻找无私行为的范例，看到此处彼处雄性动物做着被人类社会视为"女性"的工作。想想帝企鹅吧！孵蛋的是公企鹅，把蛋放在脚上带着走，用自己的下腹部包裹好几个月，使其免受南极的严寒……是啊，大男子主义者答道，那公海象又怎样呢？整天就在海滩上到处躺躺，看到母海象，见一个就操一个。遗憾的是，公海象的行为比公企鹅的更带普遍性，这看来确属实情。像我这样了解自己这一性别的人，我倾向于对公企鹅的动机持怀疑态度。公企鹅可能是这样盘算的，如果你要在南极待上好几年，那么，最聪明的做法莫过于在家孵蛋，而把母企鹅派出去到冰冷的水里逮鱼。它这样安排事情可能就是为自己图方便。

这么说来，爱情是从哪里来的？严格讲来，爱情并不是必需的，对不对？没有爱情，我们可以像水獭一样筑坝。没有爱情，我们可以像蜜蜂一样组织复杂的社会。没有爱情，我们可以像信天翁一样长途跋涉。没有爱情，我们可以像鸵鸟一样把头埋在沙堆里。没有爱情，我们可以像渡渡鸟一样作为一个物种而灭绝。

爱情是不是一种有助于种族生存的有益突变？我看不出来。譬如，是不是因为注入了爱情，勇士们就会为了活命而更勇猛地作战，内心铭刻着对烛光、壁炉、温暖家室的回忆？不见得：世界历史使我们认识到战争的决定因素是新式的箭头、精明的将军、吃饱的肚子、对掠夺的期盼，而不是思乡的愁绪。

那么，爱情是不是一种和平年代冒出来的奢侈品，如同绗缝棉被？令人愉悦，复杂，但又无关紧要？一种偶然演变，通过文化而得以加强，正巧摊上爱情而不是别的什么东西？我有时会这么认为。在美国西北边远地区曾经有一个印第安人部落（我不是在杜撰），他们过着一种特别悠闲的生活。他们与世隔绝，不用担心敌人来犯，他们耕种的土地无比肥沃。他们只要朝背后扔一颗干瘪的豆子，地里就蹿出一棵植株，豆荚便雨点般向他们倾泻。他们健康，知足，没有滋生任何互相残杀的兴趣。因此，他们手头有的是时间。毫无疑问，他们精通懒惰社会的种种专长；毫无疑问，他们的编篮工艺是洛可可式[1]的，他们的性爱技巧具有更高的体操水平，他们用捣碎的叶子诱人麻木昏睡，效果越来越好。我们对他们这些方面的生活并不了解，但我们确实知道他们把富裕的空闲时间主要用来干什么。他们你偷我，我偷你。他们乐此不疲，而且非常拿手。当他们摇摇晃晃走出帐篷时，又迎来太平洋晴空万里的一天，他们会呼吸着甜蜜的空气，互问前一天夜里搞些什么名堂。回答一般是难为情地供认——或者得意地夸耀——行窃。老红脸的毯子又叫小灰狼给偷去了。你有没有这样？他正朝这儿来，这小灰狼。你又搞了什么鬼？我？哦，我只是把图腾柱顶上的眉毛给扒走了。唉，又是这玩意儿。真没劲。

我们是不是就该这样来想那爱情？爱情并不是来帮助我们生存，就像印第安人行窃不是为了生存一样。但它赋予我们个性，赋予我们目的。如果把那些印第安人热衷的小偷小摸给去掉，他们就没那么容易定义自己了。那么，这是否就是一种胡乱突变？我们种族繁衍并不需要它；实际上，它对有序的文明起妨碍作用。如果我们不用为爱情操心，性欲就会简单得多。婚姻

1　洛可可：十八世纪初起源于法国，十八世纪后半期盛行于欧洲的一种建筑装饰艺术风格，其特点为精巧、繁复、华丽。

就会更加直截了当——说不定还更加持久。如果我们不为爱情而折腾，不为其来临而狂喜，不为其离去而恐惧。

如果我们观察世界历史，就会觉得很奇怪，居然把爱情也包括进去了。这是赘疣、畸变、正题之外的牵强附会。它让我想起那些半个门牌号码的房宅，按照正常的地图标记法本不该有这些房宅。那一周，我去了这样一个北美地址：扬街2041½号。2041号房主肯定是在某个时候卖出去一小块地，于是盖起这么一座半个门牌号码、得到一半认可的房子。但是，人们可以很舒服地住在里头，人们把它叫作家……德尔图良[1]讲到基督教信仰时说，正因为其不可能才见真。也许爱情正因为并非必不可少才至关重要。

她是我的世界的中心。亚美尼亚人认为阿勒山是世界的中心；但这座山被三个大帝国瓜分，亚美尼亚人最后一点也不剩，所以，我就不继续打这个比方了。我爱你。我又在家了，这些词语没有模仿的回声了。Je t'aime. Ti amo（加上苏打）。如果你不善言谈，没有赞美语言，你可以这么做：两手在手腕处交叉，手掌朝向你自己；手腕交叉置于心上（反正是你的胸部中央）；然后将双手向外移动一小段距离，两手张开朝向你的爱的对象。这就跟演说一样雄辩。再想象表达柔情蜜意的各种可能的调整变换，可以用来表达细微感情的方式包括吻指关节，对合手掌，摆弄指尖，指尖上的螺纹刻有我们的个性标志。

但是，对合手掌会误导。心脏不是心形的，这是我们的问题之一。我们难道不是想象有某种巧妙的两瓣合一体，其形状体现了爱情如何将两个各自分开的一半融合为一个整体吗？我们想象这个很有生气的象征图形，其鲜红色可以起因于强烈的羞

1 德尔图良：迦太基基督教神学家和哲学家。

红，也可以归咎于肿胀充血。医学教科书并不令我们即刻清醒；书里的心脏画得像伦敦地铁图。主动脉，左右肺动静脉，左右锁骨下动脉，左右冠状动脉，左右颈动脉……看上去错落有致，各司其职，宛若信心坚定的泵管网络。你觉得血在这里按时流淌。

下面这些事实足以振聋发聩：

——胚胎期首先形成的器官是心脏；在我们还只有菜豆一般大小时，就可以看到心脏不停地搏动；

——小孩的心脏从比例上看比成人的心脏要大得多：是其总体重的1/130，在成人则是1/300；

——一生中，心脏的大小、形状和位置会发生相当大的变化；

——死后，心脏呈金字塔状。

我在科里根斯买的牛心重两磅十三盎司，要付两点四二英镑。这是能搞到的最大的动物心脏标本；但也跟人挂上了钩。“他有一颗牛心”：这是帝国故事、冒险故事、儿童故事里的一句话。那些头戴木髓遮阳帽的骑士用军用手枪瞄准，一枪就把犀牛干掉了，而上校的女儿这时则吓得躲在猴面包树后面，这些骑士本性单纯，但是要按这头牛来判断，他们的心可不简单。这个器官沉甸甸、胖墩墩、血淋淋、紧凑密实，像个凶猛的拳头。这真东西可不像教科书里的地铁图，而是封闭的、秘而不宣的。

我和一个放射科医师朋友把牛心切开。“这头公牛没多久好活了。”她评论说。这颗心要是放在她的一个病人身上，他在丛林中披荆斩棘也走不了多远。我们用一把萨巴蒂埃厨刀做我们自己的小小探索旅行。我们切入左心房和左心室，赞叹这厚厚的一大团肌肉。我们抚摸像里沃利街时装一般的光滑内衬，把手指伸进出口。静脉有拉伸的弹性，动脉结实而有韧劲。左心室里有一个死后凝结的血块，像葡萄酒渣。我们时常在这一堆密密实实的肉里摸不到头绪。这颗心的两半并不像我所异想天开的那样轻易分开，而是像要淹死的恋人拼命抱成一团。我们两次切入同一个心室，以为我们找到了另一个心室。我们赞叹灵巧的阀门系统，还有遏制各个阀门不要开得过大的腱索：一个坚韧的小小降落伞背带，防止伞盖过度展开。

我们完事之后，这颗心就一直躺在血迹斑斑的报纸垫上，只能煮了吃，而且也不会好吃。我翻阅了烹饪书籍，想看看我能用它做些什么。我还真找到一种菜谱，是在心里面填料再佐以米饭和柠檬块，但听上去不太诱人。它肯定配不上发明这道菜的丹麦人给它起的名字。他们把这道菜叫作“热恋”。

你记不记得那爱情的自相矛盾，热恋(起初是大写，就跟菜谱一样)最初几周几个月的自相矛盾——关于时间的自相矛盾？你在恋爱之中，在这一刻，骄傲和忧虑在你内心里斗争。你的一部分想叫时间放慢：因为你告诉自己，这是我一生中最美好的一段时光。我在恋爱，我要品味它，琢磨它，悠然沉溺于其中；愿今日地久天长。这是你诗意浪漫的一面。但是，还有你平淡乏味的一面，鼓动时间不要放慢，而是加快。你平淡乏味的一面像个多疑的律师悄声细语地说，你怎么知道这是爱情，这才不过几个星期，几个月。我不会知道是否真有其事，除非你(还有她)在，嗯，至少过了年把之后还是同样的感觉；只有这样才能证明你过的日子不是一种蜻蜓点水式的错误。不管你多么快活，得让这段日子尽快地过去；在这之后，你就可以弄清楚，你是否真的在恋爱。

一张相片在一盘液体中显影。在此之前，这只是一张空白相纸，密封在不透光线的袋子里；现在它具有了功能、影像、确定性。我们赶紧把相片滑入定影盘中，固定住那个清晰而又脆弱的瞬间，使那影像更加结实，不易剥落，至少维持它几年。可是，如果你把相片掷入定影液，而药剂不起作用，又会怎么样呢？这一进程，你感觉到的这种爱的动态，就不会固定下来。你有没有见过相片一直不停地显影，直到它整个表面变黑，那精彩的瞬间全被抹煞？

这种爱情状态是正常还是不正常？从统计学上看，当然是不正常。婚礼照片上那些有意思的脸并不是新郎和新娘的脸，而是簇拥在四周的宾客们的脸：新娘的妹妹（这终身大事会不会临到我头上？），新郎的兄长（她会不会冷落他，就像那贱货冷落我？），新娘的母亲（这真让我想起当年），新郎的父亲（要是这小子知道我现在知道的这一切——要是我那时知道我现在知道的这一切就好了），牧师（奇怪的是，就连张口结舌的人也会受这些古老誓词的感染而变得能说会道），皱眉头的青春少年（他们要结婚做什么？），不一而足。当中的这一对处于一种非同小可的不正常状态；可是跟他们这么讲试试看。他们的状况比以往任何时候都感觉更加正常。他们都对对方说这才是正常的，这之前的所有时光，我们曾经以为是正常的，其实根本就不正常。

对这种正常状态如此坚信不疑，认定他们的本质已由爱情加以显影定影，现在要永久地镶框，这给他们一种感人的自负。这确实不正常：还有什么时候自负居然能感人？只有在此时。再看一看那照片：研究这全家福中蕴含的在重大时刻那种一本正经的自我满足感。你怎么能不受感动呢？喋喋不休大表爱情的夫妻（因为以前还从没有人相爱过——没有好好地爱，是不是？）可能令人反感，但没法加以嘲弄。即使有时候有什么地方会让在感情上循规蹈矩的人发出得意的傻笑——在年龄、相貌、教育、抱负等方面有很大差别，此刻这一对却如漆面般容光焕发：笑得涎水直滴，一抹了事。老妇搂抱着小伙子，邋遢女人委身花花公子，女招待和苦行者拴在一起：他们都感觉极为正常。这一点应该感动我们。他们会宽容我们，因为我们没有爱得这样大张旗鼓，这样咋咋呼呼；而我们宽容他们时则要谨慎。

别把我的意思搞错。我不是在推崇一种形式的爱，贬低另一种形式的爱。我不知道审慎的爱和草率的爱哪一种更好些，富有的爱和一文不名的爱哪一种更可靠，异性的爱和同性的爱哪一种更性感，婚内的爱和婚外的爱哪一种更强烈。我可能很想开导你们，但这不是咨询专栏。我没法告诉你，你是否处在恋爱之中。如果你要问，那你多半就不是在恋爱，我只有这点可以奉告（就连这点都会出错）。我没法告诉你该爱谁，或者怎么爱：那一类学校课程虽然也讲“怎么去爱”，但同样也讲“怎么不去爱”（就像创作——你没法教他们怎样写或者写什么，只能给予有益的指点，指出他们写错的地方，节省他们的时间）。可是，我可以告诉你为什么要爱。因为世界历史——它只会停在爱的半房前，将它夷为碎石瓦砾——没有爱便会陷入荒诞。世界历史若没有爱就变得自高自大，野蛮残忍。我们的随机突变因为并非不可或缺而变得至关重要。爱情不会改变世界历史（有关克娄巴特拉的鼻子[1]的那些胡扯地地道道是情感论者的一套），但可以做一些重要得多的事情：教我们勇敢地面对历史，不理会它神气活现的趾高气扬。我不买你的账，爱情说，对不起，你没什么了不起的，要说你穿的这身制服可真傻冒。当然，我们恋爱并不是为了帮助解决这世界的自我中心问题；但这却是爱情比较靠得住的效用之一。

1 十八世纪法国科学家和哲学家帕斯卡尔曾说：“克娄巴特拉的鼻子当时若短一些的话，整个世界的面貌将会改观。”意指由这位埃及艳后引发的一系列历史事件也许不会发生。

爱与真，这是至关重要的联系，爱与真。你何时曾像第一次恋爱时那样讲过那么多的真话？你何时曾那么清楚地看这世界？爱使我们看到真，使说真话成为我们的责任。躺在床上：听听这句话里的警示蕴意。躺在床上，我们说真话：这听起来像是一年级哲学入门里的一个自相矛盾的句子。但不止（也不到）这么多：这是道德责任的描述。不要翻转眼球，不要发出讨好的呻吟，不要假装性高潮。用你的身体讲真话，即使——尤其当——这真话平淡无奇。床上是一块黄金地带，在那里你可以撒谎而没有人来抓你，在那里你可以在黑暗中叫喊哼唧，事后吹嘘你的"表现"。性爱不是表演（不管我们多么欣赏自己的脚本）；性爱讲究的是真实。你在黑暗中怎样偎依拥抱，决定了你怎样看待世界历史。就这么简单。

我们被历史搞怕了；我们让那些年代日期骑在我们头上。

一四九二那一年，
哥伦布航海去探险。

后来呢？大家都变得更有智慧？人们不再建新的少数民族集聚区来搞老一套迫害？不再犯老错误，或新错误，或新形式的老错误？（历史会不会重演，第一次是悲剧，第二次是闹剧？不对，这种过程过于宏大，过于考究。历史只是打个嗝，我们又尝到它多少个世纪前咽下的生洋葱三明治的味道。）

年代日期并不说真话。它们对我们大声吆喝——左，右，左，右，把它们捡起来吧，你们这些可怜虫。它们想让我们以为，我们总是在进步，总是在前进。可是，一四九二年以后发生了什么呢？

一四九三那一年，

他漂洋过海回家转。

我喜欢这种年代日期。让我们庆祝一四九三，而不是一四九二；庆祝回返，而不是发现。一四九三年发生了什么？当然是可想而知的荣耀，皇室的褒奖，哥伦布盾牌上的纹章晋级。但还有这么一件事。出发前曾经许诺，第一个看到新大陆的人可以得到一万个金币的奖赏。本来一个普通水手赢得了这份赏金，但等到船队返回之后，哥伦布却自己领了赏金（鸽子还在把乌鸦排挤在历史之外）。那个水手失望之下去了摩洛哥，据说他在那儿成了一个叛逆者。一四九三是个有意思的年份。

历史并不是发生了的事情。历史只是历史学家对我们说的一套。有程式，有计划，有运动，有扩张，有民主的进程；是织锦挂毯，是一连串事件，是繁复的记述，互相关联，可作解释。一个好故事接着另一个好故事。先是国王和主教们，加上台下神灵凑几分热闹，接下去是各种思想观念的行进和一场场群众运动，再往下是局部小事件，意义并不小，但始终都是互相关联，进步，也就是说，这个导致这个，因为这个而发生了这个。我们是历史的解读者，历史的受害者，我们审视历史程式，为的是发现给人以希望的结论，找到前进的路径。我们紧抱住历史不放，把历史当作一系列沙龙绘画，一段段谈话，其中的参与者可以通过我们的再想象轻而易举地回到生活中来，但历史向来更像是多种媒体的拼贴，涂油彩用的是粉刷滚筒，而不是驼毛笔。

世界历史？不过是一些回荡在黑暗中的声音；炫耀几个世纪而后淡去的形象；故事，有时似乎重复的老故事；奇怪的联系，牵强附会。我们躺在当今的病床上（如今我们有这么好的洁净床单），每天的新闻点点滴滴不断注入我们的手臂。我们以为自己知道自己是谁，虽然我们不完全知道我们为什么在此，或者我们还要被迫待上多久。我们在绷带缠缚的前途未卜中烦恼翻腾——我们是否心甘情愿做病人？与此同时，我们虚构编造。我们编造出故事来掩盖我们不知道或者不能接受的事实；我们保留一些事情真相，围绕这些事实编织新的故事。我们的恐慌和痛苦只有靠安慰性的编造功夫缓解；我们称之为历史。

有一样东西我要为历史称道。历史非常擅长发现事物。我们试图掩盖事物，而历史则不善罢甘休。历史有的是时间，时间和科学。不管我们怎么拼命涂改我们早先的思想，历史总有办法解读。我们将受害者秘密掩埋（被掐死的小王子，遭受辐射的驯鹿），但历史揭穿我们对他们的所作所为。我们把“泰坦尼克号”遗弃在墨鱼汁一般漆黑的海洋深处，似乎可以一劳永逸，但他们把它给翻出来。不久前，他们在毛里塔尼亚近海找到了“梅杜萨号”船骸。不能指望有任何宝藏，他们知道这一点，在过去了一百七十五年之后，他们打捞上来的全部东西只是炮舰船壳上的几个铜钉子和一对舰炮。但他们还是跑去把它找到了。

爱还能做什么？如果我们在推销它，我们最好点明它是公民美德的出发点。你要爱某个人就不能没有富于想象力的同情心，就不能不学着从另一个角度来看这世界。没有这种能力，你就不能成为一个好恋人，好艺术家，或好政治家（你可以蒙混过关，但那不是我的意思）。举出几个很懂得爱的暴君给我看看。我所说的很懂得爱并不是指大色鬼；我们都知道，权力是一种催欲剂（也是一种自我催欲剂）。就连我们的民主英雄肯尼迪，服侍女人们就跟装配线上的工人给车身喷漆一般。

在清教习俗和教义逐渐衰微的最后这一千年中，围绕着性正统和行使权力二者之间的关系，展开着一场断断续续的争论。如果总统连自己的裤子拉链都锁不紧，他还有权来统治我们吗？如果社会公仆欺骗老婆，他是不是更有可能欺骗选民？就我自己来说，我宁可由一个奸夫，某个好色的流氓来统治，也不愿由一个正经八百的光棍或裤子拉链锁紧的已婚的人来统治。因为罪犯往往专门从事某些方面的犯罪，因此腐败政客通常在干腐败勾当时也各有专长：淫猥恶棍专搞淫乱放荡，受贿者专搞贪污受贿。这么一来，推选那些已被证实是奸夫的人，而不是把他们从公众生活中排斥出去，就更讲得通了。我并不是说，我们应该原谅他们——正好相反，我们需要张扬他们的罪过。但是，通过利用这种有用的情感，我们把他们的罪恶限制在贪色范围内，从而造就他们诚实正直的政德作为补偿。反正我是这么个看法。

英国政客中大多是男性，保守党内有一种传统，就是把可能参选的候选人的妻子找来面谈。由当地的保守党成员来审查妻子是否正常，这当然是件很难堪的事。（她是否神志清楚？她是否情绪稳定？她肤色是否合适？她的观点是否站得住脚？她是否举止轻佻？她会不会上照？我们能不能让她去游说拉选票？）他们问这些妻子很多问题，她们毕恭毕敬地互相比试着看谁更贤惠慎言，她们信誓旦旦对核武器和神圣家庭负有共同义务。可是，他们却不问她们最重要的问题：你丈夫爱你吗？不应该把这个问题错误地理解成只是个实际问题（你们的婚姻有没有绯闻？）或是情感问题；这是对候选人能否适合代表其他人做一个地地道道的考察。这是对他在富于想象的同情心方面的测试。

我们对爱情一定要精确。啊，你是要具体描述，对吧？她的腿是什么样子，她的乳房，她的嘴唇、头发又是什么颜色？（哦，对不起。）不对，对爱情要精确的意思是体贴人心，关照它的脉动，它的定数，它的真情，它的力量，以及它的缺陷。死后心脏就变成金字塔形状（这一直是世界奇迹之一）；但即使是活着的时候，心脏也从来就不是心形的。

把心脏和大脑并排放在一起，看看有什么不同。大脑干净利落，条条块块，就像我们想象中的心脏显然应该的那样可分作两半。你觉得，你可以跟大脑打交道；这是一个接受器官，带来理解的器官。大脑看上去通情达理。它确实很复杂，有那么多的褶皱起伏，沟槽洞穴；它样子很像珊瑚，让你猜想它是不是一直在偷偷摸摸地移动，在你不知不觉间它不声不响地自己在增长。大脑有其奥秘，但是，只要解密专家、迷宫建造者和外科医生联手，就肯定有可能破解这些奥秘。就像我说的，你可以和大脑打交道；它看上去通情达理。而心脏，人的心脏，恐怕看起来是他妈的乱成一团。

爱情是反机械、反物质论的：这就是为什么痛苦的爱仍不失为良好的爱。它可能使我们不幸福，但它坚持不需要机械类的和物质类的来掌管。宗教已经变得不是庸庸碌碌，就是疯狂得没治，或者只是跟做生意一般——把心灵活动和慈善捐赠混淆起来。艺术从宗教的衰败中拾取信心，宣称自己对世界的超越（它经久不衰，它经久不衰！艺术战胜死亡！），但这种宣称并不涵盖一切，或者在可企及之处也并不总是鼓舞人心或受人欢迎。因此，宗教和艺术必须让位于爱情。爱情赋予我们以人性，还赋予我们以玄想。爱情给予我们许多超出我们自身的东西。

物质论当然攻击爱情；它攻击一切。它说，爱情说到底是人体气味。心跳得急也罢，眼看得清也罢，赋予活力也罢，内心确信也罢，意气风发也罢，公民美德也罢，轻声细语我爱你也罢，通通都是由一种微量气味造成的，一方发出这种气味，而另一方无意识地嗅到了。甲虫听到敲铅笔的声音便在盒子里撞头，我们只是它的放大了的翻版。我们信不信这一点？这样吧，让我们暂且相信这一点，因为它使爱情的胜利更加伟大。小提琴是用什么做成的？一点木头和一点羊肠。这种构造是否就使其音乐平庸掉价? 正好相反,它使音乐更加崇高。

我不是说爱情会使你幸福——最要紧的是,我不是这个意思。真说起来,我更认为爱情会使你不幸福:要么马上就不幸福,因为夫妻不合而陷入窘境,要么日后不幸福,等到蛀虫不声不响地啃咬了多少年之后,主教的宝座坍塌陷落。但是,你可以既这么认为,而又仍然坚持爱是我们的唯一希望。

即使爱情令我们失望,尽管爱情令我们失望,因为爱情令我们失望,爱情仍是我们的唯一希望。我是否不够精确? 我正在寻找正确的比较。爱与真,不错,那是黄金搭配。我们大家都知道,客观真实是无法得到的,某一事件发生时,我们会有众多的主观真实,经过我们评点之后编成历史,编成某种在上帝看来是"实际"发生的情况。这一上帝眼里的版本是虚假的——可爱诱人但毫无可能的虚假,就像中世纪那些绘画,表现基督受难的各个阶段在画中的各个部分同时发生。但是,在知道这一点的同时,我们还是必须相信,客观真实是可以得到的;或者我们必须相信它百分之九十九可以得到,或者说,我们不能相信这一点,那么,我们必须相信百分之四十三的客观真实总比百分之四十一的客观真实好。我们必须这么做,因为如果不这么做,我们就完了,我们就陷入模棱两可,我们就对不同版本的谎言不加分辨同样看待,我们就在所有这些困惑面前举手投降,我们就承认胜利者不仅有权获得战利品,而且有权控制真相。(顺便说一句,我们更喜欢谁的真相,胜利者的还是受害者的? 骄傲和怜悯是否比耻辱和恐惧更会歪曲真相?)

爱情也是这样。我们必须信奉它,否则我们就完了。我们可能得不到它,或者我们可能得到它而发现它使得我们不幸福;我们还是必须信奉它。否则我们就只好向世界历史缴械投降,向别的什么人的真相缴械投降。

这爱情会出差错；多半会出差错。那扭曲的器官像一堆公牛肉，迂回而封闭。我们当前的宇宙模型是熵，用大白话讲就是：事情都搞糟了。但是，到爱情令我们失望时，我们还是必须信奉它。是不是每个分子都编好了号，事情要搞糟，爱情会失败？也许是这样。但我们还是必须信奉爱情，就像我们必须信奉自由意志和客观真实一样。等爱情失败时，我们应该责怪世界历史。只要它没来找我们的麻烦，我们本来会幸福的，我们本来可以一直幸福下去。我们的爱情消失了。这是世界历史的过错。

但它还要来的。也许它再也不来了。在夜间，这世界是可以抗拒的。是的，没错，可以这么做，我们可以和历史对着干。因为激动，我翻身踢腿。她挪动身子，发出像是在地底下、水底下的叹气声。别弄醒她。现在觉得像是崇高的真理，但到早上可能就觉得不值得为此吵醒她。她发出更加轻微的叹气声。黑暗中我感觉到我身旁她的身体曲线。我侧身躺着，身体弯成平行的曲线，等待入睡。

9 阿勒计划

一个晴朗的下午，你驾车沿着北卡罗来纳州的外海岸行驶——这一段大西洋海岸颇似佛罗里达群岛，宛如佛罗里达群岛景观的简单预演。你从波因特港横跨科里塔克湾到达安德森，然后沿158号公路往南，很快便可抵达基蒂霍克。你可以隔着沙丘看到莱特兄弟国家纪念馆；不过，你或许会留待以后去看，不管怎么样，你到基蒂霍克后记住的不是这个。对了，请你记住这个：在路的右侧，即西侧，矗立着一条方舟，它那高耸的船头指向海洋。方舟有谷仓那么大，侧面钉的是木板条，漆成褐色。你从一旁经过觉得挺有意思，掉头看时意识到这是一座教堂。在通常你可以看到船名或许还加上注册港的地方，你读到的却是方舟的功能：**礼拜中心**，那上面写着。你已经听人说过在南北卡罗来纳两州会遇到各种冗赘的宗教名堂，所以这方舟给你的感觉是一件原教旨派的洛可可式建筑，还蛮漂亮的，但是不行，你不能停车。

后来到晚上，你搭乘七点的渡船由哈特拉斯去奥克拉科克岛。早春寒意料峭，你觉得有点冷，夜色茫茫，水上一片漆黑，北斗七星像一把犁倒挂在头顶星光闪烁的夜空，像是环球公司电影里的画面。渡船也焦躁不安，船上的巨型探照灯照在前方二十码开外的水面上；渡船在红、绿、白三色航标灯之间颠簸航行，虽然声音很响，但不是很有把握。只有到这会儿，等你跨上甲板，呼吸稳定下来，你才会回想起那座复制方舟。它在那儿自然有其目的，如果你那时不只是快活地把油门上的脚抬一下，而是停下来想想，你也许就能悟出其用意了。你驾车到了人第一次升空的地方；而人家却向你提示一个年代更早、意义更加重大的事件，即人第一次下海。

一九四三年，斯派克·泰格勒换下幼儿短裤才一两年，便由他父亲带着到基蒂霍克。那时，这里还没有这方舟。你记得斯派克吗？得了，人人都记得斯派克·泰格勒。在月球上扔橄榄球的那个家伙。在月球上扔那见鬼的橄榄球的那个家伙？没错。全国橄榄球联赛历史上最远的一次传球，四百五十码以外从火山坑跳起双手接住。底线得分！他就是这么叫的，啪的一声传回来，传到我们地球上。底线得分的泰格勒，患颈部痛性痉挛的人都这么叫他，至少一两个夏天是这样。底线得分的泰格勒，把橄榄球偷偷带进登月舱（他是怎么做到的？）的那个家伙。还记得他们问他为什么这么做，他就板着面孔毫无表情吗？“老想着要为印第安人队试一试，”他说，“但愿那帮家伙都在收看。”那帮家伙是在收看，他们还收看了他的记者招待会，他们写信给底线得分的泰格勒，问他他们能不能得到那个橄榄球，为此愿意付就是现在我们看来都是很可观的一笔钱。可是斯派克把它留在那个遥远的满是灰烬的火山坑里了——说不定哪个来自火星或金星的跑卫正好路过时会拿到。

底线得分的泰格勒：在北卡罗来纳州韦德斯维尔凌空过街的横幅上，他们就这么叫他的，这是个只有一家银行的小镇，加油站只有靠兼卖烈酒才得以保本，略有盈余。韦德斯维尔骄傲地欢迎本镇最杰出的儿子——底线得分的泰格勒。一九七一年那个炎热的上午，全镇出动，万人空巷，泰格勒坐一辆掀去顶盖的影星大轿车从人群中驶过。连玛丽-贝思也到场了。二十年前，她容忍了斯派克的某些冒失举动，之后提心吊胆地过了一两个礼拜。斯派克被选入阿波罗计划之前，她讲起他来时，没有什么好话可说。玛丽-贝思又一次向她周围的那些人讲起——在此之前她已经一再地重新唤起他们的记忆，曾经有一段时间，她和斯派克，怎么说呢，很亲近。甚至在当时，她表白说，她就看出他很有前途，会走很远。他跟你走多远，玛丽-贝思，镇上一个尖嘴利舌的年轻已婚女子问道。玛丽-贝思开心地微笑着，像着色画本上的处女圣母像，她心里明白，不论怎样，她的地位只会抬高。

与此同时，底线得分的泰格勒已到了主街的顶头，在一家叫作“梳剪乐”的美发店边上拐过去，这家美发店还会打理你的长卷毛狗，只要你抓住狗的颈背。扩音喇叭里没完没了地唱着“我只是一个乡村小伙，知道回家的甜美和快活……”斯派克·泰格勒到处受到欢迎，这里来三遍，那里又来三遍。敞篷车慢速移动，因为在凯旋般巡回一遍之后，斯派克站到了车的后背上，好让所有的人都能看到他。大轿车每次缓缓爬过兼卖烈酒的加油站，加油站业主巴克·温哈特就喊：“快开，不然就抽油！”这是在学斯派克当年骂开车慢的人的惯用语，那是多少年前了，他们两个在镇上老是惹是生非。巴克连呼六遍："嘿，斯派克，快开，不然就抽油！"斯派克长着壮实的身材，深色的头发，一副老伙计派头地歪过头来，挥手回应。后来，在韦德斯维尔餐馆举行市政午餐会，斯派克过去曾觉得那餐馆很壮观，可到这会儿，看着倒跟殡仪馆似的。荣归故里的英雄，头上是宇航员的小平头，身上是笔挺西装，开始叫人觉得不对劲，好像他是在装扮艾森豪威尔总统。斯派克在市政午餐会上讲了话，说不管你走多远，总是忘不了你的故乡。在座的认为这番话讲得很好，很得体，即席答词的人中有一个甚至建议，为了纪念他们最可爱的儿子取得的成就，他们应该撤销韦德斯维尔这个镇名，改为月亮斯维尔。这个主意闹腾了几个星期，之后就无声无息地夭折了，部分原因是老杰西·韦德的反对，她是鲁宾·韦德最后仅存的孙女。鲁宾·韦德是个流浪汉，早在本世纪初，他认定这一带的地可能适合长南瓜。实际情况是，南瓜没长好，但现在总不能因为这一点而败坏他的名声。

斯派克·泰格勒在韦德斯维尔并不总是像一九七一年的那一天那样受人欢迎，也不止是玛丽-贝思的母亲一个人觉得他性情粗野，因而为大战结束过早感到遗憾，因为他们本来可以把年轻的泰格勒送到东方去打日本人，而不是跟半个镇子的人干。他十五岁那年，他们扔下广岛原子弹，玛丽-贝思的母亲对这一事件的哀叹完全出于本地的原因；可是，斯派克后来也有仗打，驾着F-86飞了二十八次，击落两架米格15。这足够在韦德斯维尔庆贺一番了。可是，泰格勒当时没有回去，之后的一段时间也没回去。一九七五年，他在月亮灰餐馆（这次改名居然得到了老杰西·韦德的同意）第一次为募集资金作演讲时对此做了解释。他说，一个人的生命历程，每一种生命历程，都少不了出走和回归。出走再回归，出走再回归，就像艾伯梅尔湾的潮汐涨落，潮水逆帕斯科坦克河而上，直达伊丽莎白城。我们都随潮流出去，再乘潮流回归。听众中有些人大半辈子还没怎么离开过韦德斯维尔，因此不能指望他们有什么想法。杰弗·克莱顿事后说，那年他驾车通过费耶特维尔，绕过布雷格堡，到平赫斯特去参观世界高尔夫名人纪念馆，回到家还有工夫喝阿尔玛给他定好了量的啤酒，他并没有觉得像什么帕斯科坦克河里的潮水；不过，杰弗·克莱顿知道些什么，大家既然都搞不清楚，也就认为斯派克说得没错，因为斯派克不但出去见了世面，而且——按照老杰西·韦德本人如此叫人难忘的说法——还出到世界以外去了。

斯派克·泰格勒把他父亲带他去基蒂霍克的那一天算作他一生中出走和回归循环的第一声棘轮扣响，那还是在复制方舟礼拜中心建造之前很久的时候。当时，只有平坦的跑道，而跑道上面是平坦开阔的天空，越过一条空空荡荡的路，路上好容易才看到远处有辆货车一闪而过，路的那边有一些平坦的沙丘，然后是波浪平缓的大海。别的孩子会受到喧闹的城市里唇膏和爵士乐的诱惑，而吸引斯派克的却是基蒂霍克平静单纯的陆地、海洋和天空。不管怎么说，他在另一次募款宴会上就是这么解释的，他们都相信他，尽管玛丽-贝思和巴克·温哈特当时都没听到他这样讲起过。

斯派克·泰格勒的老家镇上民主党势力很强，浸礼会势力更强。在他去了基蒂霍克之后的那个星期天，人们听到斯派克在圣水教堂外面对莱特兄弟表现出一种过于造次的热情，老杰西·韦德对十三岁的斯派克谈了自己的看法，说如果上帝本意要我们飞，他会给我们翅膀的。“可是，上帝本意要我们驾驶，不是吗？”年幼的斯派克回答说，因为过于急切而略显失礼，还真的用手指着那辆刚擦亮的帕卡德车，他这位出言不逊的长辈就是坐着这辆车子从二百码以外赶来教堂的；这一来，斯派克的父亲提醒他，如果不是因为安息日，主的旨意很可能是要斯派克头顶上挨一下揍。韦德斯维尔的居民们记得，斯派克·泰格勒一九四三年那会儿跟人就谈了这些，而不是有关陆地、海洋、天空之类的。

两年之后，原子弹落在广岛，玛丽-贝思的母亲嫌它太早。斯派克发现，如果说上帝没给他轮子，那么，至少他父亲有时会借他一些。在温暖的傍晚，他和巴克·温哈特玩起他们的花样，在偏僻点的小路上盯上一辆速度很慢的小车，紧跟在它的后面，直到他们的散热隔栅差不多进了那家伙的车尾行李箱。然后，他们轻轻地把车掉到一边，急速超过去，与此同时，他们俩齐声叫喊：“快开，不然就抽油，伙计！”还是在这辆车里，还是差不多这时候，斯派克瞪着巴望的眼睛对玛丽-贝思说：“可是，如果上帝本意不让我们用它，他干吗把它放在那儿呢？”——这句话把他的事情误了好几个星期，因为玛丽-贝思比年轻的斯派克更要服从教会，而且不管怎么说，他这种求爱方式在所有已发明的方式中也算不上是最打动人心的。可是，几周之后，斯派克发现自己在后座上轻声细语，“我真的认为没有你我就活不下去了，玛丽-贝思。”这一招似乎很管用。

此后不久，斯派克离开了韦德斯维尔，镇上的人再听说起他来，差不多就是说，他在开一架F-86佩刀喷气机，阻止米格飞机飞过江。在他走到那一步之前，有过一连串的经历和情感变化，并非彼此都有逻辑联系。如果斯派克想把自己的一生简缩成连环漫画，他有时是想这么做，那么，他首先会看到自己站在基蒂霍克的沙丘上，向外看着大海；然后是抓住玛丽-贝思的乳房而没有遭到拒绝，心里想，“上帝不能因为这就把我打死，他不能这样”；再往下是在黄昏时和巴克·温哈特一起开车，等着早现的星星。当然还有对机器的偏爱，还有爱国思想，以及一种强烈的感觉，就是他穿一身蓝制服看着挺精神的；但从某个方面说，他更加记忆犹新的还是较早一些的事情。一九七五年，他第一次做募捐演讲，说到人的生命回到起始之处，他讲的就是这个意思。毫无疑问，他做得很聪明，没有把这种泛泛的感想转化成特定的回忆，否则，有一样事是可想而知的，这就是他多半不会从玛丽-贝思那里得到捐款了。

斯派克离开韦德斯维尔时，除了他父亲的汽车和一肚子不满的玛丽-贝思之外，他把自己的宗教信仰也抛在身后。虽然他在所有的海军表格上都规规矩矩地填进“浸礼会”，但他并不想着主的指令，或者主的恩惠，或者得到拯救，甚至碰到他的一位飞行员同伴——见鬼，他的一位朋友——阵亡这样不幸的日子也不去想。一个朋友走了，但你并不需要用无线电来呼叫上帝。斯派克是个飞行员，是个讲科学的人，是个工程师。你可以在表格纸上承认上帝，就像你在基地里迎合上级军官一样；但是，当你奋力爬升，平展你的银翼，在晴空翱翔时，这时的你才是你自己的本色，才是真正的斯派克·泰格勒，从一个在静悄悄的路上开着借来的汽车的孩子成长为在辽阔天空驾驶轰鸣的战斗机的小伙子。这时，你完全自己做主，也是你最孤单的时候。这就是人生，唯一能让你丢脸的人就是你自己。在他的F-86机头上，斯派克涂上“快开，不然就抽油！”的口号，用于警告任何恰好让泰格勒上尉撞上并紧随在屁股后面的倒霉米格机。

后来，他调到马里兰州帕塔克森特河的海军试飞飞行员学校。等到俄国人发射了第一颗人造地球卫星，金星计划开始实施，斯派克自愿报了名，尽管他内心有几分——而且除了他，还有几个飞行员——认定他们最早的几次航天飞行很可能是用猩猩，见鬼，他们要用猩猩。你要做的事情就是坐在火箭上；你是一件运载货物，身上有电线接出去，你是一堆肉，供科学家研究。他没有被选入第一批的七个人中，内心有一部分并不对此感到失望，但有一部分还是感到失望了；等到下一批，他再次报名，被录用了。《费耶特维尔观察家报》登了头版，配了张照片，这一来，玛丽-贝思原谅了他，给他写了信；但是，因为看到他的新任妻子贝蒂这一段正好在吃醋，他装作已经忘掉了韦德斯维尔的这么一个姑娘，她的信便杳无回音。

一九七四年夏天，斯派克·泰格勒站在月球表面，抛出一个橄榄球，一传就是四百五十码。底线得分！这是在一段三十分钟的时间里，没有分配任何特定的任务，到月球表面的两个家伙可以按自己的兴趣跟踪任何东西。斯派克一直很好奇，想知道在月球上的稀薄大气层里橄榄球可以扔多远，现在他知道了。底线得分！航天控制中心传来的话音听得出来是纵容的口气，斯派克说他要跳过去把他的球捡回来，他的同伴宇航员巴德·斯托莫维茨也一样纵容他。他拔腿走在死气沉沉的月球表面，像身上插了管子的长耳大野兔。在斯派克看来，月球崎岖坎坷，破烂不堪，他搅起的灰尘像慢镜头一般回落，像是一片肮脏海滩上的沙。他的橄榄球躺在一个小小的火山坑边上。他轻轻地将球踢入干巴巴、空洞洞的坑里，然后转过身来看看他走了多少距离。登月舱几乎看不到了，好像又渺小又靠不住，只是一个玩具蜘蛛，带着呼哧呼哧发响的电池。斯派克在执行航天任务过程中不怎么想自己的事——不管怎么说，工作进度就是安排得不让你有内省的时间，但是，他突然想到，他和巴德（再加上还在控制舱里做空中回旋的迈克）就目前来说，离开其余人类是远得不能再远了。昨天，他们看到地球升起，尽管他们开一大堆玩笑，但这却是令人敬畏的景象，让你脑袋瓜转个个。此时，此地，他感觉身临万物的最边缘。他要是再走上十码，可能就从世界的最顶端掉下去，整个人倒过来一头栽入最深层的空间。他虽然知道，从科学上讲这是不可能发生的事，但斯派克·泰格勒当时感觉就是这样。

恰恰是在这一刻，有一个话音对他说："去找挪亚的方舟。"

"没听清楚。"他答道，以为这一定是巴德。

"我什么话也没说。"这次是巴德的声音。斯派克听出来了，不管怎么说，这声音像通常一样从他的耳机里进来。那另一个话音好像是直接过来的，在他周围，在他体内，跟他贴近，响亮而又亲切。

他朝登月舱走回去差不多有十来码，这时，那话音又重复了一遍它的指令。"去找挪亚的方舟。"斯派克继续一边吸氧一边在月球上跳跃，心里面揣度这是不是什么人跟他开玩笑。可是，没有人能把录音机放进他的头盔——没有地方可放，他会发现的，他们也不会允许这样做。你要是玩这样的把戏会把有的人搞疯了，虽然他的宇航员同伴中有一两个人的幽默感相当怪异，但一般最多也就是在你那块甜瓜里掏个洞眼，往洞眼里偷偷塞进芥末，再把洞眼盖好。没有像这样把玩笑开大的。

“你会在阿勒山上找到它，在土耳其，”那话音接着说，“去找它，斯派克。”

有电极监测斯派克大部分的生理反应，他猜想，在检查这次航天飞行任务时，他们会看到指针在图表上乱跳。如果是这样，他要凭空虚构一个故事来掩饰也不是做不到。这会儿，他只想考虑他所听到的事，想想这可能有什么意思。因此，等他回到登月舱，他巧妙地称宽带接收机出了点毛病，又重新当起他正常的宇航员来，也就是说，试飞飞行员变成猩猩，变成民族英雄，变成特技演员，变成未来的国会议员，或者如果不是这样那就变成十来家公司的未来名誉董事会成员。他不是第一个站在月球上的人，但总不会多到他不再算一个稀罕人物，不再名利双收。斯派克·泰格勒和贝蒂的婚姻有好几次是因为私下里的小算盘才得以维持下去，对此，斯派克心里有几分明白，贝蒂则要清楚得多了。他以为他讨到一个高大健壮、身段不错的姑娘，蜜月里她读的是《烹调的乐趣》，他迟回基地时，她心里害怕却毫不声张；但是，后来发现，她比起他来对生财之道要精通得多。“你只管飞，我来谋划。”她偶尔对他这么说，口气像是说着玩的，或者不管怎么说，他们俩尽量装作这只是说着玩的。于是，斯派克·泰格勒继续他的飞行任务，完成他的工作进度，不让任何人看出有什么改变，不让任何人看出一切都改变了。

在海中降落之后，先是来自白宫的亲切问候，接下去是医检，汇报，给贝蒂打第一个电话，又和贝蒂在一起过第一夜……再就是出了名。在他一直反感的那些喧闹的城市里——自命不凡的华盛顿、玩世不恭的纽约、神经兮兮的旧金山，斯派克·泰格勒的名声大振；在北卡罗来纳州，他更是风头出尽。他头上落满彩带，像一碗一碗意大利面撒在头上；他与众多的道贺者握手，把右手都握酸了；人们吻他，拥抱他，抚摸他，拍打他，用拳捣他。小男孩会把手伸进他的背心口袋，厚着脸皮要月亮灰。尤其是，人们就是要跟他在一起，在他身边待上几分钟，吸进他呼出的空气，惊讶地看着来自外层空间，又是来自邻县的这个人。从东海岸到西海岸，所有的人都为他狂热，几个月之后，北卡罗来纳州议会既为它的小伙子骄傲，又因为他不知怎么好像成了全国共有的财产而有点嫉妒，他们宣布正在制作一枚奖章，要在一次特别仪式上颁发。大家一致认为，没有比基蒂霍克那块平坦天空之下的平坦的土地更适合的地点了。

那天下午讲的都是些合乎时宜的话，但在斯派克却是似懂非懂；贝蒂穿一身新衣服，还戴上一顶新帽子，很想听别人说她打扮得很漂亮，她确实打扮得很漂亮，但没人夸她。一枚金质大奖章挂在他的脖子上，奖章一面是基蒂霍克，另一面是阿波罗飞行器；斯派克的手又被摇晃了好几十下；他有礼貌地微笑，头向一侧倾斜，但同时一直在想着登月旅行的那一刻，想着他得到谕示的那一刻。

坐在州长大轿车的后座上感觉很亲切，甚至叫人受宠若惊，贝蒂气色这么好，他觉得应该告诉她，只是不方便当着州长及其夫人的面这么做。谈话内容还是通常的那些，关于重力，关于在月球上跳跃，关于地球升起，告诉我，上厕所怎么弄，突然，就在他们快到基蒂霍克时，他看到了路边的方舟。一座巨大的、搁在海滩上的方舟，两头高耸，侧面是用木板条钉起来的。州长宽容地跟随斯派克将头掉转了一百八十度，然后不等他发问就作了回答。“某种教堂，”州长说，“他们建起它来还没多久。里面也许有一大堆的动物。”他大笑起来，贝蒂小心地附和。

“你信上帝吗？”斯派克猛地冒出一句。

“不信就别想当北卡罗来纳州州长。”州长来了这么一句善意的回答。

“不是，你信不信上帝。”泰格勒重复一遍，他的那种直截了当的口气很容易被误解为上帝是他们不需要的某种东西。

“亲爱的。”贝蒂轻声说。

“我肯定我们差不多到了。”州长夫人说，用戴着白手套的手拉平一处双叠褶缝。

那天晚上，在他们的饭店房间里，贝蒂起初想做些抚慰。肯定是紧张劳累了，她想，不管有多么风光。我自己就不喜欢上讲台第五十遍去告诉大家是怎么一回事，我又怎么引以为荣，就算我真的引以为荣，就算我真的想第五十遍来谈论这事。所以，她对他施以一番温柔，问他是不是感觉疲劳，想叫他道个明白，究竟为什么他一次都不提，这该死的一整天里他一次都不提她的这身打扮，他难道不知道她心里多么的犹豫不定，不知道樱草黄色是不是真的适合她。可是，这一招不灵验，而贝蒂不把事情弄个水落石出就没办法睡觉，于是就问他要不要喝点什么，为什么就在仪式之前，他对他们表现得全然莫名其妙。他如果想听她实话实说，那就是，要把他们俩商定的未来事业糟蹋掉，最爽快的办法莫过于问各个州的州长，看在基督分上，他们是不是相信上帝。他以为自己是什么人?

“我的人生已经变了。”斯派克说。

“你是想告诉我什么?”贝蒂起疑心是正常的,她不由自主地注意到,一个名人少不了会收到许许多多从那些不认识他的女人那里发来的信,从玛丽-贝思们,从世界上所有潜在的玛丽-贝思那儿发来的信。

“是的。”他答道,“你从哪里出发,还回到哪里。我走了二十四万英里去看月球——而真正值得看的还是地球。”

“你肯定需要喝点什么。”她穿过房间去冰箱饮料柜,中间停了下来,可他没说话,没动,也没做手势。“见鬼,是我要喝点什么。”她拿了一罐酸麦芽浆,在丈夫身边坐下,等着。

“我小的时候,我爸带我到基蒂霍克。我那时十二三岁。那件事使我成为一名飞行员。从那天起,我就一门心思只想做这个。”

“我知道,亲爱的。”她握住他的手。

“我参加了海军。我是个好飞行员。我调到帕塔克森特河。我志愿参加金星计划。开始我没有被录用,但我继续要求,最后他们录用了我。我被列入阿波罗计划。我参加了所有的训练。我在月球上着陆……”

“我知道,亲爱的。”

“……在那儿……在那儿,”他接着往下说,紧紧握着贝蒂的手,准备第一次讲给她听,“上帝叫我去找挪亚方舟。”

“嗯。”

“我刚扔了那橄榄球。我刚扔了那橄榄球,找到它,把它踢进一个小火山坑,正想着我是不是出了摄像机画框,他们要是发现了会不会说是犯规，就在这时，上帝对我说话了。‘去找挪亚的方舟。’”他眼光投向他妻子，“这就像是说，你是个大人了，又上了月球，你想要干什么呢？扔橄榄球。到了该把孩子气的事放到一边的时候了，这就是上帝对我说的。”

“你怎么能肯定这是上帝，亲爱的？”

斯派克不理睬这个问题。“我谁也没告诉。我知道这不是幻觉，我知道我是真的听见了，但我不对人讲。也许我不完全肯定，也许我想忘了它。后来怎么样？就在我回基蒂霍克去的那天，要说事情都是那么多年前在那儿开始的，就在我回去的那天，我看到那该死的方舟。‘别忘了我说的话。’——这就是他的训示，是不是？响亮而明白。就是这么个意思。‘你去领你的奖章，但别忘了我说的话。’”

贝蒂抿了一口威士忌。“那么你打算怎么办，斯派克？”通常在讨论他的事业时，她都说我们，而不说你；这次，他是自己管自己了。

“我还不知道。我还不知道。”

贝蒂咨询的美国航空航天局精神病医生就知道点头，那意思好像是说，她非得告诉他一些离谱得多的事情，他才会扔下他的笔，承认这家伙有点失常，比臭虫还荒唐。他点点头，说他和他的同事如何早就料到会出一些调整问题，说到底，什么人去了月球，回头再看地球，肯定有点像第一个倒立着看东西的家伙，可能会影响你的行为模式，想想那飞行的压力，再加上配合航天任务的大量宣传，发生一两个现实变位一点也不奇怪，但没有理由认为其影响会很严重或者持续很长时间。

“你没有回答我的问题。”

“你有什么问题?”精神病医生不知道她已经问过一个问题了。

“我丈夫是不是——我不知道你会用什么术语,大夫,我丈夫是不是疯了?”

点头点得更起劲了,这次是横向,而不是纵向,举了一些认知紊乱的例子,审阅了斯派克的记录材料,他在每份材料上都坚定地写上浸礼会会士,在贝蒂看来,如果斯派克在月球表面没有听到上帝对他讲话,精神病医生倒会更觉得奇怪,当她问他“斯派克会不会产生了幻觉?”,他只回答:“你怎么想?”这让贝蒂觉得没法再谈下去了,实际上由于她对丈夫的疑心,似乎她才是发疯的人。这次会见的一个结果是,贝蒂离开时觉得自己出卖了丈夫,而不是帮助了他。另一个结果是,三个月后,当斯派克请求调离航天项目时,对他的请求没有多少认真的反对意见,只要整件事低调处理就行,因为精神病医生的报告讲得很明白,斯派克有点失常,比臭虫还荒唐,像五十克拉的水果蛋糕那样疯癫,他大概在亲自近距离察看之后以为月球是用绿奶酪做的。于是来一次工作调动,调去坐办公桌,做一般的媒体宣传工作,然后又被海军调回去做教练,但是,在月球灰堆里蹦跳之后不到一年,斯派克·泰格勒就转到文职,贝蒂直纳闷,你原先搭一列火车,日子轻松,油水很多,要是从那车厢掉下去,会是什么样的局面。

斯派克宣布,他已经订好了韦德斯维尔的月亮灰餐馆,用来举行他的第一次募捐聚会,这才叫贝蒂心里开始琢磨,是不是把《烹调的乐趣》合上,早点离婚了事。差不多有一年了,斯派克什么也没做,就是有一天出去买了本《圣经》。此后，一到晚上他就不见了人影，她会在后门廊找到他，《圣经》打开着，放在他的膝盖上，他两眼向上注视着星空。她的朋友们百般体贴，不厌其烦：说到底，从那上面回来，又得再适应日复一日的劳苦艰辛，肯定是不容易的。贝蒂心里明白，底线得分的泰格勒的名声还能管用好多年，就像一部车子，油箱里不用再加油也能跑好几年；她心里同样明白，她可以依赖别人的帮助——因为出名之后紧接着精神崩溃不仅是美国特色，而且简直是十足的爱国精神，但即使这样，她还是感到上当了。那么多年精心辅佐斯派克的事业，在国内到处调动搬迁，从没有一个像样的家，等待着，指望有大的回报……后来，回报来了，那些又大又圆的金币从机器里滚滚而来，而斯派克这时又做些什么呢？他不伸出帽子接住金币，而是跑到后门廊去看星星。请看我的丈夫，那个膝上放本《圣经》，穿着破裤子，眼神怪怪的就是他。不对，没有人捣他，他硬是有好日子不过。

贝蒂用有点尖刻的语气问斯派克，他希望她怎样穿戴去参加他在月亮灰餐馆的第一次公众聚会；斯派克回答说，他一直很喜欢在他去基蒂霍克领奖时她买下的那身樱草黄颜色的套装，这时她又一次听到自己内心有一个肯定不属于上帝的声音在轻声念叨离婚这个字眼。但是，奇怪的是，他好像真是这个意思，他两次讲起她打扮不错，一次是在他们出发之前，另一次是在他们驶离州际公路的时候。这是她不由自主地在他身上注意到的新变化。他如今都是嘴上怎么说，心里就怎么想，心里怎么想，嘴上就怎么说，再没别的了。他好像把寻欢作乐、玩笑逗趣、胆大妄为连同他的橄榄球（真的想起来，那也是傻冒胡来，早就该敲响警钟了）一起留在月球的火山坑里了。斯派克变得严肃了；他变得愚钝乏味了。他还在说他爱她，贝蒂相信他的话，虽然她有时候怀疑，对一个女人来说，这是不是就足够了。可是，他那股劲头全没有了。如果这就算是把孩子气扔到一边，那么，按照贝蒂的想法，有点孩子气还是相当不错的。

一九七五年四月里的那天晚上，月亮灰餐馆济济一堂，斯派克·泰格勒做了他第一次募捐演讲。镇上的要人差不多都到场了，外加两个报社记者和一个摄影师。贝蒂做了最坏的打算。她想象报纸上会打出这类标题：回到地面的宇航员称“**上帝对我讲话**”，或者是**神经失常的韦德斯维尔人**。她惴惴不安地坐在丈夫身边，当地的牧师欢迎他回到他生长的社区。众人鼓掌；斯派克轻轻抓住她的手，一直到他站起身来准备演讲时才松开。

“很高兴又回到这里。”斯派克说，他环视室内的听众，向他认出的那些人侧头问候。“我要说，就前两天，我坐在后门廊看天上的星星，想着那么多年前，在韦德斯维尔，我还是个孩子。我那时大概有十五六岁，想来也惹了不少麻烦，老杰西·韦德，愿主让她安息，我想你们当中很多人还都记得杰西，她对我说：‘年轻人，你这么一路又喊又叫的，说不定哪一天你就飞上天了。’——我估摸着，老杰西·韦德心里是有点数的，因为这就是我很多年以后做的事，但是，可惜的是，她没有活到能看到自己的预言实现的那一天，愿主让她的灵魂安息。”

贝蒂吃惊的程度无以复加。他在玩什么花样。他是在他们身上玩什么见鬼花样。他从前讲起韦德斯维尔并不带多少好感；关于老杰西·韦德的这档子事，她过去连听都没听到过；而他这会儿倒好，样样都记得，讨好家乡的父老乡亲。他对他们讲了一大堆有关他童年的故事，接下去是更多当宇航员的故事，他们说到底主要还是冲着后面这个来的，但在所有这些的背后，言外之意是说，没有这些父老乡亲，老斯派克不会走到比费耶特维尔更远的地方去，是这些父老乡亲在真正意义上把他送上了月球，而不是航天控制中心那些耳朵里拖出电线来的聪明家伙。同样叫贝蒂感到吃惊的是，他在做这部分演讲时还加上插科打诨的老一套，她原以为这是他已经抛弃了的东西。在这之后，他讲到每个人的一生都是出走再回归的历程，出走再回归，就像帕斯科坦克河水一样（就在这时，杰弗·克莱顿想起来，他在去平赫斯特世界高尔夫名人纪念馆的路上并没有这种感觉）；又解释你是怎样免不了要回到你最早离开的那些东西和地方。就像他多年前离开了韦德斯维尔，而现在他又回来了；就像他在整个童年时代一直到圣水教堂做礼拜，后来背离了主的道路，但现在又重返正道——这对贝蒂倒是新闻，虽然也不算出乎意料。

他就这么讲下去，讲到当晚的要旨，讲到这次聚会的目的（贝蒂屏住呼吸，心想真是怪极了，他们听了这段会怎么想，什么上帝叫他把橄榄球留在火山坑里，另外去找方舟）。可是，贝蒂又一次低估了斯派克。他没有谈到上帝在月球上给他的指令，一次都没提起。他三番五次地援引他的信仰，重新再来一遍你从哪里来还得回哪里去，他讲到航天飞行中必须克服的种种困难；等他最后开始解释他如何在后门廊上一边看这天上的星星，一边琢磨着这些问题，他如何觉得过了这么多年之后，现在该去寻找我们最初出发的起点，又如何计划发起一次远征去找回挪亚方舟的遗迹，众所周知挪亚方舟在靠近土耳其和伊朗边境的阿勒山顶上，等他这样一路讲下来，叫人听着觉得很有道理，是合乎逻辑的推理。阿勒计划看来确实可以作为美国航空航天局下一个理所当然的探险行动；听众甚至可以得出这样的结论，即美国航空航天局一门心思只搞航天飞行，而不搞更贴近纳税者心灵的其他项目，将其先进技术服务于更有益的目的，这未免有点自私自利，有点看重物质，有点观念狭隘。

他玩了个花样，他玩了个见鬼的花样。贝蒂心里这么想，她丈夫这时在满屋子的响声中坐下。他甚至没有提到钱的事，他只是请他们光临，听他说一些自己的想法，他们要是觉得他说得有理，他就站起来，开始寻找可以帮助他的人。这就是我的斯派克，贝蒂发现自己在自言自语，尽管这已经不是她当初嫁的那个斯派克了。

“泰格勒夫人，你对你丈夫的计划有什么看法?”他们手拉手站在《费耶特维尔观察家报》的摄影师面前时，有人这么问她。

“哦，我百分之一百一做他的后盾。”她回答说，面带新娘般的微笑朝斯派克看去。《费耶特维尔观察家报》报道了她的回答，记者甚至说起泰格勒夫人身穿芥末色连衣裙，再配上相同颜色的帽子，看上去是如何醒目（芥末！贝蒂对斯派克说，我想他是把樱草拿来配牛肉吃了）。那天夜里他们到家时，斯派克好像浑身来劲，她差不多有一年时间没见他这个样子了，他一点也没有抱本《圣经》躲到星星下面的后门廊去的意思；不，他几乎是连挤带推把她赶进卧室，他们已经有相当一段时间在卧室里除了睡觉别的什么也不干了，贝蒂虽然没有料到这一着，但也毫无反感，嘀咕了几声只有他们自己才明白的有关卫生间的暗语，可是斯派克说，他们不用理会那一套，贝蒂很喜欢他这样专横独断。

“我爱你。”斯派克深夜时说。

《费耶特维尔观察家报》的一篇几英寸的文章带来了《格林斯博罗新闻纪录报》的一篇特写，后者又带来一小条通过报业辛迪加发表的新闻。在这之后便是沉寂，但斯派克信心不减，他回想小时候看到篝火，正看着什么事都没有，一下子整个大火燃烧起来；果然不错，因为他突然像火焰般的闪现在《华盛顿邮报》和《纽约时报》的头版上。在这之后，电视台的人来了，这又引来一帮记者，接着是外国电视和外国记者，贝蒂和斯派克就一直辛勤努力（他们又一起干了，就像当初一样）让阿勒计划运作起来，记者们得到一页页的资料，上面逐项记录了最新的捐赠和赞助，不管是来自邻近教会的五十块钱，还是一家知名商店赠送的绳索和帐篷。没过多久，斯派克和贝蒂的房前草坪上竖起一块显示运动热度的大木板温度计；每个星期一的早上，斯派克都要拿一把油漆刷子把水银柱往上画高一些。

毫不奇怪，斯派克和贝蒂喜欢把这段关键时刻比作火箭发射：倒计时很激动人心，点火的瞬间更是紧张刺激，但是，只要你还没看到那粗大沉重的银色柱管底部开始挪动，继而一路冲向天空，你知道你总是有可能落得个难堪而又在大庭广众面前丢人现眼的结局。不管贝蒂想要的是什么，她既然已决定百分之一百一支持她丈夫，她不想要这样的结局。贝蒂本性不信宗教，她内心不知道该怎样看待斯派克在月球上的经历；但她看到机会便认准不放。经过一年的郁郁寡欢捧读《圣经》，她的朋友们这么见鬼地百般同情，她简直要尖叫了。这样过了一年之后，斯派克·泰格勒再度上了新闻，还不算太糟。阿波罗计划之后是阿勒计划——还有什么比这种进步，这种按字母顺序前进一小步更顺理成章呢？没有人，没有一家报纸提到斯派克可能神经失常，比臭虫还疯狂。

斯派克把事情处理得很妥当，从未提到一句上帝如何扮演了肯尼迪总统的角色，促使整个事件发生。这样，贝蒂就比较容易吸引人们的兴趣，要是让他们发觉这计划中有什么怪异，他们就会谨慎从事。就连北卡罗来纳州州长也被打动了，他没有怪罪斯派克好端端地对他信仰的真实程度发问，宽怀大度地同意在夏洛特举办一次每人出资一百美元的募捐聚餐会。贝蒂每逢这类场合必穿樱草黄色服装，这在朋友们看来纯属不必要，更不消说很不入时；但是，斯派克坚持认为这是他的幸运颜色。在跟记者们谈话当中，斯派克有时要求他们带一笔他妻子的着装，毫无疑问，在记者们看来那是芥末色的。有些记者不是出于懒惰便是因为色盲，就这样写了，斯派克读报时忍不住笑出声来。

他还在好些宗教电视节目做嘉宾。贝蒂有时不免心惊胆战，看着又一个穿三件式套装的推销员在插播广告之后来一番开场白，说上帝的仁爱就像旋风的平静中心，他今天请到的嘉宾中有一个真的进入旋风之中，能够做证旋风中心完全平静，而这又如何说明了基督教是一种让你永远保持前进的信仰，因为你无法在旋风中站着不动，然后就为我们引见他的第二位嘉宾，斯派克·泰格勒，这位嘉宾曾以比旋风还要快的速度飞行，而现在正在寻找那个平静的中心，那种彻底的安宁，赞美上帝吧。斯派克又恢复到他宇航员的发型和蓝色套装，一直彬彬有礼地回答提问，从不提一句——那推销员会很乐意听到——上帝就在那里，在他头盔里，对他耳语。他给人的感觉不错，平淡而真实，这一来，支票纷纷向阿勒计划涌来，由贝蒂·泰格勒代收，她自然要付给自己一份工资。

他们建立了一个委员会：兰斯·吉布森牧师，受到本州大部分人的敬重，或者至少是知晓其名，有些人觉得他有一点原教旨主义味道，但不算过于左倾，不会把通情达理的出资者吓跑；吉米·富尔古德博士，由学院篮球明星转而变成地质学家和蹼泳潜水员，可以赋予计划的远征以科学的体面；再就是贝蒂自己了，主席，统筹协调者，财务主管。州长同意把他作为荣誉倡导人印在信笺纸上；整个阿勒计划倒计时过程中唯一不足之处是没能使这一计划作为一个慈善机构得到认可。

有些带点书卷气的记者喜欢问斯派克，他怎么能完全确信会在阿勒山上找到方舟。《可兰经》上不是说，方舟是在好几百公里以外，靠近伊拉克边境的朱迪山上登陆的吗？犹太人的说法不是同样也有出入，把地点放在以色列北部的某个地方？这时，斯派克会做出少许亲善的表示，回答说，当然每个人都可以有自己的意见，要是有个以色列宇航员想到以色列去找，他没意见，要是有个信奉《可兰经》的宇航员想到伊拉克去找，那也没什么不行。持怀疑观点的记者们离去时心想，泰格勒或许单纯，但他头脑并不简单。

另一个偶尔有人问起的问题是，那方舟——假设其理论位置可以找到——在过去不知几千年里是不是已经腐烂，或者被白蚁吃光了。这一次，泰格勒还是不可能被提问者套住，更不会去披露他怎么知道方舟不会烂掉或者被白蚁吃掉，因为上帝既然命令去找方舟，显然寓示方舟留有一些遗迹。他没有回答问题，而是叫提问者自己去查阅《圣经》，提问者看来都没带《圣经》，但查阅《圣经》后就知道方舟是用歌斐木做的,而大家一致认为,歌斐木极其坚硬,因而多半既抗腐蚀又防白蚁;斯派克继而举了几例奇迹般地保存了很多世纪的各种东西——冰川里发现的猛犸象,那上面的肉就跟你在本地贾恩特店里买来的牛颈排一样新鲜;他最后结束时提出,如果有什么东西因为上帝的万能旨意而得以奇迹般地保存很多个世纪,那么,方舟不是一个很好的选择吗?

兰斯·吉布森牧师咨询了浸礼会大学的教会历史学家,以确定当前对方舟位置的最新见解;而吉米·富尔古德则钻研起洪水时期风和海潮的大致走向。他们俩把各自的发现凑到一起,开始倾向于山的东南面距离山顶两公里的一块地方。行啊,斯派克没有意见,他们就从那儿开始找起,但他的计划是从最高处开始,像蜘蛛网一样一圈一圈走下去,有系统地覆盖所有地面,这样做行不行?吉米欣赏这种想法的出发点,但觉得从登山运动角度考虑则无法苟同,于是,斯派克在这个问题上遵从了他的意见。吉米对此的建议是,斯派克利用他和美国航空航天局以及海军的关系去搞一套像样的高空侦察山势地形图,然后把图放大,看看有没有类似方舟的东西。斯派克承认这是符合逻辑的做法,但他不知道上帝的真正本意是不是要他们走捷径。这一计划的整体目标不是一种基督教的朝觐吗?古时候的朝觐者不是都崇尚苦行的吗?虽然他的意思并不是说,在帐篷、绳索、靴子、手表这方面不要用最好的,但他确实感到,他们上山之后应该希望有这样一种感觉,即他们受到的是现代技术以外的某种指引。

吉布森牧师因忙于神职事务而无法脱身参加土耳其之行,但他会提供精神上的支持,而且会通过祈祷不断提醒无所不能的上帝,与他在委员会共事的两个委员正在一个遥远的国度从事着主的事业。媒体肯定会紧追不舍，提各种问题，贝蒂留守在家里，巧妙地应付他们。远征队——斯派克和吉米——定于那年，一九七七年的七月启程。他们拒绝预测此番出行要花多少时日。你不能存心跟上帝比试谁拔枪拔得快，吉布森牧师说，除非你想在肚子上挨一枪。

热心人士、教区会众和生存主义者商店捐赠了各种用具；直到出发前夕还在不停地收到包裹，贝蒂一边打开包裹，一边思忖着在一些地方人们是怎么看待这项计划的。捐赠物品中有几样一看就缺乏基督教精神。你如果扫一眼泰格勒的远征室，兴许会得出这样的推断：斯派克和吉米是一对赤裸的难民，被当作雇佣杀手派去把土耳其东部差不多杀个干净。

他们撇下一大堆旧衣服，一些自动武器，四颗震击手榴弹，一些狂热分子捐赠的一副勒杀绳索和两枚自杀药片。他们的背负中包括了轻型宿营设备，维生素药片，带有新式调焦镜头的日本照相机，信用卡，美国运通旅行支票，跑鞋，一品脱波旁威士忌酒，保暖袜和保暖内衣，一大塑料袋保持健康的糠饼片，痢疾药片，红外夜视仪，净水片，冷冻脱水真空包装食品，马蹄铁吉祥物，手电筒，洁牙带，电动刮胡刀的备用电池，一对快得可以削歌斐木或者破开凶手的肚肠的带鞘的刀，驱蚊剂，防晒霜和《圣经》。吉米在暗自检查行李时，发现了折叠的橄榄球皮和给球充气用的小型充气机；他小心翼翼地把它们重新打进包里，脸上带着宽容的神情咧嘴而笑。斯派克暗自检查行李时，看到有一盒避孕套，他把它扔了，从来也没跟吉米提起这事。委员会讨论了这次远征应该带些什么礼物散发给土耳其东部的农民们。贝蒂的想法是送一些斯派克在月球表面的彩色明信片，但是，斯派克觉得这样做不妥，因为他们此行目的不是为了个人出风头，而是从事上帝的事业。经过进一步酝酿，他们带了两百枚吉米·卡特总统和可爱的第一夫人罗莎琳的就职纪念章，吉布森牧师的一个朋友以低于成本很多的价格出让给了他们，而且觉得能甩掉这些纪念章是件幸事。

他们飞抵安卡拉，在那儿只好租来燕尾服以应付大使为他们举行的丰盛宴会。斯派克掩饰了他的失望，因为宾客中大多数人想谈的是航天的事，好像就是不愿向他打听阿勒计划。后来等斯派克在宴会结束演讲中请求大家以爱国之心捐助更多的资金时，他们显得无动于衷，且不说十足的吝啬。

贝蒂通过教会联合旅行社向埃尔祖鲁姆发了一份电报，内容是要租用一辆吉普车或者越野车，但电报肯定是没有发到，所以就用一辆奔驰大轿车出发。先向东进到霍拉桑，再向东南进到多乌贝亚泽特。乡村景色一览无余，有点淡绿色，同时又带点淡褐色。他们吃新鲜的杏子，把面带微笑的卡特夫妇像章分送给小孩子们，他们当中有一些看上去很高兴，但另一些则继续讨要美元，要不到美元就要圆珠笔。到处都有军人，这使斯派克意识到这一地区的战略意义。吉米还是第一次听说，不过才百来年前，阿勒山，本地人坚持把它叫作阿勒达吉，是三大帝国——俄国、波斯和土耳其——的会合点，山也被三个帝国瓜分。

“好像不对劲，苏联人也占了一块。”吉米有感而发。

“那时他们还不是苏联人吧，”斯派克说，“他们只是俄国人，那时跟我们一样，是信基督教的。”

“他们变成苏联人时，说不定上帝把他们那块山从他们那里拿走了。”

“说不定。”斯派克答道，不完全肯定边界线在什么时候动过了。

“大概上帝不让他的圣山落入不信教的人手里。”

“我懂你的意思，”斯派克说，有一点恼火，“但我猜想，土耳其人并不真正信基督教。”

“他们不像苏联人那样不信教。”吉米看来不愿一遇到反对意见就放弃自己的论点。

“不错。”

从多乌贝亚泽特向北去的路上，斯派克大声叫吉米停车。他们下了车，斯派克指着一条小溪。那小溪里的水尽管流速缓慢，却无可辩驳地在向山上流。

“赞美我主。”斯派克·泰格勒说，然后跪下祈祷。吉米把头弯下去几度，但仍旧站立着。两分钟后，斯派克回到奔驰车里，灌了两塑料瓶溪水。

“这是充满奇迹的地方。”他们再次上路时，他这么宣称。

吉米·富尔古德，地质学家兼蹼泳潜水员，开始几英里路没有吭声，然后试图解释溪水向山上流在科学上为何并不是不可能的。这取决于山上更高处水的一定重量和压力，再就是，看起来向山上流的那一段是整个向下流动过程中相对较小的一部分。据他所知，这种现象过去已有所报道。斯派克一边开车，一边不住点头，跟他们一路过来时一样兴致勃勃。“我敢肯定你这样能讲通。”他临了说，“问题是，谁一开始叫这水往山上流的？谁又叫它在那儿往上流，让我们在去阿勒的路上正好看到？是贤明的上帝，就是他。这是充满奇迹的地方。”他重复一遍，满意地点着头。

吉米眼里的斯派克永远是个乐天派；到了土耳其这里，他简直就是热情奔放了。蚊子也好，灾祸也好，在他都不碍事；他给的小费表现出真正的乐善好施的基督教精神；他还有一个习惯，每次在路上经过一头牛，他都要旋下车窗，对牛的主人，甚至对着广袤的乡间大声叫喊：“快走，不然就挤奶，伙计！”有时候，这会令你心烦，但吉米的花销百分之一百一由阿勒计划提供，因此，他把这种兴高采烈权当坏脾气一样加以忍受了。

他们将车一直开到路的尽头，大小阿勒两座山影耸立在他们面前。

“有点像夫妻俩，是不是？”斯派克说。

“你什么意思？”

“兄妹俩，亚当和夏娃。那边一个大的，他边上这个整齐漂亮的小的。看到没有？上帝造男造女。”

“你认为上帝那时就有那种想法吗？”

“上帝无所不想，”斯派克·泰格勒说，“无时不想。”吉米·富尔古德看着他们面前的这对山影，心里暗想着贝蒂·泰格勒比斯派克可是高出一两英寸。

他们整理一下装备，然后就全靠上帝赋予他们的两只脚了。他们把波旁威士忌酒留在车尾行李箱里，觉得在主的山上饮用烈酒是错误的；他们也不再需要卡特纪念章了。他们带上旅行支票、马蹄铁吉祥物和《圣经》。在整理装备时，吉米瞥见斯派克偷偷将瘪了气的橄榄球塞进背包里。然后，他们出发，由南坡上山，高个的前篮球明星走在精力旺盛的宇航员后面几码，像一个下级军官尾随一个将军。吉米出于地质学方面的兴趣，时不时想停下来察看岩石；但是，斯派克总是坚持他们应该前进。

山上只有他们两个，这种孤寂使他们振奋。他们在低处的山坡上看到蜥蜴，往高处去又看到盘羊和野山羊。他们攀登到比老鹰和红头美洲鹫能飞的高度还要高的地方，一直向上朝雪线爬去，在那儿除了偶尔蹿过一只小狐狸就再没别的动静了。在寒冷的夜晚，靠着嘶嘶作响的汽灯发出的单调的光亮，吉米写远征日记，斯派克则看他的《圣经》。

他们从山的东南面开始找起，这是教会和科学所见略同之处。他们勘测了堆满岩石的峡谷，探查了空空荡荡的山洞。吉米心里没有底，不知道他们是不是会发现整个方舟，保存完好——如果是这样，他们多半不会错过的，或者只是一些有重要意义的残余：兴许是船舵，要不就是一些还带着沥青敛缝的船板。

经过最初的粗略勘察，他们没发现任何东西，他们对此既不觉得奇怪，也不感到失望。他们越过雪线向山顶爬去。快爬到最后一段时，天色开始慢慢改变，等他们到顶时，天空看上去绿得发亮。这地方充满奇迹。斯派克跪下祈祷，吉米跟他一起祈祷了一小会儿。他们的脚下是一个缓坡雪谷，一路连到一个比较矮小的山峰。这倒是个自然的可供方舟停靠的地方。但是，他们的搜寻一无所获。

山的北侧被一条巨大的裂缝劈成两半。斯派克指着裂沟的尽头，在他们下面几千英尺的地方，说那下面曾有一座修道院。那里有真的僧侣和其他一切。后来，到了一八四〇年，他说，一场可怕的地震在山上发生，像狗撵耗子一般搞得山摇地动，那座小教堂倒塌了，它下面的村庄也一样，村名是以A打头的。看起来，所有的人都震死了，就是没震死，也活不了多久。看这道裂缝，是啊，地震之后四五天，一大堆雪和水开始顺着裂缝往下涌。那势头所向披靡，不可阻挡。就像是上帝的报复。把那修道院连同小村庄一起从地球表面给抹掉了。

吉米·富尔古德一边听着故事，一边神情严肃地独自点头。他心里在说，这一切都是在苏联人占着这一块山的时候发生的。当然，他们那时是俄国人，信基督教，但这证明上帝确实为苏联人预备好了，甚至还没等他们成为苏联人就已经预备好了。

他们搜寻了三个星期。吉米怀疑方舟会不会深埋在把山包裹起来的冰雪覆盖层之中；斯派克同意这种可能性，但如果是这样的话，上帝肯定会做出某种示意。上帝不会指使他们上山，继而把已指使他们上山寻找的东西隐藏起来，不让他们发现：这不是上帝的本性。在这一点上，吉米听从斯派克。他们用肉眼、望远镜和红外夜视仪搜寻。斯派克等待神的谕兆。如果谕兆出现，他肯定自己能辨认出来？也许风往哪儿刮，他们就该往哪儿找。他们顺着刮风的方向搜寻。什么也没找到。

每天，当太阳晒热了山下的平地后，热气上升，山顶四周形成一个云的光圈，他们的视线被挡住，看不到低处的山坡；每天夜里，气温下降，云便消散开去。三周过后，他们下山到奔驰车的行李箱里取补给品。他们驾车到最近的村庄，斯派克在那儿给贝蒂发了一张明信片，说没有消息就是好消息，贝蒂读后不甚了了，觉得应该写得更清楚才是。在这之后，他们回到山上，又搜寻了三个星期。在这期间，月亮盈满，斯派克夜夜抬头凝视着月亮，想起眼下的使命起始于那月亮之上的尘埃之间。一天夜里，吉米紧挨他站着，和他一起注视着乳白色的斑驳圆盘。“果然看着像个牛奶蛋糊馅饼。”吉米临了说，发出一声神经质的笑。“你要到那儿看，就更像脏海滩上的沙。”斯派克回答说。他继续朝天上看着，等待着谕兆。什么谕兆也没出现。

他们待在山上的第三段时间里——说好了是他们这一年最后一次——斯派克发现了一样东西。他们在山顶下面好几千英尺的地方，刚走过一段很容易闪脚的碎石坡，便看到并排的一对山洞。就像是上帝在岩石上按下的两个手指，他们俩都这么认为。前宇航员带着他那不可救药的乐天派劲头（吉米对此以高尚的精神忍受）扬扬自得地钻进了第一个山洞；先是寂静，接着是一声回荡的吼叫。吉米想到熊——甚至雪人，直到接下去的吼叫几乎连气都不吸一口，转变成一连串的欢呼声。

吉米在进洞不远处发现斯派克正下跪祈祷。他面前躺着一具人的骨架。吉米在斯派克身边跪下。就是跪着，前篮球明星对前宇航员仍保持着身高的优势。斯派克关了电筒，吉米也把电筒关了。在冰冷的黑暗中，度过了几分钟最纯净的静寂，接着，斯派克悄声说：“我们找到了挪亚。”

吉米没有应声。过了一会儿，他们又打开电筒，两束光线虔敬地探照着他们面前的那具骨架。骨架两脚对着洞口躺着，在他们俩看来好像完好无损。有几片布屑——有些是白色的，有些带点灰色——挂在骨头之间。

“赞美我主。”斯派克·泰格勒说。

他们在下去几码远的山坡上支起帐篷，然后察看了另一个山洞。斯派克暗地里希望他们会找到挪亚的妻子，或者也许能找到方舟的航海日志，但他们再也没发现什么。后来，夜色暗下来，帐篷里传出压缩空气的嗞嗞声，接着，斯派克·泰格勒把橄榄球扔过大阿勒山的岩石，扔进吉米·富尔古德犹豫不决的臂抱中。一次又一次，球砰然有声地落在吉米过去打篮球的那双大手里。他的回传经常很糟糕，但斯派克并不见怪。那天晚上，他扔了又扔，一直到山气透凉，只有一轮冉冉升起的明月照亮着他们俩的身影。即使这样，斯派克的眼力一点也不含糊；吉米感到那橄榄球以蝙蝠夜间飞行的准确度直向他扑将而来。“嘿，斯派克，”他有一次喊道，“你没有用夜视仪吧，对不对？”从他那勉强还能看到的伙伴那里传回来咯咯笑声。

他们吃过之后，斯派克拿上手电筒，回到挪亚之墓，到这会儿他已经这样给它命名了。吉米不知是出于老练圆滑，还是因为迷信，仍待在帐篷里。个把小时之后，斯派克回来告诉他说，按照骨架的位置，挪亚临死前可以从洞里看出去，可以看到月亮——就是斯派克不久之前才在其表面站立过的月亮。“赞美我主。”他一边拉上帐篷的拉链准备过夜，一边重复一句。

过了一会儿，可以清楚地感到，他们俩都没入睡。吉米轻轻咳嗽一声。“斯派克，”他说，有点小心翼翼，“我……嗯……我觉得我们给自己出难题了。”

“我们给自己出难题？我们给了自己一个奇迹！”斯派克答道。

“我们是有个奇迹。我们也有问题。”

“告诉我，你怎么看这个问题，吉米。”那口气是愉悦的，宽容的，近乎屈尊俯就的；这是一个知道自己的手臂是靠得住的四分卫的口气。

吉米小心翼翼地往下说，自己也不太确信该相信什么。“嗯，就算我这是想到什么就讲什么，斯派克，就算我这会儿说的都不算数。”

“行。”什么都妨害不了斯派克眼下的心情。猛烈的狂喜加上解脱，使他回想起海上降落的情景。

“我们是在找方舟，对不对？有人……对你说，我们会找到方舟。”

“一点不错。我们会的。这下我们必定会的；也许是下一次。”

“可是，我们是在找方舟，”吉米咬住不放，“人家叫我们……你……去找方舟。”

“我们想找银子，可我们得到了金子。”

“是啊。我只是在想……方舟着陆后，挪亚不是往哪一处去了吗？我是说，《圣经》里面讲他活了几个世纪，不是吗？”

“一点不错。三百五十年。一点不错。我们在山顶时，我对你讲起的那个村庄。阿古里。那就是挪亚最早定居的地方。在那里栽了葡萄。有他最早的农场。又建起他的家园。”

“那是挪亚的村庄？”

“肯定是的。落在苏联的那一块里。”斯派克开玩笑地加一句。

这下，吉米觉得事情变得更加含糊不清了。“这么说，上帝让挪亚的定居之地毁于一次地震？”

“肯定是有理由的。总是有的。不管怎么说，这不是要害所在。要紧的是，挪亚是在那儿定居的。也许他搬走了，也许没有。不管怎么说，他回到阿勒山，为的是被葬在此地，还有什么能比这更合乎情理吗？在他因为年岁的增长而感到怠倦的时候？很有可能，他一走下方舟就看中了这山洞。认定为了对上帝救下他表示感激和顺从之意，等他知道死亡来临时，他要把自己的一把老骨头拖上山去。就像丛林中的大象。”

“斯派克，洞里的那些骨头——它们是不是……它们是不是看上去有点，我该怎么说呢，保存得很好？我是说，我这只是为争辩而故意表示不同意见罢了，你懂我的意思。”

“别担心，吉米，你没事。”

“但它们确实看上去保存得很好？”

“吉米，我们在谈论奇迹和谕兆。你会指望它们看上去保存得很好，是不是？挪亚是个真正奇特的人物。不管怎么说，他死的时候有多大？九百五十岁。在上帝眼里，他福分不浅。如果说，他的骨头强壮到能支撑他奔波了上千年，你总不会以为它们也按平常速度腐烂，对不对？”

“我接受你的观点，斯派克。”

“还有什么想不通的？”他好像乐于看到吉米有疑虑，自信不管什么样的球扔过来都能够接得住。

“嗯，我们到底要做什么呢？”

“我们要告诉全世界，这就是我们要做的事。全世界都会欢欣鼓舞。这一发现会使很多人的灵魂皈依基督教。山的这一侧会再造一座教堂，建在挪亚之墓的上面。”说不定建成方舟的形状。不然，甚至就建成阿波罗宇宙飞船的形状。那样会更恰当，那样就能完成这个循环了。

“说到这些反响，我跟你想的一样，斯派克。但有些话我要对你说。你我都是教徒。”

“也是科学人员。”宇航员对地质学家说。

“对。作为教徒，我们自然希望保护我们的信仰免受任何不必要的诋毁。”

“一点不错。”

“好，也许在公布消息之前，我们应该作为科学人员来核实一下我们作为教徒所做的发现。”

“什么意思？”

“意思就是，我想，在我们还没把挪亚的衣服送到化验室化验之前，我们还是先别说大话。”

帐篷那半边沉默了一阵子，斯派克第一次认识到，并非世上所有的人都会像对从月球返回的宇航员拍手叫好那样再对他拍手叫好了。临了，他说：“我觉得你想得不错，吉米。我想着，你让我也纳闷起来，我们是不是还有这个衣服的问题。”

“你打算怎么解释？”

现在轮到斯派克来做怀疑论者。“嗯，我这只是在假设。你还记得挪亚赤身裸体的故事？他的儿子们如何把他盖起来？这么说吧，我们可以肯定挪亚的骨头非同一般，可是，这是否就意味着他的衣服也非同一般？”停顿了一会之后，他接着往下说，“我想，我们不应该给那些向来持怀疑态度的人提供免费午餐。说不定挪亚是用寿衣装殓在此，几个世纪之后，寿衣都化成了灰尘。然后，来了某个朝觐者——也许是某个没能安全通过异教部落而返回的朝觐者，因而发现了尸体。就像撞见挪亚赤身裸体的事从头再来一遍。于是，朝觐者把他自己的衣服给了挪亚——这就能解释他怎么会没有越过防线回来传播消息。但是，这么一来，我们做碳素断代检测就会得到严重误判的结果。”

“你说得对。”吉米说。接下去是长时间的静默，好像两个人都在等对方采取下一个符合逻辑的步骤。最后，还是吉米先来。“我想知道法律上该怎么处置。”

“嗯。”斯派克搭腔了，没有不想搭理的意思。

“你以为挪亚的遗骨属于谁？除了，”吉米赶紧加上一句，“无所不能的上帝。”

“让法庭来判少不了要几年的时间。你知道律师们是什么样子。”

“那是，”吉米说，他还从没有去过法庭，“我想，主没有要我们按法律程序去办的意思。比如向恺撒上诉，或者类似的做法。”

斯派克点点头，压低嗓门，尽管在主的山上只有他们俩。“那些家伙不会需要很多的，对不对？”

“对，对。不需要很多，我想。”吉米放弃了由海军直升机把这整堆骨架空运出去的短暂梦想。

不等进一步商议，前宇航员和蹼泳潜水员兼地质学家带着两把抖动的电筒回到山洞，开始决定把挪亚骨架的哪些部分偷偷带出土耳其东部。虔诚、图便利和贪欲都悄然发挥着作用。最后，他们掰下左手上的一块小骨头，再加上一块移位而滑过右肩的颈椎骨。吉米拿了那节手指上的骨头，斯派克则带上颈椎骨。他们一致认为，两个人要是不分头飞回家去，那一定是疯了。

斯派克取道亚特兰大回家，可是，媒体已经盯上他了。不行，他这一刻什么都不能说。是的，阿勒计划开了很好的头。不，没有问题。不，富尔古德博士坐的是另一个航班，他走之前在伊斯坦布尔还有几件事要了结一下。哪一类事情？是的，到时会开新闻发布会，是的，斯派克·泰格勒希望届时会给他们一些具体的，也许是鼓舞人心的消息。你感觉怎样，（穿一身樱草黄色）泰格勒夫人？哦，我百分之一百一地做我丈夫的后盾，他回来我太高兴了。

吉布森牧师经过一番犹豫和许多祈祷之后，同意将挪亚的两块遗骨送去做科学分析。他们把颈椎骨和末节指骨送到华盛顿，借助一个可信赖的中间方，声称骨头是在希腊发掘的。贝蒂等着瞧斯派克是不是已经想办法让自己再找到一个轻易捞钱的机会。

来自华盛顿的报告说，送检的遗骨大约有一百五十年，可以加或减二十年。他们还提供了这样的信息，即颈椎骨肯定是属于一个女人的。

一层薄薄的海雾在黝黑的水面上飘忽不定，七点钟的渡船正由哈特拉斯角驶往奥克拉科克岛。探照灯照在前方的水面上。每天夜里，渡船都要再次找自己的路，就好像是第一次航行。白、绿、红三色航标灯指引渡船沿着航线忐忑不安地行驶。你走上甲板，耸起肩膀抵御寒冷，再向上看去；但这一次，海雾遮掩了星星，没办法说清是不是应该有月亮。你又耸一耸肩膀，回到烟雾弥漫的船舱里去。

向西一百英里远，在月亮灰餐馆里，斯派克·泰格勒高举着一只塑料瓶，里面装的是向山上流的溪水，他正在宣布发起第二个阿勒计划。

10　梦

我梦见我醒了。这是最古老的梦了，而我刚刚做了这个梦。我梦见我醒了。

我在我自己的床上。这好像有点奇怪，但稍微想一下就想通了。我还会在别的什么人的床上醒来？我环顾四周，然后对自己说，好，好，好。没多少思想，我承认。可是，我们又何曾找到过适合重大时刻的话？

有人敲门，进来一个女人，她一边侧着身子一边倒退着走。本来应该看着不对劲，但也没这种感觉；没有，很流畅，很有风度。她端着一个托盘，就因为这，她才是那个模样进来。等她转过身来，我看出她穿的是某种制服。是个护士？不对，她看着倒更像你从没听说过的哪家航空公司的空姐。“客房送餐。”她微笑着说，好像她不习惯提供这种服务，或者是我不习惯期望这种服务；或者二者兼而有之。

“客房送餐。”我重复道。在我老家，这类事情只有电影里才有。

我在床上坐起来，发现我什么衣服也没穿。我的睡衣跑哪儿去了？这可变了样。还有一样变化，那就是当我在床上坐起来，意识到她可以看到我腰以上赤身裸体，你懂我的意思，我一点都不感到难为情。这倒不赖。

“你的衣服在小橱子里，”她说，“不用急。你有一整天的时间。再说，”她带着更多的笑意补充说，“还有明天一整天。”

我向下看着我那托盘。让我给你讲讲那顿早餐。这是我一生中最棒的早餐，绝对没错。先来柚子。好，你知道柚子是什么样子：碰一下，汁就溅在你的衬衫上，除非你用叉子之类的东西把它固定住，要不它就老从你的手里滑溜出去，柚子的肉总爱粘在那些不透明的瓣膜上，然后一下子脱开，木髓的一半还挂在上面，滋味总是酸酸的，而你要加糖又觉得不好受。柚子就是这个样子，对不对？好，让我给你讲讲这只柚子。先说这柚子的肉是粉红色的，不是黄色的，每一瓣都已细心地剥离了粘连的瓣膜。柚子本身在底部用某种尖签或叉子固定在盘子上了，这样一来，我不用把它压住，甚至都不用去碰它。我四下里看看有没有糖，不过这只是出于习惯。那滋味好像分成两部分——一种令人警醒的刺激，紧接着是满口甘甜；那些小球粒（差不多有蝌蚪那么大）好像一颗颗各自在我嘴里迸裂。我梦里才有这样的柚子，告诉你，我也不在乎。

我俨然是个皇帝，把吃空了的柚子皮推到一边，把一个带有纹饰的盘子上的银顶盖掀开。我当然知道那下面是什么东西。三片咸肉，去了皮，烘烤得冒油，脆薄的肥肉通体发亮，像篝火一般。两个煎鸡蛋，蛋黄看着像牛奶似的，因为一边煎着，一边用勺子小心地往上面浇猪油，蛋白的外沿扩散开去，呈金丝带状。一个炙烤过的西红柿，要我来形容就只能讲它如何挑不出毛病。它不是软塌塌一坨子叶柄、籽粒、纤维和红红的汁，它紧密厚实，可以分割，烤得均匀通透，味道——对了，我记得这一点——是西红柿的原味。那香肠：不是一管温温吞吞的马肉塞进一只避孕套，而是呈深赭色、肉紧多汁……一段……香肠，只能用这个词。别的所有的香肠，在此之前我以为我很喜欢吃的香肠，只不过是为了达到这种水平的演习而已；它们一直在试演——它们也别想得到那角色。还有一只月牙形小碟子，配有月牙形银碟盖。我打开碟盖：对了，装的是咸肉皮，单独烘烤的，供人小口慢慢地啃。

吐司，果酱——啊，这些你可以想象出来，你可以自己在梦中见到它们是什么模样。但我必须给你讲讲那茶壶。那茶当然是上品，茶味醇正，好像是哪个王公贵族的贴身随从亲手采摘的。要说那茶壶……好多年前，我有一次参加假日旅游团去了巴黎。我漫步走离同团的人，走到精明的人居住的那一带。反正是他们买东西、吃东西的地方。我路过一个街角的咖啡馆。它看上去并不是很气派，我动了一下念头，想在那儿坐下来。但我没有坐，因为我看到有个人在一张桌子旁喝茶。他续茶的时候，我发现一个小玩意，在我看来简直就是奢侈的定义：一个滤茶罩连在茶壶嘴上，用三根细俏的银链吊挂着。那人把茶壶提到倒茶的角度时，滤茶罩便向外摆动，正好接住茶叶。我无法相信，真有人曾经煞费苦心，想着怎样免除这位喝茶先生用他空闲的手拿起通常的滤茶罩这种根本不当一回事的举手之劳。我离开那个咖啡馆时颇有些自命清高的感觉。这会儿，在我的托盘上，有一只茶壶，上面印有巴黎一家时髦咖啡馆的标志。一个滤茶罩用三根银链挂在茶壶嘴上。突然间,我明白了它的用意。

早餐之后,我把托盘放到床头桌上,走到小橱子跟前。我最喜欢的衣服都在这里。那件运动衣,我一直都喜欢的,哪怕有人议论说,这是什么年代的,你是买的二手货吧,再过二十年就又时兴这个了。那条灯芯绒裤子是我妻子扔掉的,因为臀部没办法补了;可是,什么人还是把它补好了,裤子看着跟新的差不多,但没有新得叫你不喜欢。我的这些衬衫对我张开臂膀,干嘛不呢,要说起来它们以往还从没有受到过这般宠爱——都用天鹅绒包裹的衣架排列挂好。还有那些我丢了又感到可惜的鞋子;洞眼又已经补好的袜子;我在商店橱窗里见过的领带。这一堆衣服不会令你羡慕,但这不要紧。我感到放心了。我又会回到自己的正常状态,而且比正常状态还舒服。

床边有一个带流苏的拉铃,我先前没注意到。我拉一下铃,然后觉得有点难为情,就又钻进被窝里。等服务员进来时,我拍拍肚子说:"跟你说吧,再有那么多我都吃得下去。"

"这没什么奇怪,"她回答说,"我料想你会这么说的。"

我一整天没起床。我早餐吃的是早餐,午餐吃的是早餐,晚餐吃的还是早餐。这种做法感觉还不错。我到明天再去考虑午餐的事。或者应该说,我明天也不用考虑午餐的事。明天我什么也不用考虑。在午餐早餐和晚餐早餐之间(我真的开始领略那套滤茶装置的高明之处——你可以一边倒茶,一边用空闲的手继续吃羊角面包),我睡了长长的一觉。然后冲了个澡。我本来可以泡个澡,但我好像一泡就是老半天,所以就改淋浴了。我找到一件夹层绗缝的浴袍,胸前口袋上用金线绣上了我的名字的首字母。浴袍很合身,但我觉得那几个首字母看着比闻臭屁还难受。我到这儿来不是为了像电影明星一样大摆架子。我盯着这些金色曲线时,它们就在我眼皮底下消失了。我一眨眼,它们就不见了。浴袍只带一个正常的口袋,感觉舒服多了。

第二天,我醒来——又是一顿早餐。跟前面三餐一样好。显然,早餐问题现在已经解决了。

等到布丽吉塔来收拾托盘时,她轻声问:“购物吗?”

“当然啦。”这正是我脑子里所想着的。

“你是想出去购物还是待在这里购物?”

“出去购物。”我说,没有真正弄懂有什么区别。

“行。”

我的小舅子有一次在佛罗里达住了十天以后回来说:“等我死了,我不想上天堂,我要到美国去购物。”第二天早上,我才开始明白他的意思。

等我们到了超级市场,布丽吉塔问我是想走路还是开车。我说我们还是开车吧,这听上去很有趣——她好像料到我会这么回答。回想起来,她的工作有些地方肯定很无聊——我是说,我们也许反应都差不多,是不是?反正我们是开车了。购物车是用马达驱动的金属网脚轮车,像躲闪碰碰车来回转悠,只不过从不相互碰撞,因为有某种电眼装置。你觉着就要撞上去了,却发现自己闪到一边,躲过了迎头撞来的购物车。这很有趣,试着跟人撞。

这里的购物方法一学就会。你用一张塑料卡,把它插入紧挨在你想买的东西旁边的一个插孔,再按入你想买的数量。过一两秒钟后,你的卡就弹回来。接着，你买的东西便自动结账。

我在金属网购物车里很快活。我记得我的过去。我以前去购物，有时会看到小孩子坐在脚轮车里，车像个笼子似的，由他们的家长推着走；我看着很羡慕，我这会儿不了。嘿，那天早上，我可买了不少的东西！我几乎是把他们那些粉红色柚子买得一点也不剩了。反正感觉就像那样。我买了早餐，我买了午餐，我买了晚餐，我买了半晌午的点心、下午的茶、配酒的佐菜、半夜的丰盛夜宵。我买了我叫不出名字的水果、我以前从没见过的蔬菜、从熟悉的动物身上切下的新奇肉块，还有从我过去从没吃过的动物身上切下的看起来很眼熟的肉块。在澳大利亚食品柜，我看到鳄鱼尾排、水牛肉片、袋鼠煲。我统统买了。我在精美食品柜疯狂采购。冷冻脱水龙虾蛋奶酥，顶上再加樱桃片：我怎么抵挡得住这些东西呢？

要说那饮料柜……我一点也不知道，变出了这么多各种各样的法子叫人陶醉。我自己一般只喝啤酒和烈酒，但我不想显得有所偏爱，所以也买了好几箱葡萄酒和鸡尾酒。酒瓶上的标签很有帮助：它们对瓶中物会使你醉到什么程度做出具体说明，把诸如性别、体重和体内脂肪等因素也考虑进去了。有一种牌子的透明烈酒贴上了很邋遢的标签。这种酒叫作“酩酊烂醉”（南斯拉夫制造），标签上说：“本瓶中的酒会让你醉得超过以往任何一次。”这么说，我非得买它一箱回家了，不是吗？

这件事做了一个上午。或许这是上午能做的最好的事情了。顺便说一句，别自以为是，瞧不起我。轮到你自己，你也会这么做的。我是说，你要是不去购物，你会做些什么呢？会见一些名人，做爱，打高尔夫球？没有无限的可能性——这是始终要记住的一点，此地彼地都一样。我要是先去购物，那就是说像我这样的人就是这么做事的。如果你先去会见名人，或先做爱，或先去打高尔夫球，我不会投来鄙夷的目光。反正到一定时候，这些我也都会去做的。按我说的，我们并没有很大的不同。

等我们回到家，我……倒也不是疲劳——你不会疲劳的，就是有点厌腻了。那些购物车很好玩；我觉得我再也不会费事走路了——实际上，真要想起来，我在超市没有看到一个走路的人。接着便到了午餐时间，布丽吉塔送来了早餐。在这之后，我睡了午觉。我以为会做梦的，因为我下午睡着了总会做梦。我没做梦。我不知道为什么。

布丽吉塔叫醒我，送来了茶和我选好的饼干。这是无核小葡萄干饼干，特地为像我这样的人做的。我不知道你对这件事是怎么想的，但我这一辈子一直在抱怨，他们在葡萄干饼干里没放够葡萄干。很明显，你不想在饼干里放太多葡萄干，否则就成了一团葡萄干，而不是饼干了，但我一直认为配料比例可以调整一下。自然是要往上调，多加葡萄干——比方说，调到差不多各占一半。真的想起来，这些饼干还就是这么叫的：一半对一半。我买了三千包这种饼干。

我翻开布丽吉塔放在托盘上的报纸，她想得很周到，我差一点把茶洒了。不对，我是把茶洒了——只是你不用为这类事情操心了。那是头版新闻。说起来，本来就该这样，不是吗？莱斯特市队赢了足协杯。不是说着玩的，莱斯特市队真他妈的赢了足协杯！你不会相信这是真的，是不是？哦，也许你会信，如果你对足球一窍不通。可是，我对足球还是懂一点的，我这一辈子都是支持莱斯特市队，而我却不相信这是真的，要害就在这里。不要把我的意思弄错了，我这不是在怪罪我的这支球队。他们是一支好球队，有时候是一支很好的球队，但他们好像总是赢不了大赛。乙级冠军你说多少次就得了多少次，一点不错，但他们从来没赢过甲级的。亚军得过一次，肯定没问题。至于这杯赛……事实是，无可辩驳的事实是，在我支持莱斯特市队的所有时间里（还要加上在这之前的所有时间），他们从来没赢过足协杯。他们战后有很好的进入决赛的纪录——拿不到奖杯的纪录也一样好。一九四九，一九六一，一九六三，一九六九，这些都是黑色年份，这些失败当中有一两次在我看来特别倒霉，说真的，我要专门提一提……好啦，我看得出你对足球并不这么感兴趣。这没关系，只要你明白这中心意思，就是莱斯特市队过去除了零头末奖什么也没赢过，而现在他们在俱乐部历史上头一回得到了足协杯。按报纸上的说法，这场球赛也真的很刺激：市队足足有四次在比分落后的情况下赶上来，又在加时赛中以五比四赢了这场球。踢得太棒了！技巧和凌厉风格的完美结合！我为小伙子们骄傲。布丽吉塔明天会为我搞到录像，我肯定她会的。这会儿，我在把早餐当晚餐吃的时候，喝了一点香槟。

报纸真了不起。在一定程度上，我对报纸记得最牢。莱斯特市队赢了足协杯，这我也许已经讲到了。他们找到了医治癌症的办法。我的政党每届大选都获胜，结果人人都看到其主张正确，反对党的大多数人也转而加入我们一边了。每个星期，小老太婆们买足球普尔[1]发

1 足球普尔：英国的一种赌博方法，把赌注押在足球比赛的结果上，输赢按比例分摊。在英国，足球普尔实际上是官办抽彩赌博，政府从赌金总额中提成百分之三十以上。个人花一先令赌金就可能赢十万英镑，而且不必纳税。

了财。性罪犯悔过自新，释放后回到社会，过着无可指责的生活。航空公司飞行员学会怎样避免飞机在半空中对撞。所有人都摆脱了核武器。英格兰队的领队一个不落地选中了整个莱斯特市队代表英格兰参加世界杯比赛，他们带着雷米特杯载誉归来（决赛中以四比一令人难忘的比分击败巴西）。你读报纸时，油墨不会沾你一手，故事不会伤你的脑筋。孩童又变得单纯无邪；男人女人彼此善待；没有人要补牙；女人们的连袜裤从不会抽丝。

我在第一个星期里还做了些什么？就像我说的，我打高尔夫球，做爱，会见名人，从没有感觉不好。让我先说这高尔夫。要说，我一直都打得不怎么样，但我以前很喜欢在市政高尔夫球场上乱劈乱砍，那儿的草长得像椰毛编织的垫子，没有人费事把球杆削起的草皮盖回去，因为球道上那么多的窟窿，反正你也弄不清楚你这块草皮打哪儿来。不过，那些有名的球场我差不多在电视上都见过，我很想打打——嗯，我梦想中的高尔夫球。在我感觉到我的木杆接触到第一个球座，看到球飞出去两百码的那一瞬间，我知道自己已置身天外了。我的球杆好像不轻不重，恰到好处；球道绿草如茵，富有弹性，替你把球托起来，像侍者手托饮料盘；我的球童（我先前从来没用过球童，但他把我当阿诺德·帕尔默[1]看待）一肚子有用的点子，但从不催促。那球场好像样样俱全——溪流，湖泊，旧式老桥，海边小块长草的沙地，就跟在苏格兰一样，一片片盛开的奥古斯塔斯的山茱萸和杜鹃花，山毛榉，松树，欧洲蕨，还有荆豆。这个球场不好打，但给你很多机会。

1 阿诺德·帕尔默（1929—2016）：杰出的高尔夫球运动员，曾两次获英国高尔夫球公开赛冠军，一次获美国公开赛冠军，四次获大师赛冠军。

那个阳光灿烂的早上，我一场下来共打了六十七杆，低于标准杆五杆，比我在市政高尔夫球场上的最佳表现还要好二十杆。

我这一局打得很开心，所以回去后就问布丽吉塔要不要跟我做爱。她说她当然很喜欢，觉得我很迷人，虽然她只看到过我的上半身，她能够肯定其余部分也很健全；有几个小问题，比如，她深深爱上了另一个人，她的职业规范里说，雇员如果和新来的发生性关系就要被解雇，她心脏有点小毛病，也就是说，稍微多用点力气都会有危险，但我要是给她两分钟，她就马上开溜去换上性感的内衣。这下，我自己掂量了一会儿我刚刚的提议是对还是错，等她折回来，袒胸露肩，一股香水味，我对她说，我权衡利弊之后觉得，我们还是不要这么做为好。她颇感失望，在我的对面坐下，跷起二郎腿来，我可以告诉你，那是怪好看的，但我坚决不改口。只是到了后来——事实上，是到第二天的早上——我才意识到，是她回绝了我。我过去还从来没有被人用这样巧妙的方式回绝过。他们在这里甚至把坏事都变好了。

那天晚上，我喝了一大瓶香槟（你在这里也不会酒后宿醉），下酒菜是鲟鱼和土豆片。过后，我迷迷糊糊快要睡了，脑子里还想着我在十六洞用楔杆打出的高超的后旋球，为的是让球停在双层草坪上的上面一层，就在这当口，我感觉有人掀起我的盖被。我起初以为是布丽吉塔，觉得有点不好受，想想她有心脏病，又会丢掉工作，又跟别人在恋爱，但等我用手臂搂抱她并悄声问道："布丽吉塔？"一个声音轻轻回答："不，不是布丽吉塔。"这是另一种口音，整个沙哑而异样的，接着，别的东西也让我意识到这不是布丽吉塔，布丽吉塔从很多方面说倒是个诱人的女人。下面发生的事——我这里说的"下面"并不是指很短一段时间，嗯，就不好描述了。我最多只能说，早上我一场下来打了六十七杆，比标准杆低五杆，比我以前最好成绩进步了二十杆，那天夜里接下来发生的事是可与之相媲美的成就。你很清楚，我不愿意在这方面指责我亲爱的妻子；只是过了些年之后，你知道，有了几个孩子，人很累，这样，你们不由自主地相互厌倦。还算行，但你有点应付了事，是不是？我以前没想到，如果有一对会相互厌倦，另一对就能相互提携。哇！我以前不知道我就能！我以前不知道有什么人能！我们各自似乎都本能地知道对方想要什么。我过去还从没有真正这样体验过。你很清楚，我不想让人听着觉得我好像是在指责我亲爱的妻子。

我以为醒来会感觉疲劳，但是，又是那种愉快充实的感觉，就像购物之后那样。发生的事都是在我梦中？不对：我的枕头上有两根很长的红头发，可以确认这是真的。头发的颜色也证明，我的来客确实不是布丽吉塔。

“你睡得好吗？”她给我送早餐时略带顽皮的微笑问我。

“昨天整个太棒了。”我答道，也许有点拿腔拿调，因为我有几分猜到她心里明白。“只是，”我连忙加一句，“听说你心脏有毛病。我真的为此难过。”

“哦，我能对付，”她说，“引擎还能用上几千年呢。”

我们去购物（我还没懒到想待在原地购物），我读报，吃午餐，打高尔夫球，借助于一盘狄更斯录像试着读点什么，吃鲟鱼和土豆片，关了灯，过后不久就做爱。这样过一天真不错，在我看来近乎完美无缺了，我一场又打了六十七杆。要不是我在十八洞时打到山毛榉——我想我就是劲太冲了点，我本来卡上可以记六十六杆，甚至六十五杆。

日子就这样往下过，大家都这么讲。过了几个月，不带含糊——也许更长时间；过了一段时间之后，你不再看报纸上的日期。我认识到，不跟布丽吉塔做爱是一个正确的决定。我们成了好朋友。

有一天，我问她："我妻子来了会怎么样？"我应该解释一下，我亲爱的妻子那时没和我在一起。

"我想你可能会担心那个。"

"哦，我不是担心那个。"我说，意思是指我的夜间来客，因为按我猜想，这整个有点像是生意人在国外出差，是不是？"我是说，就一般而论。"

"没什么一般而论。这事全在你。还有她。"

"她会介意吗？"我问，这次更加明确是指我的来客。

"她会知道吗？"

"我想是会有问题的。"我说，更为一般而论。

"这是解决问题的地方。"她答道。

"就依你说的。"我开始相信，事情结果都会跟我希望的一样。

比方说，我一直做这个梦。要说，我的意思不完全是说做梦，我是说我很想要某样东西。梦见受到审判。不对，这听着不对劲，这听上去好像是我想上断头台，或者受鞭笞之类的。不是那么回事。不是，我是想受到审判，你明白吗？这是我们都想要的，对不对？我是想要，嗯，某种总结，我想让我的一生受到审视。我们得不到这个，除非我们上法庭，或者接受精神病医生的粗略检查，这两者都跟我无缘，我并不真的为此感到失望，因为我既不是罪犯，也不疯癫。不是这样，我是一个正常人，我就想要很多正常人想要的。我想让我的一生受到审视。你明白吗？

我有一天开始向我的朋友布丽吉塔解释这事，我不敢肯定我能讲得比上面这些还要清楚，但她马上就明白了。她说这是一个很大众化的要求，不难解决。于是，两天之后，我便去做这件事。我请她与我同行，给我道义上的支持，她同意了。

开始就像我预想的一样。有一幢很豪华的老建筑，有廊柱，顶上刻有很多拉丁语，或者是希腊语之类的文字，还有穿制服的男仆，这让我庆幸我执意为此行穿了一身新衣服。进到里面，有巨大的阶梯，是那种两边分开的，各自按相反方向转一大圈，到顶上又会合起来。到处是大理石，刚擦亮的黄铜，大段大段的红桃心木，你知道这种木头永远不会生蠹虫。

那房间并不很大，但这无所谓。更要紧的是，房间里有一种恰如其分的感觉，正式而又不过于令人拘谨。旧天鹅绒有些地方看上去已相当破败，要不是它是处理严肃事务的场所，这里几乎真可算是一个舒适的地方。那个审视我的人，是个不错的老先生。有点像我爸爸——不对，要我说，更像一个叔叔。挺和善的眼睛，直接对着你的脸看；你看得出来，他一是一，二是二，不带半点含糊。他阅读了我的所有材料，他说。这些材料就在他手边，我的生平，所有我做过的、想过的、说过的、感觉过的，该死的一大堆，好坏都有。叠了一大摞，你可以想象得到。我不确信是不是可以对他讲话，但我反正是讲了。我说，你看东西很快，这准没错。他说他受过很多训练，我们因此都笑一笑。然后，他瞄了一眼他的手表——不对，他做得很有礼貌，又问我是不是想听对我的裁决。我发现自己抬平肩膀，双手握拳，放在两侧，拇指贴着裤缝。接着，我点头说："是的，先生。"心里有点紧张，我可以实话告诉你。

他说我没问题。不，我不是开玩笑，他就是这么说的："你没问题。"有几分钟，我等他继续往下说，但他垂下了眼睛，我看到他的手移向另一处档案最顶上的文件。接着，他抬起视线，微笑地说："没什么，真的，你没问题。"我又点了点头，这次他真的要回到他的工作上去，我就转身走了。等我们出来，我坦白地告诉布丽吉塔，我感到有点失望，她说大部分人都这样，又说我不必把它当作什么不光彩的事，我也就不这样想了。

差不多在这时，我开始会见名人。起初，我有点害羞，只要求会见我崇拜的电影明星和运动员。譬如，我见了史蒂夫·麦奎因，还有朱迪·加兰，约翰·韦恩，莫林·奥沙利文，亨弗莱·鲍嘉，吉恩·蒂尔尼（我总是被吉恩·蒂尔尼迷住），以及宾·克罗斯比。我见到邓肯·爱德华兹和在慕尼黑空难中丧生的曼彻斯特联队的其他球员。我见到好几个早期莱斯特市队的小伙子，他们中大部分人的名字对你多半都是陌生的。

过了一段时间之后，我意识到，我想见谁就能见到谁。我见到约翰·F.肯尼迪和查理·卓别林，玛丽莲·梦露，艾森豪威尔总统，约翰二十三世教皇，温斯顿·丘吉尔，隆美尔，斯大林，毛泽东，罗斯福，戴高乐将军，林德伯格，莎士比亚，巴迪·霍利，帕齐·克莱茵，卡尔·马克思，约翰·列农以及维多利亚女王。总的说来，他们中的大部分人都很不错，蛮自然的，一点没有大人物或者屈尊俯就的架势。他们就跟真实的人一样。我要求见耶稣基督，但他们说，这可说不定，我也就不强求了。我见到挪亚，但有一点语言方面的问题，这也不奇怪。有些人我就只想看一眼。譬如说，希特勒，这人我才不会跟他握手呢，但他们想出个办法，让我藏在灌木丛后面，而他就这么走过去，穿着令人厌恶的制服，跟真人一般大小。

你猜在这之后发生了什么事？我开始担忧。我为最荒诞无稽的事情担忧。譬如说，我的健康。这难道不荒唐吗？也许这跟布丽吉塔告诉我她心脏有毛病有点关系，可我突然开始想象自己出了问题。谁会对此信以为真？我向来十分追崇时尚，讲究饮食结构；我有划桨机和健身自行车，我做哑铃操；我避开盐和糖、动物脂肪，还有奶油蛋糕，我甚至把一半对一半的食用量减到每天半包。我还会一阵一阵地忧虑自己的谢顶，忧虑我在超市开车（购物车真那么安全？），忧虑我的性功能，还有我银行的余款。我连个银行账号都没有，干吗还忧虑银行余款呢？我想象我的卡在超市用不起来，我为自己好像被授予的信用额度而感到负疚。我做过什么，能配得上这样的额度？

当然，大部分时间里，我感觉很好，又是购物，又是高尔夫球，又是做爱，又是会见名人。但我时常会想，我要是十八洞打不下来怎么办？我要是实在买不起一半对一半怎么办？最后，我把这些想法如实告诉了布丽吉塔。她认为，已经到了把我交到其他人手里的时候了。布丽吉塔指出，她该做的已经做了。我感到很难过，问她我能为她买些什么以表明我的感激之情。她说她需要的东西应有尽有。我试着写首诗，因为布丽吉塔跟"可爱有加"押韵，但再往下，我只能想出"更加优雅"和"吃了她"，所以只好作罢，不管怎么说，我觉得这样的诗过去多半已有人送过她了。

下一个轮到玛格丽特来照顾我。她看上去比布丽吉塔更加严肃，总是穿着精神抖擞的套装，头发梳理得一丝不苟——是那种在年度商界女强人比赛中夺冠的人。我有点怕她——我肯定没法想象自己会提议与她做爱，就像我对布丽吉塔曾经提议过的那样——我料想她不赞成我的这种生活方式。但是，她当然没有这样做。她只是说，她推测我到这会儿已经很了解各种便利服务了，而且知道如果除了日常事务的帮助还需要别的什么帮助，也可以找她。

“我想听听你的意见，”我们第一次见面时我就问她，“为我自己的健康担忧很傻，是不是？”

“完全没有必要。”

“为钱忧虑也很傻？”

“完全没有必要。”她答道。

从她的口气中听得出来，如果我注意看一下，我多半就能发现值得忧虑的事情；我没有再追究下去。我有的是时间。时间在我是从来不会缺少的。

这么说吧，我多半不算是这世上脑子动得最快的人，我过去往往是需要做什么就做什么，或者想做什么就做什么，也不去想太多。这是正常的，对不对？但是，不管什么人，只要给他们足够的时间，他们就想到什么，开始问几个比较大的问题。譬如，这地方到底是由谁在管，我为什么不怎么见他们？我还以为会有某种录取考试，或者也许有不断的评估；但除了那个说我没问题的怪癖老头来了点实话实说、挺让人失望的裁决，没人来管过我。他们让我每天溜出去练习高尔夫球。是不是要让我以为这一切都是理所当然的？他们是不是想要从我这儿得到些什么？

还有那希特勒的事情。你躲在灌木后面等着，他踱步走过去，矮矮胖胖的身材，穿着令人厌恶的制服，脸上皮笑肉不笑。这倒够意思，我现在算见过他了，我的好奇心得到了满足，可是，嗯，我得问我自己，他在这儿到底做什么？他是不是跟其他所有人一样要早餐？我已经观察到，他得到允许可以穿自己的衣服。这是不是说，只要他愿意，他也可以打高尔夫球，也可以做爱？这事又怎么运作？

还有就是我忧虑自己的健康，忧虑钱，忧虑在超市驾车。我不再为这些东西本身而忧虑，我忧虑的是我老在忧虑这件事。这整个是怎么回事？这是不是超出布丽吉塔所说的常规的调节问题？

我认为，是高尔夫球最后让我向玛格丽特寻求解答。有一点毫无疑问，月复一月，年复一年，我高尔夫球打得很过瘾，绿草如茵的球场自有其各种小小的名堂和诱惑（多少次，我在短棒的十一洞把球搞到了水里！），我的球技长进得没底了。有一天，我对我的专陪球童塞弗里阿诺就是这么说的："我的球技长进得没底了。"他没有异议，一直到后来，在晚餐和做爱之间，我才开始回味我说的这话。我在球场上刚开始是打六十七杆，我打的杆数逐渐地往下降。前不久，我老是打到五十九杆，而现在，在万里无云的晴空之下，我正在向五十杆靠拢。我不费事就能把球打出去三百五十码远，我的高角球全变了样，我的轻击球滚入洞里就像受到磁石的吸引一般。我看着自己的目标得分在四十至五十这一段往下降，然后——这是心理上的紧要关头——

突破三十六杆的大关，就是说平均每洞两杆，然后在二十至三十这一段往下降。我的球技长进得没底了，我想。对自己重复“没底”这两个字。但这当然是恰恰做不到的事：我的长进非得有个到底的时候。有朝一日，我会一场高尔夫球才打十八杆，我会掏钱让塞弗里阿诺喝上两杯，过后吃鲟鱼和土豆片再加做爱来庆祝一番——接下去又怎么呢？有谁，就算在这儿，曾经在高尔夫球场上打出过十七杆吗？

玛格丽特不像金发女郎布丽吉塔那样拉一下带流苏的拉铃绳就会回应；事实上，你要用可视电话提出会面要求。

“我为高尔夫球担忧。”我这么开头。

“这实在不是我的专长。”

“对。要知道，我刚来那会儿打了个六十七杆。现在，我降到五十出头一点了。”

“这听起来不像是个问题。”

“我还在继续进步。”

“恭喜恭喜。”

“然后，有那么一天，我最终全场打下来才十八杆。”

“你的志向令人钦佩。”她的口气好像是在取笑我。

“可是，我往下做什么呢？”

她停了一会说：“试着每次都整场就打十八杆？”

“事情不会是这样的。”

“为什么不会？”

“就是不会。”

“我肯定还有很多别的球场……”

“同样的问题。”我说，把她的话给打断了，我想有点粗鲁。

“那么，你可以转到另一项运动，对不对？等你厌倦了那一项，再回到高尔夫球来？”

“但问题是一码事。我会整场只打十八杆。高尔夫打到尽头了。”

“还有很多其他运动。”

“它们也会搞到尽头的。”

“你每天早餐吃什么？”我告诉她时，她点了点头，冲她那样，我肯定她早就料到我的回答了。“你看。你每天早上吃同样的东西。你并不厌倦早餐。”

“是的。”

“那么，就像你对待早餐一样来对待高尔夫。或许你就再也不会厌倦整场打十八杆了。”

“或许是。”我将信将疑地说，“我听着好像你从来不曾打过高尔夫球。不管怎么说，这是另一码事了。”

“你是指什么？”

“疲倦。你在这里不会疲倦。”

“你是在抱怨吗？”

“我不知道。”

“疲倦是可以安排得到的。”

“那是，”我答道，“但我打赌，这会是一种愉悦的疲倦。而不是那种精疲力竭，累得你要死不活的。”

“你不觉得你是在蛮不讲理吗？”她很麻利，几乎不耐烦，“你想要什么？你希望得到什么？”

我自个儿点点头，我们就此打住。我的日子继续往下过。这又是一句令我发笑的话。我的日子继续往下过，我的高尔夫球技长进得没个底。我做了其他各种各样的事：

——我几次到海上航行；

——我学了划独木舟，登山，乘气球飞行；

——我深陷各种危险又得以逃脱；

——我探索了丛林；

——我观看了法庭判案（不同意法庭的裁决）；

——我试着做一个画家（比我预想的要好！）和一个外科大夫；

——我坠入恋河，当然是很多很多次；

——我装作是地球上最后一人（而且也是第一人）。

这一切并不是说，我不再做我到这里之后一直在做着的事。我和越来越多的女人做爱，有时是在同一时间；我吃更加稀奇古怪的食物；我会见名人；一直到我记忆中边边角角能想起来的人都见了。譬如，我见了所有的足球运动员。我先见出了名的，接下去是我景仰但并不特别有名的，接下去是一般的，接下去是那些我只记得姓名而记不得长相或球技如何的；最后，我要求见剩下的我还没见过的，那些非常恶劣、令人厌烦、动作粗野的运动员，我一点都不欣赏他们。我不喜欢见到他们——他们在场下就跟在场上一样恶劣，一样叫人厌烦，一样动作粗野，但我总想一直有足球运动员可以见。接着，我再没有足球运动员可见了。我要求再次见到玛格丽特。

“我已见过所有的足球运动员了。”我说。

“很抱歉，我对足球也不太懂。”

“我什么梦也没做。”我用抱怨的口气补上一句。

“做梦干什么？”她回答，“做梦究竟有什么用？”

我感觉，从某方面说，她是在试探我，想看看我当真到什么程度。这统统加起来，是不是就只是个调节问题？

“我认为应该给我一个解释。”我一本正经地说——我得承认，有点摆架子的味道。

“你想问什么就问什么。”她向后倚在办公椅上。

“是这样，我想把事情搞清楚。”

“愿望可嘉。”她的腔调带点派头，那种架势。

我觉得最好还是从头开始。“这么说吧，这是天堂，对不对？”

“是的。”

“那么，星期天怎么样？”

“我不懂你的意思。”

“到了星期天，”我说，“就我所了解的，因为我对日子不再认真算计了，我打高尔夫球，出去购物，吃晚餐，做爱，没有不好的感觉。”

“这难道还不……完美吗？”

“我不想叫人听了觉得我不识抬举，”我小心翼翼地说，“但是，上帝在哪儿？”

“上帝。你想要上帝？你想要的就是这个？”

“这是个我想要什么的问题吗？”

“就是这么个问题。你想要上帝吗？”

“按我的想法，我原以为不是那么回事。按我的想法，我原以为，要么有个上帝，要么就是没有。我会搞清楚到底是怎么回事。我根本没有想到，这取决于我自己。”

“当然取决于你。”

“哦。”

“如今的天堂是民主的。”她说。接着，又加上一句：“或者至少是，你要它这样，它就这样。”

“你这是什么意思，民主的？”

“我们不再把天堂强加于人，”她说，“我们听从人们的需要。他们如果想要，就可以拥有它；如果不想要，就没有。再说，他们想要什么样的天堂就得到什么样的。”

“总体说来，他们想要什么样的？”

“嗯，他们要的是生命继续，我们发现就是这样。但是……要更好一些，这不用说。”

“做爱、高尔夫、购物、晚餐、会见名人、没有不好的感觉？”我问道，有点带防守性。

“因人而异。但我要是实话实说，区别也并不是那么大。”

“不像以前那样了。”

“啊，以前，”她笑一笑，“那是在我之前了，当然啦，不过，是啊，对天堂的梦想在以前是更加雄心勃勃的。”

"地狱呢?"我问。

"怎么?"

"有没有地狱?"

"哦,没有,"她答道,"那只是必要的宣传。"

"要知道,我是在纳闷。因为我见到了希特勒。"

"很多人见到他。他是一种……旅游景观,真的。你怎么看他?"

"哦,我没有会见他,"我坚决地说,"我才不会和他那种人握手呢。我是在灌木丛后面看他走过去的。"

"啊,是的。很多人更喜欢这样。"

"所以,我就想,他如果在这里,那就不会有地狱了。"

"合理的推断。"

"我只是因为好奇才问,"我说,"他整天做些什么?"我想象他每天下午去一九三六年柏林奥运会,观看德国人样样都赢,而杰西·欧文斯栽了跟头,看过之后回来吃点泡菜,看瓦格纳的歌剧,再和一个纯雅利安血统的、乳房丰满的金发女郎嬉戏一番。

"很抱歉,我们很注意保护个人隐私。"

"自然啦。"这是对的。真要想起来,我才不想让人人都知道我在做什么。

"这么说,没有什么地狱啦?"

"嗯,有一样东西我们叫它地狱,但这更像是个主题公园。你知道,骷髅突然冒出来吓唬你,树枝直冲着你的脸过来,恶臭炸弹,诸如此类。就是好好让你吓一吓。"

“好好吓一吓，”我评论说，“而不是糟糕地吓一吓？”

“一点不错。我们发现，如今人们想要的就是这个。”

“你知不知道以前的天堂？”

“什么，老天堂？对了，我们知道这老天堂。在记录文件里。”

“它怎么样了？”

“哦，像是关了门。人们不再想要它了，再也不需要它了。”

“但我认识一些人，他们上教堂，给他们的孩子洗礼命名，不说粗话。他们怎么样？”

“哦，我们这里有那样的人，”她说，“他们都给伺候得好好的。他们祈祷感恩，就跟你玩高尔夫和做爱一样。他们好像自得其乐，得到了他们想要的东西。我们为他们建了一些很好的教堂。”

“对他们来说，上帝是否存在？”我问道。

“哦，那是肯定的。”

“但对我就不存在？”

“看来是这样。除非你想改变你对天堂的要求条件。这可不是我能管得了的。我可以引荐你。”

“这就很可能够我想一阵子的了。”

“那好。嗯，下次再见。”

那天夜里，我没睡好。我的心思不在做爱上，尽管她们都尽力而为了。是因为消化不良吗？是不是我吃得太急，把鲟鱼囫囵吞下了？你看我，又在为自己的健康忧虑了。

第二天早上，我在高尔夫球场上打了六十七杆。我的球童塞弗里阿诺对此做出的反应好像这是他看到我打出的最好一场，好像他不知道我可以打出少二十杆的更好成绩。在这之后，我打听好某些方向，驾车朝那唯一能看到恶劣天气的一块地方开去。不出我所料，地狱非常令人失望：停车场上的雷雨可能就算是点睛之笔了。有一些失了业的演员用长叉子去戳另一些失了业的演员，把他们推入标有“沸油”的缸里。套着塑料尖嘴的假扮动物啄着泡沫橡胶死尸。我看见希特勒坐在鬼怪火车上，手臂搂着一个扎辫子的少女。还有蝙蝠，吱呀作响的棺材盖板，地板的腐烂气味。人们想要的就是这些？

“给我说说老天堂。”到下一周，我对玛格丽特说。

“它跟你的说法很像。我是说，天堂的原则就是那样，你想要什么就得到什么，你期待什么就得到什么。我知道，有些人想象当中跟这不同，是你该得到什么就得到什么，但情况从来就不是这样。我们只好叫他们打消这种念头。”

“他们是不是不高兴？”

“大部分情况下不是。人们更情愿想要什么就得到什么，而不是该得到什么就得到什么。不过，他们中有一些人确实有点恼火，因为别人没有受到足够的虐待。他们对天堂的期望当中，有一部分好像是别人都该下地狱。不太符合基督教义精神。”

“他们是不是……脱离肉体？是不是全都是精神生活之类的？”

“确实如此。他们要的就是这个。或者，不管怎么说，在某些时代是这样。多少个世纪以来，在超脱肉体这个问题上有过很多的反复。拿眼下来说吧，很强调保留你自己的肉体和你自己的个性。这也许就是一个阶段，就像其他任何阶段一样。”

“你笑什么?”我问道。我很吃惊。我以为玛格丽特在那儿只是为了提供信息,就跟布丽吉塔一样。可她显然有她自己的想法,而且并不介意向你和盘托出。

“就因为有时觉得很怪,人们是如何想顽固抱住他们自己的肉体不放。当然,他们偶尔也要求做些小手术。但是,就好像是,这么说吧,他们距离自己心目中的完美自我就只差一个另样的鼻子,或是脸上整一下容,或是填一把玻尿酸。”

“老天堂怎么样了?”

“哦,新天堂建好之后,它还存在了一段时间。但它越来越受到冷落。人们好像更喜欢新天堂。这也没什么好大惊小怪的。我们这里是用长远的眼光看问题。”

“信奉老天堂的人怎么样了呢?”

玛格丽特耸耸肩,颇为得意的样子,就像什么公司企划人员的预测数字被事实验证到最末一位小数。“他们相继死去。”

“就这样?你是说,你把他们的天堂关了,他们就相继死去?”

“不是,根本不是,恰恰相反。事情不是这样。从本质上说,只要信奉老天堂的人之外还想要,老天堂就一直还会存在。”

“是不是还有信奉老天堂的人在呢?”

“我想还剩下几个。”

“我能见一个吗?”

“很抱歉,他们不接受采访。他们以前还接受的。但是,信奉新天堂的人往往表现得好像他们是在看畸形人表演,老是指手画脚,问些傻乎乎的问题。所以,信奉老天堂的人不愿再见他们了。他们除了其他信奉老天堂的人不跟任何人讲话。在这之后，他们开始相继死去。现在已经剩下不多了。当然，我们给他们做了标记。”

“他们是不是脱离肉体？”

“有些是，有些不是。这取决于派系。当然，那些脱离肉体的就不难回避信奉新天堂的人了。”

啊，这倒说得通。事实上，除了主要的事情之外全都说得通。“你这是什么意思，其他人都相继死去？”

“他们如果想死，都有选择死的权利。”

“这我从来就不知道。”

“你不知道。少不了会有一些惊奇。你真的想把一切都预料到？”

“他们怎么个死法？他们自己杀死自己？是你们把他们杀死？”

玛格丽特看上去对我的这种唐突的想法有点震惊。“天哪，不是这样。就像我说过的，如今民主了。你要是想死，你就死。你只要想死想到足够的时间，就行了，就真的发生了。死亡不是不可预卜的旦夕之祸，也不是不可逃脱的悲哀结局，就跟开始第一遭那样。我们这里已经把自由意志弄清楚了，你可能已经看出来了。”

我不确信这些我都领会了。我只有到别处去好好想一想。“告诉我，”我说，“像我在高尔夫和忧虑方面一直碰到的问题，其他人也有这样的反应吗？”

“哦，有的。比方说，我们时常有人要求坏天气，或者要求什么东西出毛病。他们想要出毛病的东西。他们中有一些要求痛苦。”

“要求痛苦?”

“就是嘛。要说,你那天还在抱怨没有感觉累——我想你是这么说的,要死不活。我觉得这句话很有意思。人们要求痛苦,这并不是很出格的。他们还有要求做手术的呢。我是说,不单是整容手术,是做真的手术。”

“他们的要求能实现吗?”

“只有在他们实在坚持要做的时候。我们向他们解释,要求手术实际上是另外某种东西的征兆。他们通常同意我们的说法。”

“有多少百分比的人做出死的选择?”

她平视着我,用眼神示意我保持平静。“哦,当然是百分之百。要经历很多万年,当然是用老时间来计算。但是,确实每个人早晚都要做出这一选择。”

“这么说,就跟开始第一遭一个样? 最后你总得死?”

“是的,只是别忘了,这里的生活质量要好得多。人们要等到自己认定已经活够了才死,而不是在此之前。这第二遍真的叫人更加满意,因为由你自己来定。”她停顿了一下,又加上一句,“就像我说的,人们想要怎么,我们就怎么伺候。”

我没有要责怪她的意思。我不是那种人。我只是想搞清楚这体制怎么个运作。“这么说……就连那些信教的人,那些来这里永久崇拜上帝的人……他们过了几年,几百年,几千年之后也放弃了?”

“没错。我说过了,还仅存几个信奉老天堂的人,但他们的数目一直在减少。”

“谁最快要求死？”

“我想，要求一词用得不当。这是你想要的。这里不带任何差错。你要是充分地想死，你就死，这一直是主导原则。”

“是这样吗？”

“就是这样。说起来，很抱歉——为了回答你的问题，最早提出要死的人有点像你这样。这些人想要永久地做爱，喝啤酒，吸毒，开快车——诸如此类的。他们起初不相信自己有这么好的运气，后来，过了几百年之后，他们不相信自己的运气这么坏。他们认识到自己就是这种人。他们就知道按自己的意愿行事。他们往往最快死去。”

“我从来不吸毒。”我口气坚决地说。我有点发脾气。“我只有七辆车。在这一带，这不算很多。再说我开起车来也不快。”

“是的，当然不快。我只是在考虑寻欢作乐的一般方面，你懂这意思。”

“谁活得最长？”

“要说，那些信奉老天堂的人当中有一些是生命力很顽强的顾客。因为要做礼拜，他们只有长年累月地活下去。如今……律师也有的好活了。他们热衷于温习自己的老案例，然后再把其他人的案子都过一遍。这做起来就没底了。这是比喻的说法。”她赶紧补一句，“还有做学问的人，他们往往比谁都活得长久。他们喜欢闲坐着，把所有的书都读个遍。再就是喜爱争论这些书。那些争论中有一些”——她眼望着天上——“争得成千上万年无休不止。因为某种原因，争论书里的事好像就能使他们保持年轻。”

“写书的人又怎么样呢？”

“哦，他们活得还没有争论书的人一半长。画家和作曲家也一样。他们不知怎么总是知道自己什么时候已过了最佳创作时期，然后就似乎销声匿迹了。”

我以为我会感到沮丧，但我没有。“我不该感到沮丧吗？”

“当然不啦。你到这里是享受来了。你想要的都得到了。”

“是啊，我想是这样。也许我无法想通，到一定时候我居然会想死。”

“慢慢来。”她说，轻率但又和善，“慢慢来。”

“顺便问一下，最后一个问题”——我看到她在摆弄几支铅笔，把它们摆成一排——“你们究竟是谁？”

“我们？哦，我们跟你们异常相似。实际上，我们本该是你们。或许我们就是你们。”

“如果可以的话，我会再回来的。”我说。

下面几个世纪里——可能还要长久，我不再用老的时间计算了——我潜心钻研高尔夫球技。过了一段时间，我每次都整场打十八杆，我的球童对此惊讶不已也变成了家常便饭。我扔下高尔夫，捡起网球。不多久，我就把名人堂里所有的大球星打败了，赛场地面有页岩的、黏土的、草地的、混凝土的、铺地毯的——他们想选什么样的地面都行。我扔下了网球。我为莱斯特市队踢英国杯决赛，得了一枚奖牌（我的第三个进球，十二码以外一个强劲的头顶进球，拿下了全场比赛）。在麦迪逊广场花园体育馆，我在第四回合把罗基·马西阿诺击倒在地（最后一两个回合里，我占了他一点上风），我把马拉松纪录降到二十八分钟，我赢了世界飞镖赛；我在洛兹一日国际板球对抗赛中与澳大利亚队对阵，一局打出七百五十分的成绩，短时间内是不会有人超过的。过了一段时间，奥林匹克金牌变得好像是分币一般。我抛弃了体育运动。

我郑重其事地去购物。我吃掉的动物比挪亚方舟上搭载的还要多。我喝了世上每一种啤酒，而且还成了一个品酒师，把所有最好的名酒佳酿统统尝遍；还没怎么喝就完了。我会见了众多的名人。我跟越来越多不同类型的伴侣用越来越多的不同方式做爱，但也只有那么多伴侣，那么多种方式。顺便说一句，别搞错我的意思：我不是在抱怨。我每分每秒都很开心。我要说的只是，我每做一件事都知道自己在做些什么。我是在寻找出路。

我试着把各种乐趣糅合在一起，开始和名人做爱（不行，我不能告诉你是跟谁——她们叫我尊重她们的隐私）。我甚至开始读书了。我记起玛格丽特说的话，试着——哦，差不多有好几个世纪——和其他读过同样一些书的人争论这些书。但是，这种日子好像很枯燥无味，至少跟生活本身比较是这样，不值得延续。我甚至试着加入在教堂里唱诗祈祷的人群，但这不是我真正想做的事。我这么做，只是因为我想把各个方面都考虑到，为在我看来是我最后一次跟玛格丽特的交谈做好准备。她看上去跟我们好几千年前第一次见面时差不多；但要说起来，我也一样。

“我有个主意。”我说。要说，这么长时间下来，你少不了会想到点什么，对不对？“听我说，如果你在天堂里想要什么就得到什么，那么，可不可以想做一个永远不厌倦永恒不变的人？”我坐着向后倚，有点扬扬自得。令我吃惊的是，她点了点头，几乎是怂恿的架势。

“你可以试一下,”她说,“我可以安排你的调动。”

“但是……?”我问道,知道会有个但是。

“我会安排你的调动。”她重复一遍,“这只是个手续问题。”

“先告诉我这但是。”我不想显得粗鲁。但另一方面,如果可以给我省点时间,我不想过上好几千年无所事事的日子。

“有人已经试过了。”玛格丽特说,用一种明显的同情口气,好像她真的不想伤害我。

“什么问题? 什么‘但是’?”

“嗯,好像有逻辑上的困难。你要成为别的什么人,你就不能还是你自己。没有人能忍受这一点。反正我们发现是这样。”她加上一句,意思有一半是我可能会成为第一个攻克这道难题的人,“有个人——肯定是个喜欢体育的,就像你这样,说这是从一个长跑运动员变成一台永动机。过一段时间之后,你就又想跑了。这有没有道理?”

我点点头。“所有试过的人都要求再调回来?”

“是的。”

“后来,他们都选择死?”

“他们是这么做的。是提早而不是推迟。可能还剩下几个在那儿。你要是想跟他们打听,我可以叫他们来。”

“我就听你的得了。我就想着我的想法肯定有问题。”

“很抱歉。”

“不用,请不要道歉。”我肯定无从抱怨我受到的待遇。大家从一开始就对我很公平。我深深吸一口气。“在我看来,”我接着说,“天堂是个很好的主意,你可以说是个完美无缺的主意,但不适用于我们。

按我们这样子,不适用。”

“我们不想影响最后结论,”她说,“但是,我肯定能理解你的观点。”

“这么说,这都是用来干吗呢?我们为什么有天堂?我们为什么有这些关于天堂的梦?”她好像不愿回答,或许她是要表现得很专业;但我抓住她不放,“接着讲,给我一些主意。”

“或许你需要它们,”她提示道,“因为你没有梦就无法对付。这没什么好难为情的。在我看来,这完全正常。不过,依我看,要是事先知道天堂是怎么回事,你可能就不要求它了。”

“哦,这我可说不准。”这一切都是非常舒心的:购物、高尔夫、做爱、会见名人、没有什么不好的感觉、永生不死。

“过一段时间之后,一直要什么就有什么,跟一直要什么就没什么二者相差无几了。”

第二天,看在昔日岁月的分上,我又打了一场高尔夫球。我技艺一点也没荒疏:十八洞,打了十八杆。我的感觉还在。然后,我吃了午餐早餐和晚餐早餐。我看了莱斯特市队英国杯决赛五比四获胜的录像,但是,已经知道比赛经过,味道就不一样了。我和布丽吉塔喝了一杯热巧克力,她好意进来看我;后来,我做爱,不过,只是和一个女人。完事之后,我呼一口气,转过身来,知道第二天早上我会开始做决定。

我梦见我醒了。这是最古老的梦了,而我刚刚做了这个梦。

作者注

第三章根据的是 E. P. 伊凡斯一九〇六年著《动物的刑事诉讼和死刑》一书中所描述的法律程序和案例。第五章第一部分中的素材和语言取自萨维尼和科里亚合著《塞内加尔远征记》一书一八一八年伦敦译本；第二部分在很大程度上借鉴了洛伦茨·艾特纳的典范之作《籍里柯：生平和作品》（奥毕斯一九八二年版）。第七章第三部分的素材取自戈登·托马斯和麦克斯·摩根-威茨合著的《亡命之旅》（霍德一九七四年版）。我感谢丽贝卡·约翰在研究方面的大力帮助；感谢安尼塔·布鲁克纳和霍华德·霍奇金审阅本书有关艺术史方面的内容；感谢里克·奇尔斯和杰伊·麦金纳尼审阅本书有关美国方面的内容；感谢杰基·戴维斯博士对本书中有关外科手术方面的内容提供的帮助；感谢阿兰·霍华德、盖伦·斯特劳逊和雷德蒙·奥汉隆；还要感谢赫米奥那·李。

朱利安·巴恩斯

图书在版编目（CIP）数据

10 1/2章世界史 /（英）朱利安·巴恩斯（Julian Barnes）著；林本椿，宋东升译. — 南京 ：译林出版社，2021.3

书名原文：A History of the World in 10 1/2 Chapters

ISBN 978-7-5447-8517-4

I.①1… II.①朱… ②林… ③宋… III.①长篇小说－英国－现代 IV.①I561.45

中国版本图书馆 CIP 数据核字（2020）第 242493 号

10½章世界史 ［英国］朱利安·巴恩斯 / 著 林本椿 宋东升 / 译

责任编辑 宗育忍
装帧设计 typo_d
校　　对 戴小娥 王 敏
责任印制 颜 亮

原文出版 Jonathan Cape, 1989
出版发行 译林出版社
地　　址 南京市湖南路 1 号 A 楼
邮　　箱 yilin@yilin.com
网　　址 www.yilin.com
市场热线 025-86633278
排　　版 南京展望文化发展有限公司
印　　刷 恒美印务（广州）有限公司
开　　本 850 毫米 ×1168 毫米 1/32
印　　张 10.875
插　　页 5
版　　次 2021 年 3 月第 1 版
印　　次 2021 年 3 月第 1 次印刷
书　　号 ISBN 978-7-5447-8517-4
定　　价 58.00 元